vierunddreißig

Ich will nicht dienen. Mein Körper macht meinem Geist, meinen Empfindungen, also kurz meiner angeblichen Seele nur Schwierigkeiten. Meine Musik ist nie zu leise und zu laut. Daher ist sie schlechter als die meisten anderen neuen und alten.

Otto Brusatti

Der Gaukler mit Beethoven & Co.

Ein Musik-Roman

Morio Verlag

„Beethoven ist eindeutig zu groß für mich, nicht zu fassen.“

Elfriede Jelinek

Null

Mit aller Bestimmtheit ist zu sagen, dass keineswegs jede Musik, die nun beschrieben wird, von der erzählt wird, auch tatsächlich existiert oder im Falle von Neukompositionen wirklich von ihm stammt.

Freilich, das vor allem Klang-Umfeld und jene fremden Stücke, die mit bekannten Titeln oder Opera-Hinweisen benannt werden, die gibt und gab es schon, die sind vorhanden, stören, beglücken, begleiten uns über den Tag hinweg und hinaus, verwirren selten, sind allzu oft bereits selbstverständlich geworden, nur manchmal wieder überraschend, verblüffend, peinigend, niederhauend. Andere von ihm, mit ihm erzählte Stücke oder Werke, sind gelegentlich virtuell und mögen das auch bleiben. Wer mag, darf sie allerdings frei nachkomponieren oder kann improvisieren über die erzählten Vorlagen. Er hätte nichts dagegen gehabt. Es hätte ihn sogar zumeist gefreut, belustigt, in eine nicht ungute Spannung versetzt, ihn – nun okay, sagen wir es offen heraus – ihn bewiesen.

Mit ebensolcher Bestimmtheit wird versichert, dass nicht sein, wie soll man es nur nennen, ohne geschmackverletzend zu sein, sein Hang zu Krankheiten oder zu deren manieristischem Ausleben (Aus-Sterben) die Ursache für Produktionsschübe, für Ödnis dann wieder im kreativen Kopf, für seinen gelegentlichen Musik-Sarkasmus gewesen ist.

eins

Er wurde an einem 23. Mai geboren. Der Tag der Wiener Uraufführung der Endfassung des Beethoven-*Fidelio* – so er oft und die Leute damit bald nervend. Mit der Gattentreue nämlich. Seine Mutter, Marthe, überlebte den Kaiserschnitt nicht. Ein ärztlicher Flüchtigkeitsfehler (und sodann eine Sepsis) musste doch in den Spitalsprotokollen von Halle/Saale als verschämter (weil damit ja dem aktuell voll überlegenen und menschenachtenden, voll angeblich fehlerunanfälligen Sozialsystem der DDR eigentlich widersprechender) Auslöser festgehalten werden. Der 23. Mai 1968 ist ein Donnerstag gewesen, sein Sternzeichen der Zwilling, sein Aszendent angeblich der Krebs. Geglaubt hat er nie an solch einen, wie er meinte, Empfindungs- und Seelenrettungs-Plunder. Dennoch las er, zumeist heimlich und verschämt, in Zeitungshoroskopen nach, um sich dann in seinen Zweifeln nur bestätigt zu sehen. Denn – so er weiter – rechnete man einmal zusammen, was da von den Glücksverheißungen und Drohungen auch eingetreten sei oder wäre oder hätte sein können, dann überwiege der Unsinn oder gar das hässlich Falsche bei Weitem. Welch ein beweisendes Beispiel. Horoskope wären nämlich wie Kompositionen, also zu 75 % bloß Fakes. Sein Vater agierte damals seit Jahren schon hauptamtlich nur mehr als ein Funktionär für Kultur- und Hochschulfragen in der Einheitspartei des Landes. Unser kleiner Komponist und Kunstbezweifler wuchs bald neben einer, vom Vater sowieso bereits vor dem materexit parallel gehaltenen, neuen Mutter, angestellt als Überwacherin der medizinischen Einrichtungen des Bezirkes, vor allem jener für Parteigenossinnen und Parteigenossen (alles apropos *Fidelio*), auf.
Sein Name: Edgar. Edgar Niehaus. Edgar Arnold David Niehaus.
(Es soll noch erzählt sein, jetzt schon, dass ihn sein Name belustigt hat: Edgar stünde für Poe oder Wallace oder auch für eine mittelalterliche Herkunft, als einer, der sein Leben – seine Kunst ? – mit

dem Speere verteidigt, Arnold für die Moderne oder wenigstens die verkrampfte Sucht, sich als Moderner stets neu gebärden zu müssen, David für die Pop-Musik; Niehaus treffe allerdings nur partiell zu, denn er hätte sich in seiner dann 51-jährigen Existenz an mindestens drei Orten, zwar wie ein Spießbürger, aber doch, also wie eine Figur des Jean Paul oder des Spitzweg, zu Hause gefühlt.)
Seine ersten, für die Seele und dann den Geist empfänglichen Jahre sind scheinbar weitgehend ereignislos verlaufen. Er konnte ob der Eltern-Jobs gute Gymnasien besuchen, Klavierspielen lernen, andere Instrumente ausprobieren. Er ließ die kindischen Zwänge der Freien Deutschen Jugend gelassen über sich ergehen, hatte wenige Freunde für einen Austausch mittels Raufereien und über Pubertätsnöte hinaus und bis zum 18. Lebensjahr kein weibliches Wesen, das man als Freundin hätte ansprechen können. Die Kenntnis des Weiblichen rührte vor allem aus kameradschaftlich abgewickelten Blicken in die Duschabteilungen für Mädchen in Sportstätten, aus mancher Lektüre eher pseudo-medizinischer Herkunft sowie aus der Fantasie.
Zwischenzeitlich hatte er in Naumburg ein geschlossen geführtes Gymnasium für Partei-Kinder besucht. Ab dem 20. Lebensjahr durfte unser noch abwartender Genius (?) studieren. Wieder bekam er, begünstigt vom brutalen politischen Klassen-System des Landes, rasch einen sonst ungemein gesuchten Platz in Leipzig nebenan, einen innerhalb der geduckt dahin sich offiziell am Sozialismus der Künste weidenden Seminare, also der ständigen und immer mehr krampfhaft werdenden Beweisführung, dass die gesamte menschliche Kreativität vor allem beim Hervorbringen von außerordentlichen Kunst-Objekten (mochten die nun bildlich, sprachlich oder klingend sein) erst durch deren Aufgehen im und deren Weiterführung durch solch einen Staats-Sozialismus (antifaschistischer,

antirevisionistischer, antiimperialistischer, marxistischer, kommunistischer, sowjetorientierter Prägung) zu Blüte gelangt wäre. Ab dem 16. Lebensjahr hörte er immer mehr Musik. Das war erstens live ob der guten sächsischen und anhaltschen Tradition des Landes möglich, zudem gab es einen recht ordentlich funktionierenden MDR-Vorläufer, der, so man die aktuelle Kunst-Szene der DDR immer wieder im Kopf und im Eigen-Programmwählen auszublenden verstand und man außerdem sich dem Jubel über das Sowjetunionische entzog, einen recht guten Überblick aus dem anbot, was uns als Kunstmusik oder auch gute historische Musik überliefert worden war. Das Aktuelle erfuhr man aus West-Schallplatten, erworben im heiklen Tauschweg. Hier betraf das zum größten Prozentsatz die Musik, entstanden sozusagen ab seiner leicht fatalen Geburtszeit, diejenige aus dem angelsächsischen, später sogar aus dem bundesrepublikanisch-deutschen Raum, zu 90 % kommend aus dem Rock, aus Protestliedern, aus jenem so vielfältigen und bald zum Gebrauchs-Schotter neigenden Pop, zu den restlichen 10 % dann vielleicht auch aus dem Seriellen, Postseriellen, frühen Minimalistischem, Retro-Romantischen.
Es geschah das leicht Bestimmend-Folgende also zunächst zwischen Halle, der Pietismus-Stadt mit Homo-Freuden, und Leipzig, der große und auch noch lange nach 1989 lemperige Steinbaukasten, inklusive sehr lächerlichem Auerbach und dem bösen Richard Wagner.
Aber dann, aufsaugend:
Edgar wusste spätestens ab den ersten Leipziger Monaten schon mehr über Musik und Kunst-Hintergründe als seine Kolleginnen und Kollegen. Er wusste auch, dass er seine Familie verlassen würde. Er nannte sich heimlich-scherzhaft gar einen kleinen Oedipus vor der Sphinx und seinem unerkannten Vater im Hohlweg vor Theben.

Er gab wenig preis. Auch fast nichts davon (aus erster Schreibe oder referierend vor Kolleginnen und Kollegen), dass er sich sogar mit Beethoven beschäftigte (in der Diktion der Sozialistischen Wissenschaften ja der „Vorläufer des antifaschistisch-antiimperialistischen Kommunismus") und lieber Webern oder Schubert genauer studiert hätte, was ihm aber aus dem Mangel an Quellenzugang (die entsprechenden Gesamtausgaben und Dokument-Editionen erschienen im Westen) kaum erfüllend möglich gemacht wurde.

Beim Selbstmachen aber, beim Sich-Beteiligen in dieser und an dieser komischen Welt des Musik-Entstehen-Lassens im Aus-sich-heraus, blieb er sogar vor sich selbst zunächst noch verschämt, wie beim Masturbieren.

Kunst war zudem – so lauteten die Prämissen damals noch – das Anliegen der Werktätigen zum Zwecke ihrer laufenden Befreiung aus den gewachsenen historischen Zwängen oder sonst eher ein gefährliches Divertissement, so erlaubt wie ausgelassenes und vielleicht sogar fremdes Essen und Sich-Vergnügen, aber das höchstens zu hohen, angeordneten Feiertagen.

Sein Selbermachen hatte System.

Sein Üben auch.

Immer mehr.

Auch wenn er das Allermeiste (wohlweislich?) verbarg. Zunächst.

Glücklich? War er glücklich? Noch?

Oft. Im Musikmachen. Im Musikerfinden. Im morschen Licht der Existenz.

Zunächst. ---

Noch einmal aber und einschränkend nachgedacht: War dieser Mensch je glücklich (gewesen)? ---

Aber von Anfang an nun.

Zum Beispiel und Kennenlernen einmal mit so etwas wie einer Schüler-Meisterarbeit über den L. v. B. und das schon ziemlich bezeichnend (auch für die Jahre vor 1989).
Zum Kennenlernen nämlich dieses E. A. D. N.

E. A. D. N. – for example und für ein späteres Verständnis bereits jetzt zu lesen.
Nämlich. Aus einer später von ihm doch wieder zugelassenen Schrift, sie heißt anderwärtig auch „Beethoven Nummer Vier" (freigegeben noch vor dem Herbst 1989; sie verursachte Peinlichkeit im Seminar zu Leipzig, denn man hörte heraus, dass mit diesem Ludwig van Nr. 4 auch Aktuelles gemeint war), sie lautet:

An der 4. Symphonie ist beinahe alles peinlich.
Sie ist wie eine Politik, für die es nur Helles und Fortschrittliches gibt und jedenfalls kaum Zweifel.
Ihre Themen, die fast nie welche sind. Deren krampfhafte Verarbeitung und Verzögerung. Der dauernde Versuch, noch einmal klassisch zu komponieren. In 4 allzu herkömmlichen Sätzen. Nachdem man (er) schon das beinahe überwunden gehabt.
Was tun?
[… hier fehlen Absätze im tradierten Manuskript …]
Wie weitertun mit diesem Beethoven?
ACHTUNG – HARTE WORTE NUN
Er enttäuscht.
Zwischen der dritten, der Helden-Symphonie, sie zwar hintergründig lächerlich aber kompositorisch gut, und der fünften, der mit einer angeblichen Schicksals-Drohung in jedem Takt, fuhrwerkt die 4. wie ein banales Staatswesen herum.
Es läuft das insgesamt sowieso leicht unverständlich, wie manche Politik auch:
Beethoven hat zugunsten der später eben Vierte genannten Symphonie gelegentlich die Komposition an der Fünften unterbrochen. Er hat sie dann nach der Fertigstellung 1806 gemeinsam mit anderen Werken feilgeboten. Das ist damals üblich gewesen. Allein, diese

anderen Werke? Das Vierte Klavierkonzert, also die Erfindung des Romantischen Konzertes; die so genannten Rasumowsky-Quartette, drei an der Zahl, jedes lotet das Genre fantastisch neu aus und hat den Umfang eines Solo-Konzertes (für vier Instrumente noch dazu); das Oratorium „Christus am Ölberge“; die Oper „Leonore“ / „Fidelio“; zudem ist es die Arbeitszeit etwa auch am Violinkonzert und an weiterer wesentlicher Kammermusik gewesen.
Warum, so etwas fragt man sich ja allerdings und überhaupt bei vielen Werken Beethovens und anderer tatsächlicher Großmeister vor allem der Klassik und der beginnenden Romantik oft, hat Beethoven sich während seiner derartig eruptiven und sowieso nur wenigen Jahre dergestalt ausgelassen, sich so banal verbreitet, sich dabei aber auch gehen lassen?
Die Vierte, das Opus 60, ein Baby-Elefant, verglichen mit den Symphonien rundherum, in der sowieso langweiligen Tonart B-Dur, beginnt tastend, rekapituliert die Zweite und bereitet sich in der Adagio-Einleitung auf die großartige Siebente vor.
Mehr passiert nicht. Wie das in scheinbar perfekten Republiken üblich ist.
Die Symphonie enttäuscht wie viele politische Heils-Systeme.
Denn in ihrem Verlauf wird es laufend irgendwie unangenehm.
Beethoven versucht andauernd aus einem Nicht-Thema, also der Zerlegung der Tonart mit einiger Schleifern davor und dazwischen, eine gewaltige Exposition zu kreieren, wie er das etwa in der Waldsteinsonate oder in der Appassionata vorlegt. Er scheitert und das nicht einmal grandios. Im Gegenteil, die Durchführung wird noch banaler. Vom gleichermaßen weiterhin banalen Schluss nicht zu reden.
Das zweite, der Adagio-Satz mit Kantilene und Auflockerung, hat schon ziemlich viele Taktstockmeister zur Verzweiflung gebracht

und purzeln lassen. Angeblich hat der damals psychisch sowieso schon recht angeschlagene Carlos Kleiber sich bei diesbezüglichen Proben mit den Wiener Philharmonikern durch diese Musik den Rest gegeben.
Es soll sogar der Beginn seines Endes gewesen sein.
Der dritte Satz ist – wieder – eine Vorwegnahme der tänzerischen Besonderheiten vor allem dann in der Siebenten. Das Trio inmitten hinkt und ist nicht liebenswert täppisch, wie es vielleicht zu sein sich wünscht. Schlimm ist die Tatsache, dass Beethoven nach der Schluss-Wiederholung des Hauptteils einen Haken (man kann es nicht anders sagen) in Form einer geradezu läppischen Verdichtung macht, der die Passage anhören lässt, als würde man eine Schallplatte mit einem Kratzer, einem zarten Loch vernehmen.
Ist das aber, vielleicht, etwa, erst, ein Zeichen für tatsächliche, weil tatsächlich außergewöhnliche Genialität?
Niemand weiß das genau.
Denn das war außerdem eine blöde Frage an die Wirklichkeit.
Der vierte Satz rennt dahin, hat das Finale aus Mozarts drittletzter Symphonie zum Vorbild. Auch hier ist der irgendwie sich nicht zurechtfindende Schluss eigentlich komisch. Lediglich ein Fagott-Solo kommt vor, eines, das die Leute bei Probespielen rausfliegen lässt und das immer wieder begeistert.
Beethoven hat das Werk einem Grafen Franz von Oppersdorff, logierend, so die Fama, mit einer angeblich ganz passablen Kapelle in Oberschlesien, dediziert. Für jenen Franz, man hofft, er wirkte nicht so wie sein Name klingt, tönt, sind auch die Fünfte und die Sechste, die Pastorale, gedacht gewesen. Der Komponist aber hatte wohl zum Glück erkannt, dass man mit denen anderwärtig mehr Staat machen konnte.

Nochmals – gut, kann man nichts machen, es ist eben so. Warum?
So etwas passiert eben auch bei einer Massenproduktion in der allerobersten Spielklasse an Musik.
[… hier fehlen abermals Absätze …]
Aber warum dann währenddessen wieder zurückdriftend in die etwas starre Klassik?
Wir dürfen dazu nicht „lächerlich" sagen, wie das in solchen Fällen der Bernhard Thomas so gern macht, und würden es so gern tun.
Oder, verzagt nun sagen:
Mit wirklich außerordentlicher Musik wird man/frau sein ganzes Leben lang sowieso nicht fertig. Mit einer eher dazwischen liegenden und gar nicht so außerordentlichen aber auch nicht.
[Wieder fehlt einiges.]
Kommt Beethoven einem dadurch näher?
Das schon gar nicht.
Im Gegenteil.
Warum?

N. B. Wie glücklich sind doch die Menschen, die beim Musikhören oft und manchmal auch auf längere Dauer dieses peinigende „warum" vermeiden können.
Die Bereiche der Kunst sind schon UNGEHEUER GROSS UND WEIT.
Jedenfalls, jeder Komponist sollte in jedem Abschnitt seines Tuns denken und sagen können, meine Sache jetzt verläuft anders, endet anders als das die üblichen Genre-Voraussetzungen uns so suggerieren wollen.
Und damit hat Beethoven in dieser Symphonie wieder recht.

zwei

Edgar Arnold David schloss sich nur wenig den Protesten oder Montagsdemos oder dem Wir-sind-das-Volk-Aufbegehren an. Viel mehr interessierten ihn im Revolutions(?)jahr sozusagen Readers-Digest-artig verbreitete Aufsätze über Kunsttheorien, zum Teil geschmuggelt ins Land, zum Teil knapp vor 1989 schon recht frei inter commilitones ausgetauscht. Man holte nach. Frankfurt und seine Schulen etwa. Westberlin, dort drüben. Paris. Wien sogar. Kunstbetrachtung, egal jetzt welche, Musik aber auch, Musik vor allem; sie anschauen, hören, nachvollziehen, aus den Fakten und mehr noch den Ideologien heraus beleuchten, das wäre erst eine notwendig beständige, gar politisch-dialektische Kritik. Zunächst, aber vorweg weiterhin noch. Der Beethoven-Kleinartikel ist eine Folge dieser Lektüre gewesen. Er zirkulierte. Beinahe niemand verstand ihn oder wollte ihn verstehen. Er erzeugte Angst, wie alle Kunstschriften damals, die man aus Gründen wie auch immer kaum begriff oder sich öffentlich zu begreifen getraute, und die man schon deswegen als republikzersetzend zu befürchten hatte. Edgar Arnold David hingegen munitionierte sich mit solchen Kritiken in eher praktischer Vernunft quasi auf seine Weise auf (oder hoch). Er begann zudem, selbst in gebundenen Formen zu komponieren und wunderte sich, dass es ihm leichtfiel. Er spielte in diversen Wohnungen oder Kellern an Klavieren seine Klangergüsse vor und erregte relativ viel Interesse. Es waren Mischungen in orthodoxer Harmonik, aus ziemlich harten Beat-Folgen, wie das die Metall-Buben im Westen so liebten, und einem oft feinen Abdriften in Freitonalität als Mischungen gar in Darmstadt-Saarbrücken-Köln-Donaueschingen-Imitaten. (Woher er die Vorlagen nahm? Egal.)
Er fuhr Anfang November per Eisenbahnzug nach Berlin-Ost. Das war ein Unterfangen, das – just for fun – noch nicht ungefährlich war. Aber es scherte sich gegenwärtig kaum ein post-preußischer

Zugbediensteter um ihn. Dann spazierte er mit den Gruppen des Folgetages vom Mauerfall locker nach Berlin-West. Er hatte eine Adresse bei sich. Vor ein paar Wochen zugesteckt bekommen von einem Musiktypen, der sich – heimlich oder besser: ohne viel drüber nachzudenken, wie heikel das sein könnte – mittels eines Besucher-Visums für sozialistisch-politisch interessierte, antifaschistische Studenten aus jenem imperialistisch-amerikahörigen Berlin, so in den Massen, bevölkernd nun schon fast täglich die Leipziger Nicolai-Kirche, herumgedrückt hatte. Heikel: Denn im Grund war er, der Emmerich, ziemlich unklug drauf aus gewesen, irgendwelche Ost-Protest-Typen, vor allem Musiker, nach dem Zustecken von D-Mark aktuell zu befragen und das Ganze dann als Sensation bei Illustrierten zwischen Hamburg und München anzubringen. Nun aber stand er, der Edgar wiederum, ohne schon irgendein geschmuggeltes West-Geld zu verwenden, er war nämlich nach dem Studium der ausgehängten Routen für öffentliche Verkehrsmittel ziemlich locker, oder sagen wir besser: naiv, ein wenig staunend und angenehm, „schwarz“ wie es so heißt, in Charlottenburg gelandet, er stand also in einer Seitengasse von Kant und Momsen und Goethe, vor einem Klingeltablett, voll verschmiert; er drückte auf alle noch funktionierenden Knöpfe, das Tor sprang sofort auf; er fand sich drinnen zwischen Fahrrädern und Müllkästen, er stieg die Stadt-übliche, steile, hölzerne Treppe hinauf. E. läutete an der ersten irgendwie vertrauenserweckenden Wohnungstüre; nichts; an einer gegenüberliegenden, nichts; ein Stockwerk höher; ein tiefblau bemalter, weiterer Wohnungseinlass, eine Klingel, ein Eingang-verlangendes-Läuten; die Türe öffnete sich spaltbreit, die öffnende Hand verschwand sofort wieder, nichts geschah weiter hör- oder sichtbar. Also, Edgar schlüpfte hinein, ein langer Flur mit sehr viel Überkleidern an den Wänden; von fern vernahm man, strengte man sich lauschend an in diesem engen Schlauch, ein wenig Musik. Dann gab es Lärm. Eine Zimmertür wurde aufgerissen, zwei jungen Frauen mit viel Afro am Kopf schauten ihn etwas konsterniert an, streckten ihm Arme und Hände entgegen, aber abweisend, sagten im Durcheinander, er solle verschwinden, man würde sonst den „Emmi" holen, der außerdem Erfahrung mit der Polente habe, im Sich-Verteidigen nämlich, im Sich-gut-Darstellen vor dieser Polente nämlich, mit einer Schreckschusspistole wenigstens. Also von der einen kam: „Hau ab! Du Penner im Retro-Look!" Und von der anderen kam auch was: „Mach Wiese! Hier nicht, Du Geilist!"

„Ich bin doch da vom Emmi eingeladen worden."

„Was quasselst Du so? Was meinst Du damit?" „Eingeladen, huch, von der englischen Königin vielleicht, der Alt-Tussi im Look unserer Kittel-Omas aus dem Balkan?"

„Bist Du eigentlich aus Sachsen mit Deiner Scheiß-Aussprache?"

„Oder überhaupt von dort unten und drüben, aus den schwarzen Wäldern rund um diesen Marx Karl oder dem Anhalt, wo man sich kaum mehr anhalten kann, hihi?"

„Ich wurde ja ... Er hat mich da schon. Lasst mich mal sagen, was da hinten noch dran steht und Sache ist. Bittschön. Ich bin der Edgar."

„Du, ja, super, bist doch glatt ein Ossi! Edi-Garli, süß!"

„Ein Rübergeschwemmter ist der, seit gestern!"

„Einer, der mit der Mauer umgefallen ist. Hahahaha!"

Das also geschah in Westberlin. Eine Sängerin in Ausbildung glotzte ihn an, in einem Wohnklassiker für Junge in Charlottenburg, eine aus dem Kunst Cross-over (oder was man sich aktuell darunter vorstellte und damit – eh vergeblich – viel Geld zu machen hoffte), plus Kollegin im Pseudo-Studium der Sozialwissenschaften.

Es war seine erste Begegnung solch einer Art mit solch einer Frau

(plus stinkender Franzosenzigarette), das sei verraten, ähnliche – auch verraten – werden folgen.
Die Mädels, das stellte sich in den nächsten Minuten heraus, hießen – nicht so wirklich passend für ihre, etwas süchtig zur Schau getragene, schräge Berliner Besonderheit – Mareike und Hertha. Mareike war etwas pummelig, aber wie alle in 20+ dieser Profession nicht ohne Körper-Reiz. Hertha hätte hübscher sein können, wenn – ach, wenn sie irgendwie jemand gehabt hätte, der/die vom auch nur ganz wenig Hübsch-Sein was verstand. Es ließe sich nun die weitere Erstbegegnung etwa so, in einer Tarzan-Dramaturgie und -Konversation zusammengefasst, wiedergeben (eine leicht folgenreiche zwischen M. und E., denn die H. blieb bald außen vor, obwohl sie gegen ein Triplum nichts einzuwenden gehabt hätte.) Also á la: Ich Tarzan, Du Jane?
„Ich also Mareike, capito Schätzchen? Du Edgar, Schätzchen. Ich Musik? Und wie sogar. Eine andre machst Du? Ist ja schräg, nein ist drüber. Du bleibst heute wo? Dümmling. Du bleibst hier. Aber vorsichtig sein. Ihr geilen Ossi-Böcke."
„Ja."
Erzählt soll noch werden, dass Edgar Arnold David vor seinem Berlin-Trip mit Folgen noch eine vorletzte Begegnung mit seinem Vater hatte. Der junge Student war für wenige Tage nach Halle zurückgekommen, er benötigte ein paar banale Sachen wie Kleidung oder Habseligkeiten aus Kinder-, aus ersten Schreib-/Kompositions-Zeiten. Sein Vater, der sich während seines Aufenthaltes in der Wohnung nicht hatte blicken lassen, wo blieb der?, und die Stiefmutter benahmen sich ihm gegenüber wie einem Aussätzigen. Am Morgen seiner Rückreise nach Leipzig fand er ein Kuvert am Küchentisch, dort wo ihm gestattet gewesen, sich (gratis) ein Frühstück (Brot und Honigersatz, Margarine und Malzkaffee und Milchpulver, wenn ge-

wünscht auch Kirschwasser aus Ungarn) zu bereiten. Keine Anrede und kein Datum. „Ich bin besorgt. Ich würde sehr darauf dringen, Dich noch vor der Fortsetzung Deiner Studien – sind das überhaupt welche, noch? – zu treffen. Ich bin heute vormittags in der Zentrale, an meinem Zweitarbeitssitz hier in Halle. Ich habe Verpflichtungen, jetzt, nämlich. In solchen Zeiten, wo das Volk gefährlich und lächerlich zu werden droht. Wenn ich nichts Gegenteiliges höre von Dir, was ich aber auch nicht erwarte, erwarte ich Dich Punkt 11.00 Uhr in meinem Zimmer. Du sagst beim Pförtner Deinen Namen. Es ist alles vorbereitet, dass Du überhaupt zu mir in diesem staatswichtigen, öffentlichen Gebäude kommen darfst." Kein Gruß. Kein Name, keine Unterschrift oder Paraphe. Der Adressat packte seine Sachen zusammen. Er machte sich also tatsächlich und folgsam auf den Weg. Noch vor demjenigen zum Hauptbahnhof nahm er zu Fuß und über halbstündig denjenigen zum Amtsgebäude. Er wurde wie angekündigt beim Pförtner bereits cool und eher hochmütig in Empfang genommen, kurz ein Stockwerk hocheskortiert und dann allein ins nächste, Zimmer 34B, anzumelden davor auf 34A, geschickt. Die Sekretärin des Studenten-Vaters war ziemlich blond, in der Mitte der Dreißiger, im etwas zu kurzem Rock, der aber nicht etwa einer an Textilien notleidenden DDR geschuldet war. Sie lachte ihn laut an, hieß ihn Platz nehmen, sprach noch vom „Vati, der sicher gleich Zeit haben wird für jemand, der ein Künstler zu werden gedenkt." Grinsen abermals. Frau Schulz (tatsächlich, ein Name wie im herkömmlichen Ost-Roman, Adelheid Schulz) zog sich durch eine schmälere Tür in Raum 34B zurück, kam schon kaum eine Minute später retour und schubste sodann nicht unfreundlich und auch kaum anlassig den „werdenden Künstler", der unter einem Honecker-Portrait (heller Anzug, schiefer Kopf, mit dem Versuch, stechenden Auges in die Fotolinse zu blicken) gewartet hatte, in den

Nebenraum, in 34B. Der Papa saß an einem Schreibtisch, dem Eintretenden halbrechts zugewandt, er hielt Papiere in Händen, ganz wichtige wohl, die er zu studieren schien, was aber noch mehr dazu führte, dass die Szene nicht nur gestellt wirkte, sondern auch war. „Nimm Platz, dort drüben. Bin gleich so weit für dich." Der junge Mann – schildern wir ihn einmal ein wenig, denn es dauerte noch ein paar Minuten, bis der wichtige Funktionär seine Lektüre beenden konnte – trug diesmal eine rund und drahteingefasste, also vielleicht sogar hinterhältig an J. Lennon erinnernde Brille, obwohl Edgar (und wohl auch John) sowieso kaum eine benötigte(n) (rechts 0,8, links 0,7). Die Haare waren, eine Protesthaltung der abgefeimten Art?, kurz, geschnitten, gebürstet; seine Kleidung unauffällig, ohne West-Schnick-Schnack-Imitaten wie Seitentaschen an den Hosen erinnernd an die imperialistischen Amis bei den Waffenbrüdern in Vietnam, braune Schuhe mit Schnürsenkeln neu, eine weiche Jacke im Lammfellimitat, das T-Shirt ohne (sic) Aufdruck, an Gepäck eine schwarzgraue Plastiktasche und eine Mappe für Notenpapier im Partiturformat. Seine Nägel sind ordentlich geschnitten und gefeilt gewesen, seine Hände gewaschen, kein Achselgeruch, im Gegenteil sogar ein etwas lässiger Rasierwasserduft, obwohl E. A. D. höchstes erst zwei Mal in der Woche einer Kinnschabung bedurfte. Auch in diesem Raum gab es ein Honecker-Foto an der Wand, diesmal eines, wo der Generalsekretär sich ein Lächeln abrang, für dessen Repro man fast alle Falten auf der hellen Gesichtshaut retuschiert und wo man sogar das Brillengestell zwecks flotterem Aussehens feingezeichnet hatte. „Ich will uns nicht lange aufhalten." Der Vater erhob sich, streckte dem Jungen tatsächlich die Grußhand entgegen, sie wurde ihm gewährt, er drückte dann fest und im Kader eingeübt zu- Er stank leicht nach süßem, bulgarischem Cognac. „Ich will dir nur eben jetzt von Angesicht zu Angesicht mitteilen, dass es mir gelungen ist, dich endgültig auf der Wirtschaftsuni in Karl-Marx-Stadt unterzubringen." Er trug einen seiner Dienstanzüge, grau, grob, mit kleinen violetten Farbeinsprengseln, ein in sich gemustertes Hemd und eine schräggestreifte Krawatte. Der Vater, Herr Walter Niehaus, war etwas größer als Herr Edgar, der, leider für den Alten, einfach nicht antwortete. Sie starrten nun einander an. „Sag was! Danke wenigstens! Das war nicht leicht." „Das ist doch die Hochschule für den klassischen, real existierenden Sozialismus?" „Ja. Karrierebasis für jeden, der die schafft." „Heute? Noch? Liest du keine Zeitungen, schaust fern, gehst spazieren nach der Dämmerung, am Leipziger Ring etwa?" „Kindereien. Aufgewiegelt diese Herumbrüller. Junge, hör zu! Man wird denen schon beibringen, was Arbeit und Werktätigen-Solidarität heißen." Es kann nun erzählt werden, dass ein Wort das andere gab. Dass der Vater begann, Kunst und Avantgarde zu beschimpfen, worauf der Sohn meinte, er solle nicht von Sachen reden, die er nicht verstünde, das mache er schon zur Genüge in seinem Stasi-Spitzel-Beruf. Dass der Vater bei Stasi-Spitzel auszurasten begann, sich solch eine abwertende und völlig falsche Diktion verbat, ihn schließlich vor die Alternative stellte: Jetzt zusagen, noch ins bereits laufende Semester einsteigen, in Karl-Marx-Stadt ließe sich sogar ein Studentenzimmer finden, jedenfalls sofort mit dieser Herumgekünstelei dort drüben in Leipzig aufhören, und so weiter und so fort! Dann. Der Sohn hieß dem Vater das Götz-Zitat, der Vater verabreichte dem Sohn eine Ohrfeige, der Sohn schubste den eben ob des bulgarischen Gesöffs nicht ganz mehr stehsicheren Alten heftig zurück auf den Schreibstuhl, der Alte streifte dabei mit dem Kopf ein wenig einen Kanzleischrank. Es passierte aber sonst nichts wirklich Körperlich-Tragisches. Edgar packte rasch seine Pinkel zusammen. Draußen sagte er noch zur entsetzt gelauscht Habenden: „Adelheid ein Tschüsschen". Dann folgte kurz Leipzig, wenig später Berlin, hier und drüben, wie berichtet. Es sollte noch erzählt werden, dass der „Junge“ vorerst nicht direkt zum Bahnhof fuhr, sondern nach Hause. Er wusste, wo die Stiefmutter Ost- plus Westgeld versteckt hielt. Das nahm er mit. Ziemlich ausreichend für ein paar Wochen hier und drüben. Sein neues Leben begann mit einem Raub. Er war stolz darauf.

vier

Szene mit Musik (beteiligt Edgar Niehaus plus Mareike und andere auch):
Begonnen hatte der wachsende und nun zu schildernde, aber folgenreiche Clash schon nach drei Tagen des Aufenthalts von Edgar. Wohlig in der Wohnung von Mareike, Hertha und Emmi/Emmerich. Die Besitzer: Die Eltern der Hertha, zur Verfügung gestellt als Studentenunterkunft, 3 Zimmer (in einem ein Klavier) plus Verräumsachen-Kabinett plus Bad/Klo/Küche. Behaust mittels einer recht streng observierten Dienstordnung was schnödes Putzen oder Üben oder Stille-Zeiten (kein Lärm und nicht Baby-Versorgung) betraf. Edgar, mies logierend anfangs, im kleinen Abstellraum, ab Tag drei im Zimmer von Mareike. Wir übergehen die Einzelheiten, wie es so rasch dazu gekommen war. Höchstens gesagt: üblich, also im kleinen Gefallenfinden aneinander und in Verwunderung übereinander mit dem Touch des jeweils Exotischen, viel nächtlicher Wein, etwas Cannabis, viel Musik einander gegenseitig vorgeführt, an den Kopf und an die Haut geworfen. Dann einander – sich – an die Häute geworfen.
Jetzt (wieder nach Tagen) war man, auch wenn das nun bürgerlich-spießig klingt, zu Besuch. Bei Freunden der Hertha, fast alle sowieso brav. (Dabei hätte man doch so gern einen anschwellenden Bocksgesang rausgelassen.) Rund ein Dutzend an Kumpels oder boys n' girls fanden sich für ein Konzert (?) in einem gerade nicht benützten Gassen-Geschäft in Schöneberg ein. Mareike wollte neue Lieder, begleitet von einem Ex am Klavier, vorführen, „zur Diskussion stellen, ob man damit zu einem dieser uns sowieso ausbeutenden Schallplattenmenschen gehen könnte." Es gab Bier vor allem (Flasche, Gläser, dazu Besteck sogar). Eine der Hertha-Kommilitonen, die ernsthaft die Sozialwissenschaften betrieb, hatte, weil ihr Vater einen Lebensmittelgroßhandel führte,

von dort und aus dem Firmen-Depot für gerade abgelaufene Waren Mengen an Wurst und zugeschweißtem Brot, an Gläsern mit eingelegten Gemüsen und abgepackten Käsen, solchen vor allem aus Holland, leicht mundraubend mitgebracht.
Essen – Trinken – ein Podium wird beleuchtet – rundum wird Platz genommen – die Sängerin hat sich frisch geschminkt und einen weiten, weißen Shawl umgenommen – der Pianist glättet die handbeschriebenen Blätter flach – Mareike sagt noch einbegleitende Worte, die unnötig sind.
Unsere junge Diseuse also sang mit etwas zu viel Vibrato, aber schön die Töne treffend. Man begann mit Aufwärm-, sorry, aber mit ziemlich allzu bekannten und ab- und ausgesungenen Aufriss-Stücken (Greta Keller, Hildegard Knef, Marlene Dietrich, leider auch Edith Piaf). Dann folgten einige Neukompositionen geschrieben, vor Monaten erst, ganz für sie (aus der Zeit, als der Ex noch In gewesen war). Zwei Mal was über schwulstigen R.M. Rilke-Gedichten, einmal à la Konstantin Wecker, einmal Midlands-amerikanisch für brave Fans und angebliche Kenner.
Es entsteht freundlicher, dann sogar heftiger Applaus und Lärm jeweils nach den Nummern – wieder offeriert man Nachschub beim Essen und Trinken – allein, draußen vor der Tür da stehen seit ein paar Minuten ein paar weitere Leute herum, lugen herein, „… guckt doch, da …“, „… am Arsch doch, schon wieder neue Ossis …“, „aber die sollen mal reinkommen, kriegen auch was, mögen sich den Sozi-Bauch vollschlagen und einmal gescheite Musik hören …“, „… leider haben wir keine Bananen dabei für euch …“ – die dergestalt angesprochenen und sodann sogar geladenen 5 Menschen, alle männlich, werden also nett hereingebeten – sie stellen sich heraus als Kenner des Musik-Schrägen, sind solche vom Zionskirchplatz – sie machen sich nach der Fütterung erbötig, zum Dank was à capella

vorzusingen – die Wessis tun auf gespannt – Mareike gibt das Podium frei – die Ossis singen, à capella, doch glatt den ersten Satz von Ludwig vans (später) so genannter Mondscheinsonate – und zwar zunächst ziemlich dem ursprünglichen, wiegenden Notenverlauf entsprechend – dann die Chose leicht anjazzelnd – dann alles über einem Text, leider aus ziemlich herkömmlichen Ost-Protest-Zeilen zusammengewürfelt – dann irgendwie gezielt das Gemisch aus dem Ruder laufen lassend – es passiert nämlich keck: jene Beethoven-Seufzer und Liebesschwüre gerichtet an eine Julia namens Guicciardi werden, tja, es ist nicht anders zu beschreiben, schlussendlich hinunter vergrunzt.
Mareike verabreicht daraufhin noch eine leise Zugabe, eine eher aus dem Schlagermilieu – aber kurzfristig sind doch die Luft und das Tempo der Szene leider draußen.
Man hat daher eine knappe halbe Stunde lang nur mehr ziemlich getrunken und leicht flach dahingewitzelt. Allein, und wir sind wieder in einem weiteren Abschnitt von dem, was eben ein beginnender, aber folgenreicher, aufsteigender Clash genannt worden ist, Edgar Arnold David Niehaus bat nun höflich das Quorum auch noch selber etwas zum Besten (zum „Schlechten" haha) geben zu dürfen.
Er ergattert gleich und einfach, ohne weiter noch ein Nachfragen oder schon Zustimmung abzuwarten, den Platz am Klavier – Mareike stellt sich daneben – schaut ihn an. Bewundernd? Ja, doch vor allem.
„Die Scheiß-Mondscheinsonate, die Scheiß-Elise und der Scheiß-Sturm!" Er verquickte virtuos die Musikstücke miteinander, Taktgruppen an Taktgruppen.
Dann machte er das ganze Ludwig-van-Gemisch zur Cluster-Abfolge.

Schließlich zog er sich trömmelnd auf den und dem Ton h/H zurück.
In zwei Oktaven, dann langsam in einer, dann nur mehr an der Taste über dem sonst üblichen Einstimm-A. Manchmal sich hinaufschiebend.
Aber er haute vor allem brutal auf die h-Taste.
Im 32-stel Rhythmus. (Er sich im Zitat belustigend dazu: „Die Trillerketten!“)
In Sechzehnteln. („Die Fioraturen und Kadenzen!“)
In Achteln. („Zuletzt wirft immer die Kunst den Schein ab!“)
Das h: So laut es aus dem Holzkasten herauszubringen war.
Unruhe und bald kein im Rhythmus Mitherumschunkeln mehr. „Hör auf!“ Ähnliche Befehle, dann leicht schon beleidigte Kommentare wurden gerufen, sodann gebrüllt.
Mareike starrte weiter nur auf die Finger des Pianisten („himmelsblau …“).
(„… der-mal-einst …“)
„Auf-hö-ren!!“ (der Emmi)
Edgar lächelte scheinbar.
„Auf-hö-ren.“ (fast alle)
„An die Eier.“ (die Hertha)
„Ach.“ (die Futterlieferantin)
Ein stärkeres Lächeln, fast glücklich, des Pianisten.
Er wurde leise, noch leiser, bald mezzoforte.
Jetzt piano.
Pianopianissimo.
Dann hat er sich quasi hineingeschlenzt in einen Dreiertakt.
¾-Takt, beinahe Wienerisch-klassisch. Strauß/Vater.
Blieb aber beim h, nützte bald den ganzen h-moll-Akkord.
Dann plus Cluster-Töne

Dann wieder nur diesen h-Ton.
Bei Schubert oder Tschaikowsky oder dem Wagner R. der Todes-Ton.

EIN SCHÄBIGES GERÄUSCH
Er zog seine Hände zurück.
Ergriff mit der Linken die neben ihm baumelnde Rechte seiner kürzlich und nun sowieso nur mehr kurzzeitig zur Geliebten Gewordenen.
Blickte auf.
Lichtlärm oder Gaukelei?
„Mir ist nicht gut.“

Ich

will

nicht

dienen.

Mein

Körper

macht

meinem

Geist,

meinen

Empfindungen,

also

kurz

meiner

angeblichen

Seele

nur

Schwierigkeiten.

Meine
Musik
ist
nie
zu
leise
und
zu
laut.
Daher
ist
sie
schlechter
als
die
meisten
anderen
neuen
und
alten.
Manchmal
überliste
ich
aber
die
neue.
Viel
Glück
ist
notwendig

dazu
und
dafür.
Peinlicherweise, aber nur für mich, hab ich zwar die Gnade der späten Geburt, hab also nicht mehr im Erwachsenenleben den Quatsch des Ostdeutschen und des Westdeutschen mitmachen müssen, also diese falsche Eitelkeit der Scheiternden – so wie die Religionen alle – mitmachen müssen; werde dann aber langsam ebenso endend sein, wie unsere naiven Wünsche nach der Eroberung des Mondes und jedes Quadratmeters der Erde, verbunden mit manchem, langsam die Erde dadurch langsam kaputtgenießenden Frohsinns und Genusses in einer aus sich heraus schon grassierenden Überbevölkerung. Alles daneben Existierende wird voller und kleiner. Die Flüchtlinge werden immer mehr, die Kriege auch, aber selbst die werden immer kleiner.
Früher
konnte
man
noch
mittels
Kunst
ein
wenig
flüchten.
Oder
wenigstens
Verwirrung
erzielen.
Glückliche
Zeiten.
Glücklichere.

Jetzt macht sich immer nur eine recht spitzbübische Munkelei breit.

Ich

will

nicht

dienen.

Nicht

dienen.

sieben

Drei Wochen später. Vorweihnachten. Tübingen. Also in Baden-Württemberg, also am Neckar etc.? Es sei folgendes, beinahe traurig und beklommen, dazu berichtet. Edgar Niehaus war noch drei Tage lang mit erst sukzessive sich wieder fortschleichenden Krämpfen im Magen und auch in den Beinen darniedergelegen und dann heimlich aus der Wohnung zu Charlottenburg abgehauen. Als die Hertha auf der Uni und die Mareike beim Stimmtraining geleitet von einem Guru gewesen. Dem Emmerich hatte er noch im ursprünglichen und bleibenden Vertrauen die Schlüssel übergeben. Der sonst gern leicht Aggressive aber zum Freund Gewordene klopfte ihm nur weich auf den Rücken und sagte „verstehe, Mann"; sie rauchten noch gemeinsam einen Joint (es blieb der letzte in Edgars Leben, es ekelte ihn seit Tagen das Süße schon gewaltig; generell). „Hast du überhaupt noch Geld?" „Ost-Mark, viele, die kriege ich irgendwie an. Und zur Sicherheit fast noch 1000 aus eurem Westen. Stell dir vor!" „Sei sparsam, du hast noch immer keine Ahnung, wie rasch dir hier die Knete weggeht." Nochmals ein Aufeinander-Herumklopfen. „Du hast ziemlich Verwirrung gemacht mit deiner Musik. Wirst vielleicht einmal ein Scharlatan. Oder ein kleiner Faust, ein Fäustling. Im Westen viel Neues jedenfalls."
Eines seiner Lieblingslieder aus Schubertscher Komposition (neben „Im Frühling" und „Du bist die Ruh"), er summte es dauernd vor sich hin beim Verschwinden aus Charlottenburg und beruhigte sich damit doch, stammte inhaltlich aus der gern absurden deutschen Universalpoesie; er fühlte sich im Augenblick von solchen Gesängen angesprochen wie kaum von sonst einem Kunst-Erzeugnis, auch wenn es ihn – ja, sagen wir es offen – dabei schauderte. Wissend. Er würde so etwas musikalisch nie, ja nicht einmal kompositorisch-dramaturgisch nur in nuce fertigbringen.

Franz Schubert / Friedrich von Schlegel: *Die Gebüsche* (D. 646)

Es wehet kühl und leise die Luft durch dunkle Auen,
und nur der Himmel lächelt aus tausend hellen Augen.
Es regt nur eine Seele sich in des Meeres Brausen
und in den leisen Worten, die durch die Blätter rauschen.
So tönt in Welle Welle, wo Geister heimlich trauen;
So folgen Worte Worten, wo Geister Leben hauchen.
Durch alle Töne tönet im bunten Erdentraume
ein, nur ein leiser Ton gezogen für den, der heimlich lauschet.

Er gelangte, wieder geht es nun um Edgar, den doch ziemlich Glücklichen, aber irgendwie auch Flüchtenden, per Autostopp und teilweise sogar bloß auf Rücksitzen unter Decken verborgen, denn manche der ehedem brutalen Grenzer agierten schon aus Selbstschutz bereits viel weniger forsch, in jenes für ihn leicht legendäre Tübingen. Die Stadt, wo man Franz Schubert edierte, ohne dass Schubert je dort gewesen war (höchstwahrscheinlich hat er nicht einmal gewusst, dass es so etwas wie ein Tübingen gibt), dieser verschrobene Ort auch, wo Hoelderlin (Fritzi) gut dreieinhalb Jahrzehnte hindurch einen gemütlichen Wahnsinn vorgaukelte, ein Platz zudem ganz gesichert inmitten eines reichen anderen Deutschlands, putzig, kitschig, aber geistig offen, doch das nur manchmal, weil schon allzu satt.
Aber was war denn ein Glück, auch hier?
Sie, die Stadt, er, der Ort, sie, die Gaukelei, und es, das Satte, lockten einfach.
Die vorgespielte bukolische Irre des Fritzi wohl auch und erst recht.

Friedrich Hölderlin: *Ehmals und jetzt*

In jüngern Tagen war ich des Morgens froh,
Des Abends weint' ich; jetzt, da ich älter bin,
Beginn' ich zweifelnd meinen Tag, doch
Heilig und heiter ist mir sein Ende.

Die nächsten Schritte waren eher ungewöhnlich, sie sind trotzdem rasch erzählt. Er sprach einfach und unangemeldet in der Editionsleitung der sogenannten Neuen Schubert-Ausgabe, situiert an der Uni und selbstgefällig die Historie verwaltend, vor. Er präsentierte sich kühn als wandernder Komponist und Schubert-Spezialist, gekommen als quasi Vorhut für endlich frische Schubert-Erkenntnisse aus dem studierenden Osten. Sodann ersuchte er noch keck um Unterstützung. Und – bekam tatsächlich für ein paar Wochen eine Wohngelegenheit (1 ½ Zimmer, Nebenräume, ganz gut eingerichtet). Ein Stiftungs-Quartier war das, eines sonst für eifrige und größtenteils unwissende Stipendiaten im prae-Professorenrang gebürtig vor allem aus den USA, jetzt zufällig leerstehend. Weihnachten war schließlich bald und so. Die Wohnung leer, der Westen aber gütig. Er bezog die beiden recht zentral gelegenen Räumchen wie ein Studiosus Academicus im 19. Jahrhundert, überschlug seine Barschaft, errechnete aus der einen Aufenthalt bis über den Jahreswechsel zu 1990 hinaus und wurde außerdem in den ersten drei Tagen zwei Mal zu einem recht üppigen Abendessen eingeladen.
Man sah in dem jungen Mann noch allemal ein Kuriosum aus dem dunklen Anti-Deutschland.
Man fragte ihn aus, und er fragte die Einladenden (gebürtig aus vor allem bewusst und stolz vor sich hergetragenen wissenschaftsliberalen Uni-Kreisen) aus.
Man diskutierte über Musik, über Liedertexte und den heutzutage immer mehr aufkommende, Minimalismus, sogar dann, muti-

ger geworden, über Ideologisches von hüben und drüben und wie die beiden nun vielleicht sich sowieso verkrümeln oder ineinander, notwendig verschlungen aufgehen würden. Man dachte dabei, wie so viele Leute damals im Westen nicht mehr an einen Krieg. Faszinierend.

Vor dem Turm
(Übrigens: das ist und war gar nicht der echte mehr, nachgebaut hat man ihn, denn das Hoelderlin-Original brannte kurz nach dessen Tod einfach ab.)

Es war da nun ein: Musiklesen – Üben-Können bei Verlagsleuten – Stille für sich – immer wieder Magenschmerzen – die Tage plätschern – Glück haben – ein noch mehr Musiklesen.
Dann war doch tatsächlich Weihnachten. An Heiligabend herrschte, wie man das im dem an Christuskindmärkten übervollen Westdeutschland gern und so hässlich nennt.
Beim Neckarufer gelandet, im Nieselregen, trotz des Sauwetters auf einer Bank. Nach 20.00 Uhr. Hinter so manchen Altstadt-Fenstern schimmern schon seit Langem die entsprechenden Kerzen. Sein Blick hängt im Hoelderlin-Turm. Es singt leise in ihm und vor sich hin. Auch so ein Schubert-absurd-Lied. Diesmal eines über einen Text des seltsamen, brennenden, schwulen, sich dauernd selbst überschätzenden, Griechen-begeisterten Johann Mayrhofer. Also: was sehr Passendes hierorts in der Hyperion-Aura.

Franz Schubert / Johann Mayrhofer: *Fahrt zum Hades* (D. 526)

… schon schau ich die blassen Danaiden, den fluchbeladnen Tantalus. Es murmelt todesschwangern Frieden, Vergessenheit, dein

alter Fluß. / Vergessen nenn ich zwiefach Sterben, was ich mit höchster Kraft gewann, verlieren, wieder es erwerben! Wann enden diese Qualen …

Ein gleichfalls noch jüngerer Mann im hellen Trenchcoat nimmt neben ihm Platz.

Beide sitzen mehr als 10 Minuten lang still nebeneinander.

„Frohe Weihnacht."

„Wirklich?"

„Wir zwei sind wahrscheinlich froher als ein Großteil der Leute da drinnen in den warmen Stuben und vor den Geschenkmassen und dem Gänsebraten und dem Bier und den Schnäpsen und den bald heulenden Kindern unter den geputzten Bäumen und vor allem vor den beleidigten Ehegattinnen, weil die wieder nicht das bekommen haben, womit sie rechneten, also neue Unterwäsche oder ein Küchengerät oder was Gesungenes vom Heino mit dem Gildo und dem Jürgens, und daneben Oma und Opa, die nicht mehr alles mitkriegen und so eben."

Mindestens 5 Minuten lang abermalige Stille.

„Sie sind also vor diesen brutalen und schematischen Feiern geflüchtet?"

„Ich haben niemanden zum Feiern, zum Glück. Gott sei Dank, hätte ich nun fast gesagt. Hehe. Aber du – du bist doch ein Flüchtling, ein richtiger?"

„Ja, aber schon seit eineinhalb Monaten. Also ein freier, früher Überläufer."

„Kunst, nehme ich an. Aber warum dann hier gelandet? Deutsche Kultur und Nostalgie, die sich noch immer bloß an der Vergangenheit mit ihren Heroen besaufen, welche ihrerseits sich an einer Schein-Antike und mit dem Scheitern in deutscher Geschichte besoffen haben. Da hättest du gleich auch nach Frankfurt, Bonn oder Berlin gehen können. Dort haben sie zumindest bis vor kurzem noch Revolution und Armee-Fraktion gespielt. Aber, ich verstehe, mein Freund, heimeliger, ich möchte sogar sagen pummeliger ist es hier, verglichen mit zum Beispiel Cottbus oder Neustrelitz oder Halle."

„Sie waren schon dort?"

„Freilich. Überall. Wo man mich braucht und vor allem nicht brauchte."

Er, der Trenchcoat-Mann mit aufstehenden Haaren, einem Vorbiss und hohen Winterstiefeletten, von denen die linke viel größer geschnitten erscheint, vielleicht hinkte er ein wenig ob eines Klumpfußes, dieser Deuter des Landes, hat eine braune Aktentasche mit Messingschnallen bei sich, die er nun öffnet.

„Eine Flasche Rotwein, hehe! Also, schon trinkbar, offen. Italienischer. Südlich von Rom angebaut, zwischen Frascati und Palestrina. Empfehlenswert, das sag ich dir. Keine Sorge. Ich hab auch Gläser dabei, saubere."

Zwei geschliffene Jugendstil-Gläser, böhmisches oder Wiener Fabrikat, kommen zum Vorschein. Er schenkt ein.

„Prost. Sogar der Regen hat sich uns zuliebe vertschüsst. Das soll doch ein gutes Zeichen aus dem – na pardon – Himmel sein."

„Nochmals, und jetzt von mir erwidert: Frohe Weihnacht."

„Und, wünscht du dir auch was?"

„Ich weiß nicht. Einen Job vielleicht. Geld. Ich besitze praktisch keines mehr."

„Unsinn, Mensch. Ich meinte etwas wirklich für dich, aus dir heraus."

„Ich möchte mich noch mehr trauen können. Trauen, also wagen."

„Du bist Musiker vor allem, nehme ich an, und willst kreativ sein, heute in einer Zeit, wo das geniale Machen langsam hinter der Massenproduktion für die Verfressenen auch im Geist, im Gefühl, im Erleben zurücktreten muss."

„Vielleicht. Vielleicht gibt es aber auch noch ganz was anderes?"

„Also zerstören?"

„Bei uns drüben sagte man, wenn gerade niemand von der Stasi anwesend war, die summa theologica, die hätte schon was für sich gehabt. Schließlich ist die ja ausgerichtet darauf, dass letztendlich alles vor die Hunde geht: vor die Hunde in der Hölle und diejenigen, jubelnden im andauernd seligen Himmel. Ach, die Hölle. Wir auf unserer netten Erde haben es doch im gesamten Schöpfungsbereich sowieso noch am besten. Denn dann, die übrigen Himmlischen beneiden uns, sowieso. Wir hier können vor allem im Künstlerischen Neues erschaffen und vernichten. Die dürfen das nicht mehr."

„Das hast du vortrefflich gelernt, mein Freund! Klingt wie ein Bildungsroman aus dem Ende des vorigen Jahrhunderts. Noch ein Glas?!"

Man trinkt noch eines, dann noch eines, dann noch eines.

Wird immer weniger gesprächig in der Weihnachts-Teufelei.

Spät heimgekommen ist es dem Edgar, als hätte er im leichten, aber glücklichen Dusel mit diesem Menschen irgendwann beim Reden über Musik-Vernichten, also auch über das Heute und diesen Beethoven-Schubert, noch einen Vertrag per Handschlag abgeschlossen, einen Pakt der Wissenden oder Vermutenden oder Verneinenden.

Nach Wien!

Berichtet sei, dass E. A. D. Niehaus bis in den März hinein in der Hoelderlin-Stadt hatte gratis bleiben und wohnen dürfen. Er bekam dafür sogar noch eine kleine Apanage („unsere erste Ost-Hilfe, ganz unbürokratisch"), musste sich dafür in den Wissenschafts-

Seminaren und -Bibliotheken nützlich machen, hatte dort aber wenig zu tun, er konnte stöbern, Klavier-Üben, skizzieren. Man verschaffte ihm sogar einen Übergangs-Pass; die mütterliche und manches mehr erwartende Frau eines Studiendekans schenkte ihm ein paar Kleidungsstücke ihres Sohnes, der zum Leidwesen der gesamten sonstigen Familie in ein Kloster eingetreten war, wo er sich, wie er gesagt haben soll, „auf die kommende, apokalyptische, wüste, nicht mehr in den Griff zu bekommende Zeit still vorbereiten wollte.

Nach Wien. Wie Beethoven etwa in dem Alter. Glücklich und peinlich zugleich. [E. A. D. empfing sein Leben hindurch überhaupt viel Glück. Peinlich dabei war ihm, wie schon bei Gelegenheit berichtet, nur sukzessive viel an der Musik, der Frau Musica an sich und in manchem erkannt Besonderen.

Sein Ende im Erkennen und damit das Ende dieses Glückes sind zwar weniger glücklich gewesen, leider, aber davon später.]

Das Glück diesmal: Man verschaffte ihm wieder ein Stipendium, diesmal eines seitens der in Wien sesshaften Alban-Berg-Stiftung. Nicht zuletzt, weil Edgar – gedrängt zur Bewerbung durch die Schubert-Ausgabe-Leute – seiner abermals recht frech, aber locker an die Stiftung gerichteten Aufforderung ihn zu unterstützen, ein paar, wie er es nannte „Probezeilen über Berg" beigelegt hatte.

[Woher wusste er manche erwähnten Details eigentlich? Welcher Schleppfuß hatte sie dem Glückspilz verraten? Die allgemeine Alban-Berg-Biographik befand sich damals zudem noch im Stadium der schlichten Heiligenverehrung ohne ein Zulassen von Kritik als nötigem Ansatz, alles aber dahin sich ziehend über beklagenswert wenig aufgearbeiteten oder schon durchschauten Quellen.]

Das VIOLINKONZERT ist Glück und Hass.
Mit den Frauen und auf die eigene Frau.
Jedes gute Kunstwerk macht das.
Glücklichsein ermöglichen und Hassen.
Die Bilder seit Botticelli, die Musik seit den Isorhythmikern, das Drama in der Antike und ab Kleist oder Büchner. Nur: Die lächerlichen Klassiker zwischen G. und Sch. hätten sich so was nie getraut, nicht einmal kurz glücklich-sein. So wie der A. Berg sich dabei kurz räkeln, so direkt.
Berg beschreibt das alles detailliert, hat man nur den Schlüssel dazu gefunden.
Er verwendet geheime und offene Programme, benutzt Ziffern und Buchstaben.
Er schildert sein Leben.
Doch: Jedem Komponisten, jeder Komponistin gar (es gibt sowieso keine) sollte es möglich, sollte es gegeben und bestimmt sein, am Ende ihres Lebens sich in der eigenen Kunst, sowie basierend auf der, gleich dem A. B. äußern zu können.
Berg macht in dem Stück Kinder, tanzt auf so manchem Wiener Vulkan, versteckt sich vor seiner Gattin und hat doch nur dauernd eine mächtige Angst vor ihr.
Er fährt mit der Geige am Schluss ganz bildlich in den Himmel hinein.
Von hinten dröhnt es dazu wie ein Background-Bimm-Bamm aus dem Weltall und demjenigen dahinter.
Zwei Sätze reichen.
Plus eine Menge an Zitaten. Jenes Volkslied, zwei Mal, das vom Koitieren mit einem Landmädchen erzählt, unverheiratet, in der Frühe; danach aber dieser Bachchoral fast zum Finale-Beginn,

der von der Tatsache berichtet, ja der sogar etwas anmaßend behauptet, dass es einmal auch genug sei, dass man nun lieber in den Himmel führe, plus die Anmerkung: wo es halt, verglichen mit dem Furor im Violinkonzert, wahrscheinlich doch bald langweilig sein wird.
Und dann, noch ein Zitat mit Quinten und Septimen, man bemerkt es kaum, eines aus der Oper „Tiefland", wo gesagt wird, ich nehme mir, was ich kriegen kann, denn meinem Leben wurde sowieso wenig freiwillig offeriert, nehme mir vor allem jede Frau, weil die so wunderbar unterschiedlich sind, die Frauen.
Es ist bei aller Todesverkündigung, im dreckigen Eros, in der Abgehobenheit, die einem diese herrliche Droge namens Genialität zu liefern imstande ist, ein Konzert der ANMUT!

[War so etwas die Beschreibung eines glücklichen, geglückten, voll des Glückes Lebens auch des Edgar Arnold David Niehaus selbst – oder nur der oft perfekte Schein? Aber weiter nach dieser seiner geglückten Vorstellung, Introduktion im Kreativen oder Nachplappernden?]
Hat man sich denn den Edgar Niehaus daraufhin als Wurstel, als Harlekin, als Kasperl in den Süden kommen lassen? In die Stadt Bergs, Schönbergs und Weberns und Wolfs und Mahlers und Beethovens, an den Ort des kaputt-machenden Schubert und des ähnlichen Strauß, derjenigen sogar des sehr an sich leidenden Brahms und des bigotten Bruckner, sowie von vor allem die Stadt für jüdischen Leute, die Operetten machten, und zugleich für solche, oft ziemlich faschistisch-angehauchte Lieder-Schreiber, welche ewigkeitsberauscht und frauenverachtend im Dreiklangstod schweben, sowie schließlich aktuell die Stadt leider auch der immer eingebildeter werdenden Wienerischen Crossing-MusikerInnen?

Er war vorerst für 23 Monate finanziell leicht abgesichert. Sollte dürftig damit leben können. Durfte dürftig sein. Er machte viel aus diesen Gnaden, besuchte Seminare, Kompositionsklassen (in die man im Grunde nie so einfach hineindurfte, denn Wien und vor allem sein Akademisches ist gern irrational streng und dem Neuen gegenüber feindlich eingestellt wie schon z. B. zur Mozart-Zeit). Aber er konnte geübt penetrant sein, der naive Ostler, der eingebildete Künstler in einer Zeit, wo man quasi allhier schon den Tod der Kunst erkannt hatte und sich seit Jahren mit deren Begräbnis abgab. Der eingebildete Künstler und der tatsächlich oft Kranke. Beide anmutig.

Mit aller Bestimmtheit ist nun – zugegeben, es klingt nun das Folgende leicht banal – zu sagen, dass Dinge zumeist eben nicht derart zusammenhängen, wie es den Anschein hat. Wir lassen uns eben gern blenden von unseren Wünschen, Vorstellungen, Alltagsrhythmen. Die Welt scheint nur aus Erleben, Erfahren und Erkennen zu bestehen, was sich oft, überfallartig oder überraschend passierend, als noch dazu hoffnungsvoll verteidigtes Fehler-Denken herausstellt.
[Diese E-Worte: Exitus, Elise, Elementarteilchen, Eier, Étude, Ebola, Eingeweihtsein, Edgar, E=mcQuadrat.
Ja:
Erleben. Und wie, aber das wäre ja noch leicht.

Erfahren. Banale Erfahrungen machen also, der Zeitfaktor im E, sie dann verarbeiten, unter ihnen leiden, sich etwas damit aber auch erschließen, aus dem realen oder erdachten oder für das reale oder erdachte Leben damit etwas erzielen.
Erkennen. Die Erkenntnis gewinnen, die E. als Zusammenfassendes verarbeiten, in-sich-hineinarbeiten, dieser wundersame Begriff: Erkenntnisse haben, sodann die Ergänzungszeit, das Erschaudern ob all dem, Er-irgendwas ohne Meinungen daraus und dazu zu haben …]
So er nun. Er-weckt ein-wenig.
Mit aller Bestimmtheit ist jedenfalls nun zu sagen, dass seine Musik (neu gemacht, noch vieles wiederholt) als Ernsthaftigkeit und Spott zu verstehen ist.
Und es war das nicht die Folge manch Kränkelns.
Auch nicht die Folge davon, dass es ihm sonst fast immer in seinem Leben gut ging.
Edgar Arnold David Niehaus erlebte bis zu seinem nicht so hübschgelassenen Ende viel an Glück.
Dazwischen: MUTTERSEELENALLEIN IN ALLER ÖFFENTLICHKEIT

elf

Biographische Notizen

(Hiermit beginne ich mir gelegentlich was aufzuschreiben, gebettet in der Wiener Sattheit, Tradition und Sterbenssehnsucht; ich bin also mutig gegen mich selbst, im Schreiben und im Zugeben dieses Tuns; hoffentlich liest das niemand gleich nach meinem Tod, aber eigentlich: egal; ich bin jetzt in einem Alter, wo man sich nicht mehr alles merkt, merken kann und merken will, ich bin neugierig, ob das überhaupt weitergehen oder Folgen haben wird; aber!, ach, ist so etwas, also „biographische Notizen"!, nicht schrecklich spießig, das können meinetwegen der Goethe machen oder der Thomas Mann oder die ganzen Tagebuchschreiber zwischen Schnitzler und Proust, aber doch nicht ich!, gleichviel.)

Also, startend: Ich bin bereits etwas herumgekommen. Hab mich aber nicht wirklich daran begeistert. War immer wieder krank. Hatte viel Glück. Egal selbst das.

Ich beginne jetzt. Mit Plänen, Wünschen, mit ein paar Zeilen, es werden später sicher noch mehr:

Großkomponieren, Minimalkomponieren, ins Weltall und in den Atomkern.

Das war ein leicht sentimentalistischer und oberflächlicher Nonsens.

Immerhin – schon die erste biographische Notats-Erkenntnis.

Guter Anfang.

Weiter, raffend erzählt.

In Wien fand er anfangs wenig Anschluss. Er versuchte es in den Unis und Hochschulen. Er besuchte Konzerte, Musikevents. Bald schräge und noch schrägere Sachen zwischen Neuem Rock in alten Kleidern oder solchem von den jetzt aufkommenden, singenden vor allem Jungdamen, die sich der Elektronik und der ersten Laptops bedienten. Es gab ein paar Beziehungen, die aber nie über ein/zwei Nächte hinausgingen und unbefriedigend waren. Er wäre gern zum Feministen geworden, wusste aber nicht wozu. Schwul-Sein oder Aufrisse in öffentlichen Partner-Toiletten waren seine Sache auch nicht. Er komponierte ein wenig herum. Bis in den nachfolgenden Herbst hinein. Womit er mit ersten Ergebnissen die Stipendien-gewährende, lästige Stiftung etwas beruhigte. Dann, noch immer dieser Herbst, tat er lieber zuerst den sich betrauernden Herbst-Dichter Rilke lesen (oder bald lieber eher nicht), dann Doderer, dann versuchte er mit Paul Celan irgendwie sich geistig-emotional-sinnlich abzukämpfen (mit Gewinn). Es war noch seine gewährt-vergehende Zeit, wo man kaum künstlerische, kreative oder sonstwelche Schübe erwarten darf.

Er schon. Bald.

Er nahm drei Orchesterstücke in Angriff, von ihm selbsterkennend bewusst zunächst nicht zum Aufführen gedacht. Was auch ziemlich kompliziert gewesen wäre. Das erste erforderte, und er zeichnete sich dafür das Notenpapier selbst, 74 Systeme (je 16 Mal geteilte Geigen, Bratschen, Violoncelli, 4-fach geteilt in den Bässen, 12 Solobläser als Piccolo, Flöte, Oboe, Englischhoren, Klarinetten in B und C, Sopran-, Alt-, Tenor- und Basssaxophon, Horn, Trompete, sowie 10-faches tiefes Blech von den Tuben über die Posaunen bis zum Helikon).
Das zweite bestand aus hellem einstimmigen Frauengesang, egal ob Solo oder als Flotter Dreier, über ein paar Rührtrommeln.
Das dritte – frei und auswechselbar im Instrumentarium – war pentatonisch angelegt, begann in einem Nichts und sollte schlussendlich so laut und brüllend sein wie das Finale des Ravel-Boléros, aber das doppelt, mindestens.
Er arbeitete täglich an den Partituren, immer gleichzeitig an allen drei Stücken, zumeist stundenlang und immer des Morgens. Es fiel ihm auch bald auf, dass er trotz aller Mühen um Frisches, um Originelles, um gar Fantastisches, doch viele Bezugnahmen, Zitate – bewusst und unbewusst – schon in seine frühen Entwürfe hinzuschreiben begann. So wurde das erste Orchesterstück auch zu einer Paraphrase auf Penderecki und Cerhas Spiegel, das zweite klang mittels Texten der Mechthild von Magdeburg wie eine Mischung aus Bergs Altenberg-Liedern mit Bob Dylan, das dritte begann wie Spätsymphonisches von Ives, (selbstbeschreibend und nur für sich „ich möchte es LICHTLAUT oder noch besser LICHTLÄRM nennen, aber ich traue mich nicht“) und endete … endete …, ja, er fand das Ende nicht. Aber er fand – schon wieder während einer Christnacht, also zu Weihnachten, wie man hierorts sagt – eine Gefährtin, die ihm scheinbar aus der Patsche zu helfen versprach. Es war wirk-

lich lächerlich, denn es war ein Tübingen-Abklatsch. So viel sei von außen bemerkt. Aber vielleicht erleben wir alle unbewusst sowieso viel mehr an Parallelen und wundern uns, wenn die eine oder andere dann aus dem Seelen-Sumpf heraufgestiegen kommt. Er saß wieder, so gegen 20 Uhr, auf einer Parkbank, diesmal vor den steilen Treppen hinauf zur Kirche Maria am Gestade gegenüber.
[Einschub, bezeichnend: Es ist dort ein Redemptoristenkloster, also eines für Anhänger der Ligourier. Das ist ihm das unbekannt gewesen, später ziemlich egal. Aber es faszinierte ihn trotzdem, so wie alle hirnrissigen Ordensregeln und ähnliches. In einem historischen Wien-Führer hatte er später folgendes gelesen, was ihn, auch später, umso mehr bestimmte, vor dem – nur mehr der Spanischen Treppe in Rom vergleichbaren Stiegenaufgang – immer wieder Platz zu nehmen. Der Text im recht guten und die Künste übergreifenden Wissenschaftsbuch betreffend die Revolutionszeit vor 142 Jahren lautet schlicht: „Am 6. April 1848 stürmte eine Volksmenge im zweiten Versuch das Kloster Maria am Gestade und vertrieb die dortigen Redemptoristen. Die **Frankfurter** National-Versammlung beschloss in einer ersten Lesung, die Jesuiten und die Redemptoristen für immer aus Deutschland auszuschließen. Ende Mai 1848 wurden sie auch aus Linz vertrieben. Der meistverwendete Protest gegen den Orden war allerdings Katzenmusik, was in der Scherz-Polka Ligourianer Seufzer (op. 57) von Johann Strauß (Sohn) ihren Niederschlag fand. Die Vertreibung wird auch in Johann Nestroys revolutionskritischem Stück Freiheit in Krähwinkel und in vielen Schmähschriften behandelt. 1852 konnten sie wieder nach Österreich zurückkehren."]
Er summte – wir sind wieder im Weihnachtsabend – abermals etwas Schubert vor sich hin. *Gott im Frühlinge* nach Johann Peter Uz, D. 448, zweite Strophe:

In seinem schimmernden Gewand / hast du den Frühling uns gesandt / und Rosen um sein Haupt gewunden, / hold lächelnd kömmt er schon! / Es führen ihn die Stunden, o Gott, auf seinen Blumenthron.

Und weil der Strophenschluss so weich und eben derart lieb-beruhigend klingt, sang er, den repetierend aber relativ laut, genüsslich vor sich hin.
„Wer ist Gott?“, wurde ihm geantwortet. Eine etwa 30-jährige Frau stand vor ihm. Ballonseide, Imitat englischer Trenchcoats. „Ich weiß es doch nicht, ich – woher?“, so sein ohne Erschrecken gemachtes, leicht grinsendes Replizieren. „Sie vielleicht selbst. Sind sie es gar, heute an ihrem Jesus-Geburtstag?“ „Es gibt doch so viele Götter, überall stecken sie drinnen. Darf ich mich dazusetzen? Keine Angst, ich will nichts von ihnen, bin kein Luzifer, hab auch kein Messer oder eine Pistole im Mantel oder schütte sie mit Koma-Tropfen an.“ Sie saß aber sowieso schon neben ihm. Streckte ihm die Hand entgegen. „Hannah. Und sie, und du?“ Man kam ins Reden. Über Weihnachten, das sich soeben hinter Tausenden an Fenstern und vor abgeholzten Wäldern in Zimmern abspielte. Über Politik. Über Musik, etwas chaotisch dabei durch alle Genres wandernd. Über Gott oder Götter aber redete man hier und in der Gottesgeburtsnacht lieber nicht mehr. Sie meinte noch, sie kenne ein Kellerlokal, das jetzt, nach 20 Uhr, aufsperrte. Ein Geheimtipp. Sie würde ihn einladen. Hannah und Edgar verbrachten dort die Weihnacht-Abend-Zeit mindestens bis 2 Uhr in der Frühe. Vor allem vor Likör und „albernd“, wie er meinte, „schmähführend“, so sie leicht besäuselt „… und rede doch nicht immer wieder so schrecklich deutsch, du Seltsamer von dort oben und drüben.“ Sie hatte sich kurz vorgestellt als ehemalige Operationsschwester in Akutspitälern, was

sie aber im Augenblick nicht mehr aushielte. Daher lebe sie jetzt arbeitslos. Geld wäre noch da, aber etwa nur bis zum kommenden Mai, Abfertigungsgeld vom, nun von ihr seit ein paar Wochen getrennt lebenden Ex. Sie stamme aus dem Südburgenland, sei aber keine von diesen „g'scherten Weibern dort, also von 95 % der Frauen dort". Sie fragte ihn nach einer weiteren halben Stunde noch, ob sie mit ihm, zu ihm nach Hause gehen könnte. Er hatte ihr bereits leicht naiv erzählt, allein in einer Studenten-Unterstützungs-Wohnung zu leben. „Keine Angst, Du, ich will nichts von Dir, nur – mein nächster Zug, der fährt erst gegen halb sechs. Ich trau mich nicht bis dahin allein durch die Gassen zu laufen. Aber wenn Du nicht magst? Oder wenn bei Dir schon wer untergekrochen ist an diesem heiklen Abend? Oder wenn daheim ein Saustall herrscht?" E. versicherte, die Wohnung sei leer, schicko-bello aufgeräumt, das wäre ihm wichtig, immer. Nur seinen Komponier-Tisch dürfe sie aber ja nicht anrühren, ein Bett wäre hingegen da, ein sehr benützbares, breit und geeignet auch zum ganz keuschen Nebeneinanderliegen. Und nun lagen sie also bald ganz keusch nebeneinander. Halb an- und ausgezogen. Sogar Hand in Hand. „Gute Nacht, mein Lieber. Und entschuldige, dass ich mich vorher lustig gemacht habe über dich und dein Herkommen. Du bist eh ganz toll. Superb! Sag mir jetzt doch glatt nur noch vor dem Einschlafen, was komponierst du da drüben am Tisch, an was schreibst du da?" Er gab murmelnd ein paar für sie nicht ganz sich erschließende und eher unzusammenhängende Hinweise ab. Sprach am Schluss und beinahe schon im Halbschlaf davon, dass er im letzten Teil der Orchesterstücke nicht weiterkäme. Man müsste vielleicht einmal was anderes hören, erleben oder so. Wegfliegen. Nach Amerika oder in irgendeinen buddhistischen Tempelschuppen, wo angeblich andere und für uns gerade noch interessante Musik angeboten wird. „Du willst dorthin?

Eddy! Ich auch. Seit 12 Jahren mindestens schon. Gute Nacht noch einmal, jetzt. Gutes Weihnachtsträumen. Aber, weil man sich heute ja was wünschen darf: Fahren wir doch hin! Kaschmir … ja … also.“

„… Amritsar und hinauf … wie war das im Lied?, … zum Vater der Natur mich schwingen, nicht schämen mich dabei, oder so ähnlich … Leh … Ladakh … Lamayuru …“

elfeinhalb

Biographische Notiz zu Zanskar/Ladakh:
Damals, vor mehr als 20 Jahren.
Dort, wo ich mir wahrscheinlich diese Winztiere in den Körper hinein und die Infektion holte.
Damals ist das noch immer ein kleines Märchenland gewesen, auch wenn man die drohenden Gemeinheiten der Völker und Stämme und vor allem Religionen dort untereinander bereits spürte.
Wir fuhren im Frühjahr. Es war viel, oft zu viel Schnee auf den Pässen.
Das wundersame, zerrissene Kaschmir unterhalb des Himalaya-Hauptkammes.
Zwei Tage Warten vor dem Flug nach Leh. In einem Motel neben dem Airport. Indisch. Schrecklich. Dann mit Billig-Trekking-Gruppen dorthin, wohin man noch durfte. Die Islami und die Hindi/Buddhisten raufen gern, bringen sich um, traktieren die devisenbringenden Besucher, benehmen sich wie Rotzbuben im Hinterhof. Wir wurden gegen Almosenerlag in tibetanische Klöster gesetzt, machten mit bei Nachmittags-Ritualen und -Gesängen. Tranken scheußlichen Buttertee und taten so, als ob wir schon nach wenigen Sessions vor den coolgrinsenden, fetten Goldstaturen, die in manchen Heiligtümern zu Dutzenden und mehr herumstehen, erleuchtet wären.
Dabei, daneben vor allem, wie in aller Welt mit noch halbwegs interessanten Destinationen: Deutsche in teuren Schein-Expeditionskleidern.
Die Leute in den Dörfern kritisch-beäugend.
Die Dorfbuden voll mit peinlichem Pseudo-Buddhismus-Kitsch.
Die Guides und Träger korrupt.
Auf dem Sandhighway stete Lebensgefahr.

Ich machte in offenen Klöstern fünf Sitzungen innerhalb von Mönchsgruppen mit, die rezitierten oder sangen. Sehr nette Leute. Jeweils rund zweieinhalb Stunden.
Man las aus flachen Papierstreifen, dazwischen gabs auch Trinkbares, die jungen Mönchsbuben an den unteren Enden kicherten und schubsten einander hauptsächlich.
Die Musik, oder wie immer jene Absichten der Textauszier gewesen sein mögen, war zunächst recht interessant, dann ein wenig einschläfernd, dann langsam fade.
Aber es ging ja, so behauptet die Ethnologie, nur am Rande um das, was wir hinter Musik alles sehen, nämlich unseren europäischen, sinnlichen Intellekt.
Spannend war bloß, dass ich langsam draufkam, dass die mir textlich ja unverständlichen Murmel-Gesangsdarbietungen in einem Sanskrit-Tibetisch, aber was weiß ich schon genau, die Leute dort übrigens zumeist auch nicht, einem Schema folgten – vielleicht.
Ich wollte als junger Mann, der im Grunde noch nichts gesehen und erlebt hatte, natürlich in dem Schema was sehen, erkennen und erleben.
Es gab Wiederholungen.
Solche, die sowohl als Gruppen wie auch innerhalb von kleineren Abschnitten irgendwie was mit der Zahl 34 zu tun haben. Vielleicht eben.
Aber sind wir nicht durch so manche Kunstmusiktricks sowieso verdorben; dahingehend, sofort Besonderheiten und Sensationen in unserem Sinn und nach unserem Verständnis und in unserer Erwartung zu vermuten, sehen/hören zu wollen? Überall.
Ich weiß es nicht. Mir war bald viel übel dort. Nicht wegen der Höhe.
Ich sang nie was von Schubert dort oben.

Ich wusste das, also mein Krankwerden und meine Musik-Aussetzer, später nicht vor Ärzten zu benennen, dieses Auseinanderdriften von Musik und dann wirklich das Kranksein.
Die Musikethnologie geht nirgendwo auf Strukturen, die sowieso nur uns auffallen mögen, nicht hingegen den Asiaten dort drüben, ein. Der Primitiv-Sentimental-Globalismus ist besonders in der Musik, bei den Fernost-Religionen (vom Islam nicht zu reden) lächerlich und kindisch.
Allerdings – die Musikethnologie erkennt auch, selbst wenn man sie gereinigt hat von den üblichen Faschismen, die sie als Basis sich zurechtgezimmert hat, sowieso kaum was außer Fakten-Haufen.
Aber doch: Es begann damals mir klar zu werden, dass wir von der außereuropäischen Musik nichts profitieren können. Man wird sich vielleicht irgendwelche Gags, Besonderheiten oder Farben herausziehen, mehr aber nicht. Die von so vielen Menschen gesuchten und erhofften Erkenntnisse mit und aus vor allem den asiatischen Musik-Stilen, die übrigens sowieso keine sind, wieder gesehen aus unserer Europa-Sicht, welche aber die Welt überschwemmt, ist Chimäre. Ist romantizierender Blödsinn. Ist dasselbe wie Räucherstäbchen Schnüffeln oder indisch Würzen oder in Gruppen sich summend-murmelnd scheinbar abheben lassen. Es ist Dummheit, voll. Wir können nicht heraus aus uns. Es gibt nicht die Hilfen von anderen Religionen, die so wenig transzendent sind wie die unseren. Religio – das Verhalten im Guten und Bösen. Jeder Bach-Beethoven-Schönberg-Takt kann mehr.
Aber Erkenntnisse über Musik zu haben, führt wohl oft in die die Hölle.

Ich
will
nicht
dienen.
Ich
bin
dann
nicht
ich.
Ich will mich nicht in allem zurückhalten müssen und darin dann sogar noch meine Lebenserfüllung finden wie diese Typen dort drüben. Und dabei ja doch nur vor angestauten Emotionen beinahe explodieren.
Wenn
es dann
hart
auf hart geht,
ganz
hart,
hab
ich
es
nicht

getan.
Ich
bin
nicht
schuldig;
bin vielleicht wenig schuld an dieser Musik und an ihrem Weg!

zwölf

Retour in Wien trennten sich Hannah und Edgar freundschaftlich. Er kehrte wieder in seine Klause zurück, vollendete in einer Woche auch das dritte Orchesterstück als Parodie auf einen dichten buddhistischen Gesang in Rotmützenklöstern, war weiterhin noch Stipendiat, wusste aber vom sicheren Auslaufen seiner Pfründe und schaffte es, dass ihm seine Wohnung gegen Bezahlung noch für einige Monate – eine Gnadenfrist, die er später sogar noch einige Mal auf eigene Kosten verlängern konnte – erhalten blieb. Er verdingte sich als Klavierspieler für Trainingszwecke in manchen damals wachsenden und zumeist sowieso wieder verschwindenden Bands oder Cross-over-Vocals, manchmal ging er nachtkellnern, zwei Mal hatte er für wenige Wochen ältere Freundinnen, die ihn aushielten, gelegentlich fand er Jobs in Musikverlagen oder Rundfunkarchiven, weil er ungemein genau Notenkorrekturen zu lesen verstand. Im Jahr darauf hatte er abermals einiges Sonder-Glück, ein wenig skurril, zugegeben diesmal. Ein Wiener Autographensammler kaufte ihm die 3 Partituren der Orchesterstücke ab, obwohl die Musik noch nie aufgeführt worden war. Vermittelt war das Geschäft von einem, sagen wir, einem guten neuen Bekannten worden. Der Bekannte handelte mit aus der Ex-DDR geschmuggelten Noten, Handschriften, Inkunabeln und Stichen, die man um 1990 in dahinvegetierenden Schlössern und Burgen Sachsen-Anhalts und Sachsens selbst, solche arme Riesenruinen gab es zu mehreren Dutzenden jetzt, wohlfeil erwerben oder auch schlicht stehlen konnte. E. A. D. unternahm mit dem Geld, ohne auch nur einen, damals noch Schilling zurückzulegen, eine Reise zu vielen Altertümern nach Griechenland mit einer Rückfahrt über Altertümer in Syrien, nicht ahnend, dass solches in eineinhalb Jahrzehnten vielfach nicht mehr möglich gewesen oder, als historische Bauten vielfach gar nicht mehr existent wäre. Die meisten Original-Ruinen beeindruckten ihn nicht. Er lag daheim mehrfach krank darnieder, wurde gegen diverse Ulcus-Zustände behandelt. Die Orchesterstücke hat man später mit Mühen, aber erfolgreich, während eines Festivals plus nachfolgender, hochsubventionierter Gastspiele uraufgeführt. Doch davon und anderem später mehr. Man wusste hinsichtlich des körperlichen Leidwesens seitens des Wiener Allgemeinen Krankenhauses aber nicht so wirklich, was die Ursachen für seine Schmerzen im Oberbauch tatsächlich bedeuten mochten, man kümmerte sich aber auch forschend nicht wirklich um ihn. Später, Jahre später, vermutete man, dass er sich in Asien einen Wurmbefall zugezogen hätte, bestehend aus wesentlich kleineren Parasiten als hierorts in allgemeinen virologischen Ambulatorien oder Blut-Harn-Stuhl-Laboratorien außerhalb von Spezial-Studien-Kenntnis eruierbar war und krankenkassenmäßig überhaupt erfasst worden ist. Er komponierte währenddessen wieder für junge Frauen, die sich eine Karriere als Pop-Sternchen erwarteten oder neu sich als, eine schwierige Wort-Kombination kommt jetzt, als allgemein gerade noch akzeptierte frisch-frech-feministisch-verunsichernd-gerierende-voll-böse-kampfbereite Diseusen empfanden. Leider zumeist. Er schrieb auch an drei Opernprojekten, doch er kam über Skizzen nicht hinaus. Aber er formulierte aus all dem Material, denn wegwerfen oder vernichten tat er wohlweislich und im Gegensatz zu vielen Großkomponisten seit dem 19. Jahrhundert lieber fast nichts, eine Art von Oratorium mit Video-Begleitung. Doch auch davon dann noch mehr. E. A. D. Niehaus hatte neben dem Kranksein und den zumeist ihn frustrierenden Musik-Jobs bald schon wieder Glück. Die Basis: Er verstand es, erstens, recht anspruchslos zu bleiben, auch was etwa sein Reisen als kleines, weiteres Welt-Kennenlernen betraf. Er fuhr zudem, abgesehen von Griechenland/Syrien, jetzt nur mehr sozusagen fein unterstützt, ja leider sozusagen bezahlt und „nobler“ weg, einmal mit einer seiner Gönnerinnen in die Toskana und einmal mit einer anderen nach Süd-Frankreich und nach Spanien bis in die Extremadura. Er machte sich, zweitens, nicht viel aus Design-Kleidung, er rauchte nicht, trank sehr wenig und dann vor allem nur eingeladen, er besaß kein Auto, kein Schrebergartenhäuschen, er hatte keine Nachkommen zu versorgen. Seine Eltern sah er nur einmal wieder. Sie hatten sich mit einer Gruppenreise für brave Pensionisten des alten Systems in die Länder der ehemaligen Verbündeten Ungarn und Rumänien begeben, wo man billig was zum Essen und Saufen bekam, sie konnten aber am Rückweg mit wenig Aufzahlung für eineinhalb Tage in Wien Station machen. Es hatte zuvor einen nur sehr losen Briefkontakt gegeben. Dann – Ende August zwei Jahre nach dem Ladakh-Abenteuer – traf man sich also. Ganz wie sich das die Deutschen so vorstellen: in einem alten Café in Wien, im Bräunerhof. Die Eltern beschwerten sich dort sehr bald über die Kellner ob deren, dem einschlägigen Gewerbe im 1. Bezirk entsprechenden, einschlägig gelangweilt vor sich her getragenen Hochmut. Edgar schämte sich ein wenig. Man verließ rascher als ursprünglich beabsichtigt das Lokal. Zugegeben, der Kaffee war – wie in den meisten sonst äußerlich wundersamen und vergleichbaren Etablissements in Wien – ziemlich schlecht und sehr teuer. Edgar erzählte während des Wiedersehens kaum von sich. Die Eltern beklagten sich sowieso beinahe gesprächsfüllend, als ehemalige Träger der antifaschistischen Demokratie dort unten genauso wie die meisten volkseigenen Betriebe abgewickelt worden zu sein. Man stand dann noch ein wenig verlegen vor dem Lokal herum. Der Papa fragte noch, unschlüssig ob er seiner Stimme nun in alter Tradition einen gönnerhaften oder einen besorgten Ton verleihen sollte, ob der Junge noch was bräuchte. Was den Edgar zur sofortigen, Endgültiges erzeugenden, die familiäre Trennung schwer begünstigenden Antwort veranlasste, er wüsste wirklich nicht, was sein Vater, dieser sein – so E. A. N. – nicht einmal halbwegs grandios gescheiterte Alte, ihm hier und jetzt noch geben oder vermitteln könne. Dieser abrupt dergestalt beendete Kontakt mit Stiefmutter und Vater bewegte ihn in den Folgewochen nicht einmal weiter. Im Alltag. In seinen Träumen manchmal schon. Das Oratorium beschäftigte ihn zu seinem Glück, wie er meinte oder sich vormachte, doch intensiver. Denn die Möglichkeiten des Digitalen, das lockere Arbeiten in Bild und Ton, eröffneten und erweiterten sich damals geradezu Monat für Monat. Er las viel, manches nur oberflächlich, Fachliteratur und solches im Westjammer über den Tod der Kunst, er trieb sich in, damals noch von den nationalen TV-Studios geförderten Video-Kreativ-Kreisen herum, agierte in Pop-Studios als billiger Assistent, was ihm Gelegenheiten, verschaffte mit den rasanten Entwicklungen im Tonaufnahme-Bereich up to date zu bleiben. Sein Autographensammler, ein recht nobler und halbwegs vermögender Mann aus der Textilbranche, dem Edgar wohl auch als frischer Mensch, als junger Köper gefallen und behagt hatte, war nach dem Scheitern diesbezüglich werbender Bemühungen im höchst Persönlichen und Intimen aber zum Glück nicht nachträgerisch gewesen, sondern führte Edgar Arnold David Niehaus sogar generös in manche Kreise der Wiener Gesellschaft mit hohen Kunst- oder ganz leichten Perversions-Interessen ein, solche oder wohinein gar ein Ossi, so nannte er sich weiterhin gern und so wurde jemand wie er bis zur Jahrtausendwende in diesen Kreisen noch immer, gelegentlich und vor allem abfällig, genannt, sonst kaum je Eingang gefunden hätte, von deren Existenzen er nicht einmal gewusst hatte. Er profitierte dort mehrfach; ideologisch für seine Lebensgestaltung im langsam nicht mehr ganz kargen Alltag mit dessen banalen Notwendigkeiten; sodann als ein Komponist auf der steten Suche nach Neuem, weitgehend Ungespieltem, ohne dabei ein widerlicher Manierist wie so viele aus jener Zunft zu werden; sodann als jemand, der sich – simpel gesagt – nun einfach immer mehr quasi was zutraute; und schließlich als ein junger Mann ohne nachdrückliche Felix-Krull- oder Barry-Lyndon-Attituden, der durch solch ein Kennenlernen für ihn zunächst so anderer Lebensführungen gut brauchbare Schemata durchschaute, vor allem solche besagend, wie man immer lässiger oder, besser, gelassener den sonstigen, oft dumpf-konsumierenden Bevölkerungsteilen begegnen kann. Er selbst wurde, freilich, nicht gerade liebenswürdiger dadurch. Aber er hielt wenigstens seine eigendurchschauten Hochmutsanfälle in Zaum und Grenzen, vor andren. Er wurde geladen. Harmlose Exempla gern dazu. Zunächst wurde er recht förmlich geladen, gemeinsam mit dem Sammler, Attila-Anselm, so nannte sich der Mann, zumindest. Später kam Edgar drauf, dass der eigentlich Hans-Ernst hieß. Die Wiener Gesellschaft anzusprechen – gemeint ist jener Teil, der sich selbst Gesellschaft nennt und aus einer kruden Mischung von Alt- und Halbaristokraten, echten Schleimern und echten aber hauptsächlich leicht anarchischen Künstlern, später auch Künstlerinnen, sowie Leuten aus dem Finanz-, Justiz- und hohen Beamtenbereich, die dort ihre Ventile suchen und finden, besteht – und das alles für die rund sechs Jahre vor 2000 und bis zum Herbst 2001 hieß für ihn nicht, sich zu orientieren, sondern eher locker da und dort Umschau zu halten. In ein Stadtappartement, situiert in einem Palais einer weiland Gräfin, die auch noch weiterhin so genannt werden wollte, wurde z. B. gebeten. Ein leicht reizender und zwangloser Abend würde es sein, einer mit vielen Kulturthemen, so stand auf der teuer gedruckten Einladung zu lesen. Die eher riesigen und stuckverzierten Räume waren nicht mehr im besten Zustand, das Personal geliehen oder aus der Jugend der Großfamilie abkommandiert, die Atmo aber herzlich, den neu Eingeführten gegenüber bald zugeneigt, die Gesprächsthemen tatsächlich vielfältig. Mitten in den Räumen hatte man mehrere Staffeleien aufgerichtet, solche mit neuen, also frischen Bildern, ungerahmt, stammend aus einer Klasse für Malerei der Wiener – seit Kurzem – Kunst-Universität und bereits herkunftsmäßig brav genderaufgeteilt. Attila-Anselm / Hans-Ernst schubste den jungen Mann – er stellte ihn vor als eines unserer kommenden Genies, vielleicht und hoffentlich, jedenfalls aber freiwillig gekommen aus dem Osten, um den Westen ein wenig aufzumischen – stets ihn dabei leicht am Arm grapschend von Gruppe zu Gruppe. Serviert wurde eine Menge an Häppchen des schon legendär werdenden Wiener Verteilers namens Trzesniewski und viel herber Veltliner aus der sogenannten Wiener Brünnerstrasslergegend. Alle Bilder betonten, die Inhalte schon wieder gegenständlich gezeigt, gar Simples und waren bunt. Schließlich hatte man in den, wie man ankündigte, in den Hinteren Salon gebeten. Ein Blüthner-Flügel wie ein Muskelprotz stand da, einer der bald auch so klang, also etwas zu voll. Attila-Anselm / Hans-Ernst flüsterte noch vor den Darbietungen seinem Schützling, ihn leicht dabei zwickend, zu, dass so ein Klavier, bemühte man die Autoindustrie, etwa einem alten Opel-Rekord-Modell vergleichbar sei, während der hieransässige Stolz dann, nämlich der Bösendorfer, demnach die VW-Oberklasse bildete, die Japaner/Koreaner blieben leider auch hier eben die Japaner/Koreaner, der Steinway aber verkörpere die feine, die allzu feine obere Mercedes-Palette, der Fazioli den Ferrari. Man lehnte in mehreren konzentrischen Halbkreisen herum, nur direkt vor dem Fortepiano gabs ein paar Theatersessel und einen doppelten Rollstuhlplatz für die, der Einladenden auch äußerlich ziemlich ähnlichen, anderen Alt-Baronessen oder -Gräfinnen oder so ähnlich. Zuerst spielte ein junger Mann, brav noch im schwarzen Anzug und mit silbergrauer Krawatte, vorgestellt als eine unserer doch so ganz lieben Nachwuchshoffnungen, zwei Schubert-Impromptus mit viel Bedeutung. Dann kam eine Geigerin herein, begleitet von einer schon ältlichen Korrepetitorin, beide etwas bunter gekleidet. Die aparte Streicherin schien noch keine achtzehn und stammte dem Aspekt nach wenigstens zu Teilen aus Ostasien. Sie führten Ravels Tzigane vor. Die Pianistin, die sowieso erst nach vielen Solo-Kadenz-Minuten drankommt, spielte sodann nervend manieriert. Das Mädchen arbeitete technisch fabulös, musikalisch aber leider wie eine Aufziehpuppe. Und schließlich präsentierte sich ein Jungkomponist, der in Jeans und dunklem T-Shirt incl. Bob-Marley-Portraitaufdruck und in einigem Schweißgeruch agierte, mit einer knappen Eigenkomposition, einer Toccata. Bartók stand Pate, aber das intensive Stück war nicht übel. Sodann bat die einladende Gräfin, sich noch einmal das eine oder andere Flucht-Achterl zu vergönnen, sodann würde der Pianist Nummer eins noch etwas Kurzes von Beethoven spielen und sodann könnte man zum noch lockereren Teil des Abends übergehen oder überhaupt gehen. Alle lachten gern oder pflichtschuldig nach diesem Bonmot. Die gegebene Komposition des Ludwig van war der erste Satz aus der Klaviersonate op. 54, das seltsame Stück, welches als ein Menuetto beginnt, welches aber gar keines ist, und sich dann gelegentlich – aber eben nur gelegentlich – in ein hämmerndes Gegenteil verwandelt. Edgar machte sich später bei den Fluchtachteln ein wenig lustig über die Komposition. Er behauptete, man hätte in Musikkreisen schon bald vermutet, seinerzeit, dieser Herr Beethoven selbst nämlich mache sich mit der Sonate über sein Publikum lustig. Sogar das Wort vom Verarschen nahm er, Edgar und nicht der alte Ludwig, in den Mund. Man ließ ihn gewähren, seine Provokationsversuche fielen nicht weiter auf. Man redete bald lieber von Musikvereins-Sachen oder von der aktuellen und angeblich immer mieser werdenden Oper bzw. über das Theater an der Wien verglichen mit der Josefstadt, oder überhaupt vom Falco, beklagend dessen leider schon zu viele schlechte Songs, dessen Alkoholsucht und dessen Charisma. Der Abend hatte seinen beabsichtigten Ping-Pong-Effekt. Man lud den jungen Künstler, wie er – gern von ihm gehört – hierorts genannt wurde, daraufhin noch zwei Mal ein, einmal zusätzlich, wie es hieß – warum nicht? – gemeinsam mit seinem lieben, älteren Freund und Gönner. Am Heimweg bereits, auf der Straße, da amüsierten sie sich, junger Künstler und Freund und Gönner, über die Gesellschaft dort oben drinnen im Palais, über die vielen Typen und über die eher schlechten neuen Gemälde oder was immer die wirklich waren. Man platzierte sich noch vor einem der Wiener Nachtwürstelstände auf eine, wie es so bildlich heißt, Heiße plus eine Dose Biers. Der Sammler klärte den Ossi auf, dass man so etwas hierorts auch und damit noch viel klingender und bildlicher nämlich eine Eitrige nennt, also Senf auf klaffendem Fleisch unter aufgerissener Vorhaut was wie Eiter aussehen mag, plus einem Sechzehnerblech, also Bier in der Blechdose aus der Ottakringer Brauerei, wobei Ottakring ja den sechzehnten Wiener Gemeindebezirk darstellt. Edgar versprach seinem lieben, älteren Freund im kleinen Abschiedsdusel und ins Nachtblaue hinein noch eine putzige Liederfolge zu komponieren, die Texte würden aufzutreiben sein, der Titel könnte Blut-Hirn-und-Eiter lauten. Man war also voll in der räudigen Wiener Halb-Kunst angelangt. Sein nächstes, diesbezüglich gesellschaftliches Auftreten, ein paar Tage später und allein, fand statt in einer beinahe leeren, großbürgerlichen Wohnung unterhalb des westlichen Gürtelboulevards. Eine schon ziemlich aus der Mode gekommene Bottle Party, er brachte einen billigen Wodka mit. Ein Raum in der Sechszimmer-Behausung war voll mit Matratzen und Decken, zum Ausruhen der Gäste und Künstler wohl, zum Ausnüchtern wahrscheinlich auch. Rund fünfzig Leute sind dagewesen. Er lernte ein paar kennen, die später für ihn ein bisschen wichtig und für seine Projekte hilfreich wurden, später, als er, noch vor 2015/20, schon so etwas wie den coolen und heißen Guru für irgendwie noch weiterhin neue Musikkonzepte darstellte, so eine Art Mischung im Musikalischen aus versimplifizierter Friederike Mayröcker und Bloggerinnen, die weiterhin wie die, so bereits die abfällige Meinung in Kreativ-Kreisen orthodoxen Zuschnitts, wie die Schwammerln bei Augustregenwetter aus dem Boden schössen. Die einiges später von ihm und einigen Bekannten, nachfolgend gar Freunden auf Distanz, geführte sogenannte Kunst-Werkstatt Bildende Klänge hatte bei der Party ihre Geburtsstunde oder eher eine unbefleckte Empfängnis. Und es ist noch ergänzend und zum besseren Verständnis zu sagen, nein, festzuhalten, dass E. A. D. Niehaus ab seinem Verlassen der bröckelnden DDR nie mehr wirklich so etwas wie eng vertrauensvolle oder kumpelgleiche Freunde zuließ. Der Anlass für diese, jetzt wieder weitergeschildert aktuelle, wie man damals noch sagte, diese – immer noch – Fête ist eine Selbstpräsentation eines neuen Streichquartett-Ensembles gewesen. Drei Männer, eine Frau an der zweiten Geige. Ihre Vorbilder stellten, wie noch für fast alles Ähnliche Mitte der 90er, das Kronos Quartet und verschiedene, vor allem aus dem französischen Ensemble InterContemporain und dem österreichischen die reihe hervorgegangene Formationen dar. Halbdunkel wurde es, fast überall, nur die vier Pulte prunkten jetzt unter einer gleißend das Licht herunterwerfenden Stehlampe. Der Bratscher moderierte ein wenig, aber angenehm uneitel. Vier Stücke wollte man vorführen. Frisch komponiert. Hier in Wien, wo das Streichquartett so kreativ, ja genial formuliert worden ist wie nur annähernd nirgendwo in der Welt. Man weiß es sowieso, Haydn, Mozart, Beethoven, Schubert, Brahms,

Schönberg, Berg, Webern, die Zwölftonorthodoxen und zugleich die stets halbnazischen österreichischen Impressionisten und noch mindestens ein Dutzend andere, die man in Folge nennen müsste. Hier also mache man weiter. Es sei sogleich erzählt, dass Edgar bald mit beinahe offenem Mund vor dem Ensemble stand, sich nicht bekümmernd, wie peinlich seine Position und sein weggetretener Ausdruck für manche, verschämt kichernde Gäste gewesen sein mochten. Er wirkte wie ein knapp Dreijähriger vor einem hell entflammten Christbaum oder vor einem Feuerwehrauto oder vor neuen, noch bisher ungekosteten, ihn zunächst verwirrenden aber ihn unheimlich erregenden Speisen. Streichquartett-Piece Nummer eins: klassisch, so wurde erklärt, ein Preludio. Es war ein Lauf, aus den tiefsten Saiten, also G und C, hochgezogen, mehrfach, sehr hoch, dann oft, nicht chromatisch aber immer wieder mit kleinen Abweichungen in der Tonfolge und im Tempo. Der, wie soll man es anders sagen, der Gag nun bestand darin, dass die Einzel-Einsätze sich verschoben, dass also aus dem Unisono des Beginns eine Häkelarbeit wurde, die sich langsam als Fläche generierte. Für das ordnende Hirn der Zuhörer stellte sich das bald als eine gerüttelte Höranforderung heraus, eine, die Mühen und Genuss zugleich machte und hergab. Nummer zwei, Variationen über Purple Haze des Jimi Hendrix. Ja, zugegeben, eine Hommage an das Kronos Quartet und an dessen gleichnamigen Gestaltungshit von Popmusik. Aber man ging nun selbst viel weiter als die vier Fabulösen aus San Franzisco. Begonnen hatte das Spiel zwar noch im Kopieren des Vorbilds, also mit dem Cello-Stampfen und den, die Gitarrengänge parodierenden Glissandi auf den Violinen. Dann aber hatte es den Anschein, als verfolgte jedes Instrument gezielt seine eigene Vorstellung, seine Idee, seinen Begriff vom Grundrhythmus und den herauswachsenden vor allem Terzharmonien. Aber schließlich fand man wieder zusammen, wurde leiser, bastelte einen Klangteppich aus den Grundharmonien des Stückes und, faszinierend, man begann leise den Text auf Deutsch drüber zu singen. Wie ein biederes Zusammentreffen wirkten die vier, eines von braven Feierabendleuten, in der Frühromantik etwa, unter einer Linde, im Spätsommer, eine Idylle. Der das Original paraphrasierende Text, der nun neben dem Saitenklängen aus dem Streichquartett herauswuchs, handelte möglicherweise, so viel konnte Edgar verstehen, von einem lila Dunst in Hirn, etwas, das ungeheuer verliebt, ja gierig macht, und dann noch von einer Aufforderung zum Himmelsküssen und Blasen, ins Hirn auch, wohin? Nummer drei, Beethoven op.135, 2. Satz, ohne Bearbeitung, Arrangement oder sonst was. Die brutale Musik spräche für sich selbst. Aus Amerika käme jetzt eine neue und sowieso bereits alte, manchmal sehr spekulative Welle, man nennt das den Rap, nichts Avantgardistisches, Protest eben und Rhythmus, Sprechgesang und Lust an der Kriminalität. Beethoven rapt da schon 200 Jahre früher. Voll taub. Unerhört aber. Jener Satz aus dem letzten Beethoven-Streichquartett flog also durch den Raum. In der Mitte gabs die sensationell-bedrohlichen vierundfünfzig Mal einer Ornamentwiederholung, davor und danach eine emporjauchzende Musik, wie das nach Beethoven nicht einmal die Drogenszenen in Underground und Overground vermocht, nein, schlicht auch nur irgendwie zusammengebracht hatten. Es war außerdem die gelungene Parodie auf den zweiten Satz aus der Neunten. Nummer vier, die Trauermusik. Die Bratsche beginnt, aufsteigend, heruntergleitend, die anderen antworten, das ist, so viel wurde Edgar klar, den meisten anderen Zuhörerinnen und Zuhörern wohl nicht, ein Variationensatz. Ein Weg vielleicht irgendwo zwischen Gegenständen oder schemenhaften Naturdenkmälern. Die große Breite der sich aus den zwölf Saiten anbietenden Klangmöglichkeiten wird ausgelotet. Es wird nie rasch beim Variieren, bleibt beinahe gemächlich, hat aber doch sehr böse Hintergründe. Es wird nie laut, kommt nie über ein Mezzoforte hinaus. Nur einmal, kurz vor Schluss, da erschreckt dieser schmerzliche oder lustvolle Aufschrei gleichzeitig aus allen vier Instrumenten, wie ein fiebriger Mensch, wie ein mit Injektionen behandeltes Tier. Dann langsames Zurückfallen, dann ausgleiten, ein in Restnoten Denken. Aus. Es wird nichts mehr. Etwas Applaus, Weitertrinken. Das Quartett dankte lächelnd, desinteressiert am Erfolg. Dann setzte man sich noch einmal und dem Publikum gegenüber wie unbeteiligt hin, stimmte, anmoderiert wurde eine Komposition, bearbeitet für die vier, stammend vom prächtigen und zugleich so ungemein empfindungsvollen, nein süßen, nein von dem stets ein wenig in das Gleitende, Rutschende Vordringenden, dorthin was die Armen im Geist und die Vollen in der Seele ein Jenseits nennen und kennen, also stammend von Joseph Strauß, op. 166, Frauenherz genannt. Dann war da bald noch ein Tee bei Kammersängerinnen und Kammersängern. Edgar meinte, er habe noch nie so viele Menschen gleichzeitig über sich, über legendäre Szenen, in denen auch die eigene Person eine entscheidende oder wenigstens hintergründige Rolle gespielt hat, sowie über die angeblichen Unfähigkeiten von fast allen Kolleginnen und Kollegen reden gehört. Aber er profitierte weiterhin viel, auch dort. Etwa von den Notwendigkeiten eines üppigen Sich-Präsentierens ohne sofort die Probe aufs Exempel abgeben zu müssen. Dann gab es Diskussionsrunden. Das heißt, Diskussionsrunden gab es jederzeit seit 1945, gemeinere, wie in seinem Geburtsjahr, nachdenklichere wie in den 80ern, jetzt etwas eitle und satte. Er hörte dort hauptsächlich wiederum bloß zu. Die Themen sind die üblichen der Dekade gewesen. Geldvernichtung durch falsche Förderungspolitik. Schubert, sein zweihundertster Geburtstag stand an. Todesüberwindungen. Die angeblich drohenden Möglichkeiten der drahtlosen Kommunikation. Der Film noch immer, als Kunstform des ebenfalls weltweit gleichzeitigen Gestaltens von Bildkompositionen formuliert aus den Hintergründen, Bewegungen und Klängen, Stichwort-Name für viele und vieles Michelangelo Antonioni, aber der frühe. Es ging um den Film im Kino, diese achte Seligkeit, die sich aber leider und notwendig bereits wehren musste gegen die Videos und MTVs und ähnliche. Vor allem dann aber um speziell verwendete, eingesetzte, travestierte Musik im Film. Vor allem noch aktuell um Stanley Kubrick und seine Vorliebe für Komponistinnen, die nicht immer welche waren, um seine Genialität und zugleich seine gravierenden Rhythmus- und Schnitt-Fehler, Fehler bei den Einsätzen aus Kompositionen von Strauß Schani und Strauss, Rossini, Beethoven, Ligeti, Katchaturian. Man sprach von Wendy Carlos, hier das Geschlechtliche miteingeschlossen, und besonders von Nelson Riddle und seine Klangatmos für die Lolita. Man war sich dabei, bei Lolita vor allem, nicht sicher, ob man solche Filme, The Shining und Full Metal Jacket miteingeschlossen, auch etwas ironisch-salopp als gut gemachte Schaudermusicals durchgehen lassen sollte. Man wartete damals jedenfalls noch auf Eyes wide shut, auf die Wien-Bezugnahmen im Traumnovellen-Bereich und die Wirkungen der angeblich schon gecasteten und vielleicht bereits eingesetzten Schauspieler dort, von denen man zumeist nicht glauben konnte, dass sie Kubrick-adäquat wären. Wie sich bald herausstellte, was ja schon zu verraten bald nicht notwendig gewesen, waren solche Vorfeld-Besorgnisse begründet. Edgar, zu dessen prägendsten Medienerlebnissen aber durchaus 2001: A Space Odyssey gezählt hatte, nahm sich nach den Gesprächen vor, sollte er jemals Musikfilme machen können, er würde Kubrick niemals kopieren, ja bei aller Hochachtung immer das Gegenteil gestalten. Einige Diskussionen weiter – Abtreibung auch und noch immer, Ronald Regans schreckliche Nachfolger, der Austro-Pop zwischen Frechheit und Hintergründigkeit –, einmal schlug Edgar die drohende Gefahr des Islamismus als Thema vor und wurde gehöhnt. Man hat ihn dann bald in eine Villa nach Baden geladen, fünfundzwanzig Kilometer südlich von Wien, die Wein- und Schwefelstadt, die Operetten-Hochburg, Römerursprung, Biedermeier und Jugendstil, voll mit Kaisernostalgie, Kunstvergangenheit, bekämpfte Kunst-Historie und -Gegenwart, sich genussvoll räkelnden, weitläufigen Faschismus-Resten. Er bekam dort allerdings sogar einen Kompositionsauftrag, weil der Ort einen kleinen Zyklus neuerer Lieder über die Weinsorten Rotgipfler und Zierfandler ausgeschrieben hatte, es aber keine der Einsendungen geschafft hatte, die Jury zufriedenzustellen. Edgar wurde sozusagen durch die Hintertür und als Kuriosum aus dem Nordosten verpflichtet, erstens um die Situation zu retten und zweitens mit der Auflage über diese Rettung Stillschweigen zu bewahren. Dass er drittens ein ganz gutes Preisgeld steuerfrei und in bar einsteckte, war ein höchst positiver Nebeneffekt. Es soll betont werden, dass Edgar zur Komposition der fünf Lieder keine drei Tage brauchte, er dazu, leicht verfremdend, zurückgriff auf einen DDR-MDR-Kitsch, den man hier nicht kannte, und dass er reüssierte. Baden bei Wien wurde später noch einmal ein wenig wichtig für ihn; doch es sei auch davon und zum dritten Mal auf später verwiesen. Exempla waren das also und so weiter. Eines der Lieder, und der Jung-Komponist Niehaus ging sowieso nur andeutungsweise in seiner Arbeit darauf ein, zitiert im zugrundeliegenden und ihm übermittelten Text auch das fünfte aus dem Lied von der Erde Gustav Mahlers. Dasjenige von der Vermutung, dass das Leben sowieso nur ein Traum sei. Dass man sich also, wenn es sich wirklich so verhielte, um nichts mehr wirklich bekümmern müsse. Lieber Komasaufen, so heißt es dort, den ganzen, lieben Tag hindurch. Edgar memorierte bei der Abnahme seiner Arbeiten in einer kleinen Zeremonie im Stadttheater Badens noch und nebenbei für wenige Umstehende, wieso so was diesem Mahler, dem weitgehenden Antialkoholiker und dem so verklemmten Sohn eines Schnapsgroßhändlers gefallen habe, seltsam doch, im Alter, für das Erden-Lied, während seiner Flucht vor dem Symphonischen und seiner Frau? Aber vielleicht deswegen. Jedenfalls, in Niehausens preisausgezeichnetem Lied über das feine Trinken von intensiven Weinen aus der Gegend sind mehr Zitate versteckt, als man das beim ersten Hören vermutete. Allerdings, Mahler konzipierte seinen sechsteiligen Zyklus zum Teil ja auch am Rand dieser Gegend. Als Überwindung des seit 15 Jahren in ihm tobenden Wunderhorn-Schmus'. Und als Parallelwelt zur damals wie heute laufenden Wienerlied-Produktion, wo es bereits schon vor der Lied-von-der-Erde-Zeit hieß und noch heißt, dass die Hypertrophie ruhig den Tod zur Folge haben kann, aber man höre einfach nicht auf zu trinken; oder dass man sein Viertel bräuchte, jetzt, gleich, zum Überleben; oder dass man mittels des Alk-Gewalt-Hineinschüttens schon hier herunten in Wien sich eine Vorstellung vom Himmel erzeugen könne. Eigentlich toll. E. A. C. erwies all dem seine retrospektiv-kompositorische Reverenz. Dulli-dulli-jö. Attila-Anselm / Hans-Ernst lud, einmal nur, seinen Schützling auch zu Hause, also privatim ein. Gemeinsam mit einem befreundeten Ehepaar allerdings. Sicherheitshalber? Er kochte für die Gäste in seiner kleinen, eher kahlen Wohnung. Edgar fragte sich, wo der Mann wohl tatsächlich seine Sammlung und seine Handlungsware, sein Schmuggel- und Diebesgut auch, aufbewahrte. Die anderen Gäste, beide Mitte der vierzig, waren: er – ein Schuldirektor, besserwissend wie alle Menschen dieser Profession, sie – eine doch noch jüngere Alternativärztin. Edgar kam im Lauf des Abends, bewusst aber vorsichtig, auf seine Gesundheitsprobleme zu sprechen. Die Frau bot ihm freundlich an, doch bei Gelegenheit in ihre Ordination zu kommen. Es gab aus der umfangreichen kulinarischen Gesamt-Kunst des Gastgebers eine Reihe von recht seltsam bereiteten, aber guten Exempla, begleitet von Prosecco-rosé aus dem Wiener Umland als Aperitif, sodann Chablis, sodann Liköre und Armagnac, zum Speisen kalte Reinankenfilets auf Fenchelgemüse, Entenbrust, Kohlsprossen und Maronen, Crème brûlée.

Erzählt soll noch werden, nun bis über 1997 hinaus reichend jedenfalls, dass:

° er den Kontakt mit seinem Gönner und Koch abbrach (und erst wieder aufnahm, aufnehmen musste, als die Orchesterstücke uraufgeführt werden sollten; es ging das dann aber, und das muss dem Attila-Anselm / Hans-Ernst hoch angerechnet werden, ganz locker, glatt und ohne Hässlichkeiten über die Bühne; A.-A. / H.-E. besuchte sogar die Premiere).

° der sich dauernd selbst schlau und erst vorsichtig einschätzende Jung-Composer (so manche aus dem Kollegenkreis über ihn) so viel mit seinen vielfältigen Hilfs-Jobs und Tätigkeiten, manchmal sogar schon Kreativitäten, verdienen konnte, dass er bereits angenehm (über)lebte; dass aber bald mehr noch sich ergab.

° Mareike kurzfristig nach Wien kam, sich bei ihm meldete (er bekam nie heraus, woher sie seine Telefonnummer, Festnetz noch, hatte, aber das war andererseits wohl schon ein Beweis für seine kleine aber immerhin Bekanntheit), er aber mehrere Treffens-Wünsche verweigerte.

° er an dem Oratorium arbeitete, täglich, mindestens drei Stunden, in der Frühe.

° Edgar sich mehrmals in dem neu formierten Deutschland zeigte.

° er manchmal und gern im innovativen Kochen dilettierte.

° er eine Summe, stammend aus der Auflösung einer Verbindlichkeit aus einer seinerzeitigen unrechtmäßigen Leipziger Liegenschaftsübernahme (sein Vater und dessen offiziell geduldeten Partei-Selbstbereicherungen) ausbezahlt bekam.
° Edgar also wieder ein Glückskind darstellte.
Eines, das – noch – zu überraschen war, sich verblüffen ließ, mit Neuem erfreut werden konnte. Vor allem beim Kennenlernen von gerade noch frischer Musik: Terry Rileys Streichquartettmonster Salome dances for peace etwa, oder auch Mahler, abermals, nach eingehenderer Beschäftigung mit dem ersten Satz seiner Neunten Symphonie, oder die flächige, oft seichte, aber eindrückliche Filmmusik für allerneueste SiFi-Dramen, perfekt im leeren Raum durch Digitales positioniert, oder Lanner-Bearbeitungen für und durch die Neuen Wiener Concert Schrammeln und das Philharmonische Ensemble Wien.
° ein einmaliges Wiedersehen mit der Mareike sehr schief ging (mehr soll aus Pietät nicht berichtet werden).
° Edgar wieder gut finanziell abgesichert leben konnte, für Monate; nein, wie sich bei seiner sowieso bleibenden Knausrigkeit dann herausstellte, für ein paar, manchmal etwas privatim gesponserte Jahre.
° Edgar sich von der Alternativ-Ärztin, Claudia, untersuchen ließ und sich mit ihr, ähnlich den vergangenen Jahren, also quasi geübt, sehr kurzfristig und doch abermals eher nur für einen halbspannenden, manchmal ordinären Sex denn für den Empfindungsaustausch einließ.

achtzehn

Es war dann so, dass jene Verbindung/Freundschaft/Beziehung zur Arztfrau abrupt beendet wurde, nachdem er erfahren hatte, dass das Paar ein schwer behindertes Kind in einem entsprechenden sehr liebevoll-bemühten Heim versorgen ließ. Edgar fand das in Ordnung. Er ärgerte sich aber, von diesem Sohn bloß aus zweiter Hand erfahren zu haben, was ihn rasch zur Trennung veranlasste. Aber er ärgerte sich allerdings noch viel mehr darüber, dass er so handelte. Mies? Gestresst? Überfordert? Beleidigt? Er hätte all diese Epitheta akzeptiert.
Es war dann so, währenddessen, dass er an einem Schubert-Projekt (200. Geburtstag) teilnahm, da mitzumachen gezielt eingeladen wurde sogar. Es bot ihm Gelegenheiten (und mehr), sich mit der Kombination Musik-Video auseinanderzusetzen, mehr noch, dort bald entwickelnd arbeiten zu können, mehr noch, scheinbar Kunst-Absurdes auszuprobieren.
Es war dann so, währenddessen, nicht gut, nein schlimm, dass er – möglicherweise befördert durch die Natur-Behandlungen der Ärztin oder wegen der Trennung von ihr – seine ersten beiden großen Anfälle, die heftigsten seines Lebens, mehr noch, dass er seine Peinigungen, mehr noch, seine Heimsuchungen erlebte. Beim ersten Anfall war er vor Ganzkörperschmerzen für eine halbe Stunde ohnmächtig gewesen. Beim zweiten zwang er sich, bei Bewusstsein zu bleiben. Es begann wieder mit einem Kribbeln. Innenseite der Oberschenkel. Dann unterhalb des Nabels. Die Beine spannten sich ein wenig. Es stieg hoch. Langsam. Der erste wirkliche Schmerz war im Rücken. Zunächst so, als hätte man sich im Regen verkühlt. Auch das Atmen machte Probleme. Nicht viele aber die übrigen böse ergänzend. Langsam schob sich der Krampf vom Rücken auch auf den Brustkorb. Er hatte dann das Gefühl, als presse ihn jemand Stärkerer leicht zusammen. Zuerst half es, in seiner kleinen Ex-Alban-Berg-

Stiftungs-Wohnung rasch auf und ab zu gehen. Hin und her und her und hin. Hinlegen. Wieder auf. Und so weiter. Wassertrinken nützte gar nicht. Ablenkungen mittels Radios oder Fernsehapparat waren keine, ja solche Versuche verschlimmerten nur den Zustand seiner Hilflosigkeit. Er krümmte sich auf einen gepolsterten Sessel, sprang wieder auf. Hin und her und her und hin. Jetzt war es schon so, als hätte man ihn in eine Metallrüstung gezwängt, in eine zu enge aber, mindestens zwei Größen zu eng. Manchmal half ein Wimmern. Als Sarkast versuchte er es mit einem aggressiven Beten. Sozusagen auf Probe. Ein Transzendenz-Labor. Es machte nur depressiv zusätzlich. Endlich. Denn. Eine zuerst minimale, dann aber doch langsam wirksam erleichternde Anwendung, er nannte das seine spezielle Resonanztherapie. (Sie nützte partiell auch bei späteren Anfällen – oft war Jahre hindurch nichts, dann gabs wieder Schübe, aber in abgeschwächter Form.) Die Sache, der Trick war, sich mit einem großen Lautsprecher körperlich-intim zu verbinden. Also den Lärm-Kasten so zu umklammern wie eine Geliebte, ihn zwischen die Beine zu klemmen und an die Brust zu drücken. Und dann heftige Musik herausdonnern, herausfetzen zu lassen. Auf den gequälten Körper drauf. Heavy Metal Rock war wirksam. Volle Bachsche Orgelmusik auch. Am hilfreichsten aber ist der letzte Satz der Neunten Symphonie Beethovens gewesen, auch wenn der nicht andauernd nur dahinplärrt. Aber selbst die leisen Stellen, vor allem zu Beginn, lösten zumindest die Krampfoberflächen. Sonst? Natürlich wirkten sukzessive die Orchester-Vor-und-Zwischenspiele, die brüllend-stampfenden Chöre und das Vokalquartett at their best. Das Tenorsolo mit dem freudig, wie Gottes Sonnen dahinfliegenden Helden half hingegen weniger. Der liebe Vater über den Sternen auch nicht so recht. Das finale Anplärren einer angeblichen Tochter aus Elysium tat aber seine gute Wirkung. Das Schluss-Tohuwabohu auch. Edgar ließ drei Mal hintereinander brav und therapiefolgsam gegenüber sich selbst diese Resonanztherapie ad und ex personam über sich ergehen, in sich hineingehen. Dann schlief er, wiewohl sich noch immer vor Schmerzen leicht krümmend, erschöpft vom Beethoven-Rummel ein. Erwachend spürte er vor allem so etwas wie Kater und Katzenjammer, Gelenkschmerzen wie nach übertriebenen Fitness-Studio-Besuchen und Muskelbrennen wie des hellen Morgens nach einer sehr unvernünftig unternommenen, viel zu schwierigen Bergtour. Aber der Druck war weg. Nach diesem ersten, aber intensivsten Anfall (es folgten, wie gesagt, noch ein paar) ging er sicherheitshalber noch sich weitertherapierend auf ein kleines Frühstück in ein ziemlich räudiges Wirtshaus in seinem Wohnblock, traf dort die ersten Profi-Trinker bereits bei deren beginnendem Tagewerk und spendierte denen je ein Seidel Bier und einen doppelten Obstschnaps, ein Kompott, wie es in solchen Etablissements so wundersam heißt. Beim Zuprosten erbat er sich die Erlaubnis, vor dem Ex-Trinken des Kompotts noch kurz aus dem Beethoven-Schiller-Schmus zitieren zu dürfen, von jener Freude nämlich, die angeblich gierig alle Wesen an den Brüsten der Natur trinken, die Guten, die Bösen, egal, wichtig blieben Küsse und Reben und ein wirklicher Freund, denn sterben müssten schließlich alle, um dann als Cherub vor Gott zu stehen. Na, den Dipplern gefiel der Blödsinn außerordentlich gut, man erwiderte gern die Trinkwünsche, klopfte ihm auf die Schulter, nannte ihn Haberer und Burschi.

neunzehn

Ich
will
nicht
dienen.
Nicht
einmal
meinem
eigenen
Körper.
Lediglich
ein
paar
leicht
absurde
Formulierungen
sind
mir
eingefallen,
als
ich
den
Körper
bekämpft
habe.
Solche
aus

der

Transzendenzkiste.

Wunderbare.

Zum Beispiel:

Gott ist eine Vorstellung, eine Theateraufführung gleichviel eine Wunschidee.

Gott ist die Niederlage meiner Gedanken.

Ein herzliches Grüß Gott – die verschlagenste Anrede die es gibt.

zwanzig

Nach dem Anfall Nummer zwei als eine längere (für ihn bezeichnende) Notiz hingeworfen.
Nach Sichtungen im Material für Schubert (200. Geburtstag und das fast gemeinsam mit dem auch drohenden 100. Strauß-Todestag, noch alles vor dem dann überhaupt nicht ominösen 2000).
Es geschah im Endstadium des Oratorien-Komponierens.
Beide Arbeiten, das Hinwerfen und das Beenden, befruchteten einander.

Franz Schubert.

Biographische Notiz vorweg: Ich würde, müsste ich (zwei Mal gab es da jetzt einen Konjunktiv, das ist schwer verboten, ich weiß) den Intensivsten unter den Komponisten nennen, ihm den Vorzug geben (müssen).
Schubert-Werke sind kosmische Wurfgeschosse.
Und das ist einzufangen in neuen Bildern über Klang, als Geburtstagsgeschenk.
Solche, in denen Körper und Körperereignisse und Emotionen über all der Musik schweben, driften, rutschen wie auf Schleimspuren.
Aber, und das frage ich mich immer mehr, warum haben wir, die wir Kunst machen, dauernd das Bedürfnis, das alles gleich dem Volk, diesem Pöbel, dem Pack auch noch mundgerecht zu vermitteln.
Allein, die Sache mit Schubert hilft bei der Sache des Oratoriums.
Ich werde aber, lese ich bei Schubert etwa in den Liederheften, bei den Texten zu meinem eigenen Oratorium immer unsicherer. Kurios: Das geschieht deshalb, weil so viele wirklich schlechte, aber vertonte Texte (Goethe, Leitner, Müller …) mit solch einer Musik bedacht worden sind.

Franz Schubert.

Zum Projekt, zum Geburtstag, zum Machen, mit Bild und Klang und der Komposition ja per se und mit optischen Vermittlungen wie noch nie gewesen – am besten alles zunächst locker gefragt und es damit in Satzfetzen befragt:

Schubert schrieb rund 1000 Werke/Stücke. Die anzuhören? Alle? Wie dicht?

Und daraus neu Zugänge zur Musik schaffen?

Oder damit uns heute verzweifeln lassen.

Denn wir leben in einer dezimierten Musik.

Wir müssen die Fülle wiederbekommen.

Das Überwältigen im Spott.

Eine Herausforderung.

Jetzt kitschig gesagt und beinahe altertümelnd gesprochen, noch mehr in Viertel- und Achtelsätzen (ja, zugegeben, auch viele von diesen Worten sind aus dem bisher bereits veröffentlichten Reden über Musik gestohlen):

Kostbarkeit.

Odem der Musik.

Vasenhafte Schönheit.

Lust.

Die Vergoldung des Mäßigen (vor allem in den Texten).

Enthaltsamkeit von billigen Wirkungsmitteln.

Erkenntniskitzel.

Das Verlangen nach Lebenssüße.

Kunstvoll ist kostbar?

Sind wir gegen die physische Natur der Werke?

Suchen wir zu viel immer das Moralische drin?

Sind diese beiden Fragen nicht schon amüsant?

Aber – ich muss mich beeilen.
Mit Schubert und dem Oratorium.
Muss versuchen, dem Schubert neue Bilder zu geben, nein, anzubieten.
Muss doch noch neue Texte für das eigene Großwerk finden.
Vielleicht – Kleist, Arnim, Verlaine, Günther, die selbstmörderische Kräftner ..., oder jemand fragen, heute, aktuell, Star-Poeten und/aber vor allem kommende.
Sie sollten sich an der Schubert-Texte-Masse orientieren. Dem Oratorium damit wieder beinahe einen Schöne-Müllerinnen-Touch geben, zeitweise eben nur, sich gebärden wie die Gruppe aus dem Tartarus, die vertonten, späten Heine-Texte, An Sylvia, Am Grabe Anselmos.
Und alles wird in die Grenzen der sonstigen, schon fertigen Teile gesetzt, hineingegossen.
Die Himmel des Beethoven, die mögen – so soll es zitierend und die neuen Teile einhüllend klingen – die mögen des Ewigen Ehre rühmen (wozu, wozu braucht jemand, der sowieso ewig ist, dann noch einen dargebrachten Ruhm, noch dazu von/aus irgendwelchen Himmeln, das ist doch Duckmäuserei wie im Biedermeier der Habsburger und des Metternich, hier in diesem verdammten Wien, dort oben in diesem kleinbürgerlichen Preußen-Staat? Das soll ich verkomponieren, auch?).
Die Himmel mögen regnen, sonst nichts.
Der Götterfunken als Teufelsblitzableiter.
Ich muss mich beeilen.
Ich werde allzu leicht müde.

Franz Schubert.

ACHTUNG, Musik- und Literaturkritik heute:

Wir müssen vor dem Inangriffnehmen das hässliche ABER bedenken. Dasjenige derer, die dann vorgeben werden, über das Ergebnis wertend zu sprechen.
Und wir müssen uns schützen, wappnen.
Die Menschen, die über Musik wertend reden, vor allem diejenigen, die das beruflich glauben, tun zu dürfen, die haben so viel Furcht. Sie stehen der Musik gegenüber etwa wie ein Frühpensionist wirtschaftlich unsicheren Zeiten. Sie weisen, vor lauter Scheu vielleicht mehr vom Chaos befangen zu werden als spontan erträglich, fast alles von sich. Argumentierend mit der Notwendigkeit der Eigen-Ruhe, des Gewesenen, des Orthodoxen, der eingetretenen Müdigkeit nach dem Schauen und sowieso außen vorbleibenden Besuch von Genie. Wenige Leute haben so viel Angst vor dem Gegenstand ihrer Beschäftigungen wie die Schreibenden vor allem über Musik. Das gilt für die universitären Seminare in Musikwissenschaft genauso wie für Pop-Musik-Historiker. Allesamt Idioten!

[Ich doch, ich will, muss vorsichtiger werden. Ich springe den Leuten quasi nur mehr ins Gesicht. Mit meiner Musik – na okay. Aber auch in den Gesprächen. Ich mache die Frauen herunter. Ich habe – das fiel mir erst kürzlich wieder auf – kaum Freunde, eigentlich gar keine. Aus Geld mache ich mir nichts, besser: nicht viel. Aber sollte man nicht doch gelegentlich nachdenken, besser: vielleicht sogar ein wenig grübeln, wie es wäre, hätte man/ich auch eine Basis, bürgerlich meinetwegen; eine so genannte Bleibe. Es muss ja nicht sogleich eine mit Gattin und Kindern sein. Eine Ehefrau aber auf Distanz? Spannend? Oder doch nicht?]

Besser dann: Beginnt mit Schubert die Musik zu enden?

Vor allem und mit aller Bestimmtheit ist trotzdem zu sagen, dass er vielfältig blieb, aber viel von sich, vor allem von seinen Kompositionen und Gestaltungs-Plänen, nicht preisgab.
Wie so manches Weihnachtsfest und so scheinbar zufälliger Mauern-Fall, wie zufällige Begegnungen und Bekanntschaften, Erkenntnisse, gar Epiphanien … so wurde nun viel wieder für ihn weisend, etwa beim Entdecken von Texten für sich, beim Durchschauen von Musik zwischen Ars antiqua, Isorhythmik, Schütz, Benevoli, Beethoven, Berlioz, Berg, Pop-Mädels und Samstag-Abend-Fernseh-Shows für die blöden Massen. Er besuchte, bald sogar eingeladen, Symposien für das Neue, Veranstaltungen, die es vor 2000 gerade noch gab, Gesprächskonzerte, Musik-Ausstellungen, die es vor 2000 auch gerade noch gab, das was sich gern Underground nannte und doch oft in sehr primitiven oder in Kleine-Leute-Verhaltensweisen

stecken blieb. Ja, zugegeben, er gebärdete sich elitär, der wurde Mitglied von solchen Kreativ- und Bemüht-Kreativ-Zirkeln, früher hätte man ihn einen Ästheten genannt, einen dieser doch gern widerlichen und die Menschen, die das – auch zugegeben – gerne zuließen ja forderten, ausnützenden Typen, einen wie vom Thomas Mann etwas müde gezeichnet und vom Thomas Bernhard überpointiert und daher zumeist schlecht portraitiert.

Weisend und beweisend, ganz real – eine Garden-Party, gegeben seitens eines sowieso dergestalt gar nicht existierenden Kulturministeriums des Landes und unterstützt von der müden Kulturabteilung der Stadt. Den Edgar Niehaus hatte man auch geladen. Er war in Musikkreisen zwar schon als etwas schräger, aber zumindest und zum Glück nicht, wie üblich zu 80 %, ziemlich dummer Musikdarsteller, sei es in Komposition, Schrifttum oder Gespräch, bekannt geworden.

Damals, weisend und beweisend. Es lief der Abend halbwegs nobel dahin, das sei erwähnt. Es schaute alles ein wenig aus wie große Hochzeitsfeste in Gärten in englischen Filmen, Filme für die ganze Familie und mit Stars für die ganze Familie und überhaupt mit kleiner Freude und großer Üppigkeit und Menschen unterschiedlichsten Charakters oder wenigstens abermals kleiner Wirkungen. Edgar lehnte vorerst an Bäumen, ein Glas in der Hand, manchmal Vorbeiziehende grüßend. Es war ein weicher Abend, einer, wie es das selten gibt rund um Wien, aber wenn! 29. Juni, Semesterende und Halbzeiten, lange Helligkeiten. Dann wurde er von einem Bekannten, jenem übrigens, der seinerzeit die erste Geige gespielt hatte im fabulösen Streichquartett im Palais und bei der Pseudo-Gräfin, an einen Tisch gebeten, an welchem im Augenblick nur Frauen saßen, fünf an der Zahl und, wie sich herausstellte oder wie man es dem Edgar ziemlich rasch und streng vermittelte, nein ihm beibrach-

te, nein ihm in leicht beleidigtem Ton an den Kopf warf, also fünf Frauen eines Frauen-Schriftstellerinnen-Zirkels. Alle bereits preisausgezeichnet zwischen Landes-Ehrungen und Förderungs-Ehrungen und Literatur-Tage-Ehrungen, weil seit der Jahrtausendwende sowieso rund 85 % aller Menschen, die sich literarisch versuchen, Frauen gewesen sind, wodurch der Prozentsatz der aus nationaler Eitelkeit und aus Gender-Sicherheitserwägungen und aus Wiedergutmachungsscham Geehrten dann natürlich erst recht sehr hoch blieb. Es sei vorweg erzählt, dass Edgar solch ein Institutionalisieren plus Preis-Epitheta nach einiger Zeit, denn selbstverständlich handelte ihr Gespräch nicht dauernd aber immer wieder von schwer unterdrückten Künstlerinnen, nachfragend kurz bloß andeutete, dass das aber bald nicht einmal mehr böse Repliken oder Beschimpfungen nach sich zog, sondern höchstens ein Augenbrauenhochziehen und ein Wimpernniederschlagen, eingebettet in ein Ignorieren der Argumente des Redenden. Die Damen tranken Aperol oder gleich Gin, die beiden Herren, der Geiger war sitzen geblieben, einen gespritzten Wein, zumeist sogar in Form des Sommerspritzers. Edgar wollte auch über Schubert reden, schließlich war diese Frühsommer-Ausgelassenheit ja zu dessen Ehren angesetzt worden. Er fand wenig Interesse für sein Anliegen. Eine der Frauen meinte bloß, dass dieser Schubert ja auch nur die Frauen voll ausgenützt hätte, vor allem mit seinen Liedern und so eben. Eine Antwort auf Edgars Rückfrage, warum man dann überhaupt heute hier säße, kam nicht. Oder doch. Solche Veranstaltungen, so verabscheuungswürdig sie im Grunde auch wären, denn sie dienten bloß der Befestigung der Männer-Riten und Männer-Gangs, wären wenigstes hilfreich am Weg im Durchschauen der gesellschaftlichen, sozialen und unterdrückenden Wirklichkeit, vor allem im Kunstbereich.
Sie hießen Katia, Scarlett, Maureen, Phoebe und Helga.

Er machte den Initialfehler, zunächst einmal Fräulein Helga zu sagen.
„Du kannst dich aber jetzt gleich vertschüssen, wenn du anfängst mit so abwertenden Dumm-Fickwunsch-Worten herumzuwerfen."
„Was machst du eigentlich so? Außer Schubert? Da und hier."
„Du bist doch nicht von hier und da? Tust aber auf Klug-Deutscher."
„Also? Musik, ja? Selber auch?"
„Wir an diesem abgefuckten Tisch unter diesen satten Kulti-Leuten sind wahrscheinlich sowieso die einzigen hier, welche sich um das Weiterbringen von Kunst und Tempo und so, eben für alle noch, was scheren."
Edgar: „Ich schreibe gerade an einem ziemlich großen Stück. Musik, ja, na und? Ich habe es fast fertig, ein wenig vom entsprechenden Text fehlt noch. Ein Oratorium."
„Ein Oratorium, habt ihr gehört!? Und damit machst du dann auf Pfarrer oder Fernsehprediger oder so?"
Edgar: „Ich weiß nicht einmal, ob das je aufgeführt werden kann."
„Ja, aber vorher die Produktionsverhältnisse voll ausnützen, das geht natürlich schon."
„Ich krieg mich da gleich nicht."
„Aber währenddessen den Künstlerinnen mit irgendwelchen von deinen versponnenen Großprojekten, die niemand versteht, das wenige Geld für die wirklich wichtigen Sachen auch noch wegnehmen."
„Lies einmal in unserem literarischen Frauen-Aufschrei(ben)blatt nach, dann werden dir die Augen übergehen."
Edgar: „Und wer subventioniert diese notwendige Postille?"
„Du! Verarschen kannst du andre."
„Es geht jetzt um etwas, gerade jetzt."
„Vor allem in unserer übersatten Zeit."

„Gerade jetzt, wo überhaupt."
„Wo alles nur deswegen funktioniert, weil die Frauen in Familie und Beruf, als unbezahlte Hilfskräfte und Gering-Eingestufte kuschen müssen."
„Weil wir noch nicht dort sind, wo wir hingehören. Als intellektuelle Speerspitze des Landes. Weil der Kampf gegen die satt Etablierten kaum, vielleicht noch gar nicht begonnen hat. Besonders zu wenig noch in der Frauen-Literatur."
Edgar: „Ihr redet genauso idiotisch-linientreu daher wie die literarisch-dialektisch-klassenkämpferischen Vorzeigefrauen in der DDR noch vor ein paar Jahren."
Stille.
„Du machst jetzt voll auf armer Ostler, nicht wahr?"
Der Combattimento ging dann noch ein paar Minuten weiter und dahin. Schließlich wurde es fade. Solche Vorwürfe und Anwürfe und Trotzreaktionen und Beklemmungen wiederholten sich ja sowieso seit Jahren. Trink-Nachschub wurde mehrfach geholt. Dann blieben ein paar von den Frauen weg, und schließlich waren Scarlett, Phoebe und Edgar allein am Tisch übrig.
Phoebe (con anima): „Warum widersprichst du prinzipiell?"
Edgar: „Ich lerne nur."
Scarlett (allegretto): „Quatsch nicht schon wieder Trash. Mach wen andren mit der Baby-Masche an. Du hast keine Ahnung, wie schwer man es als Frau hat, heute in einen Kunstbetrieb einzusteigen. Als Bildhauerin oder Graphikerin – na ja. Aber beim Schreiben? Außerdem gibt es da schon Hunderte, und es werden immer mehr."
Edgar: „Setzt sich Kreativität nicht immer irgendwann einmal durch?"
Scarlett (allegretto piacevole): „Kindchen, du hast aber ein Wunschdenken! Da spielen schon ziemlich andere Faktoren hinein."

Edgar (diminuendo): „Und wenn wir eben gemeinsam dahingehend arbeiteten, also am Wunschdenken, an den Faktoren, an Kunst und Frau, Unterdrückung und so weiter, daran, dergestalt etwas Kreatives machen? Aus den Abfall-Dingen oder dem scheinbar gar nicht zusammenhängenden Gesellschafts- und Politik-Mist was Neues zusammensetzen?"
Scarlett & Phoebe (auch diminuendo): „?"
Edgar führte, vorsichtig und zurückhaltender geworden wegen der Schelte und den Aggressionen von zuvor, ein bisschen was aus über das Oratorium. Dass es ganz brav begänne, Ursuppe, wie beim lächerlich-hinterhältigen Schöpfungs-Haydn oder den Kitsch-Meistern vor allem im angelsächsischen Raum während/nach der Jahrhundertwende vom 19. zum 20. dann. Der Mittelteil: ein – combattimento – wenn die, pardon, Damen wüssten, was das ist oder war. Dann ein Orchesterzwischenspiel, ziemlich brutal. Dann der Schluss, an dem er sozusagen noch kiefle. Die Initiale also, die wäre klar, Bibel und Milton wiederum und Stückchen aus den Nebukadnezar-Überlieferungen, leicht gemixt mit hocherotischen Choreinwürfen über Texten von aus DADA und Rimbaud. Die Mitte wäre sowieso der Kampf zwischen Mann und Frau, und deswegen sei ihm dieses Reden hier am Tisch doch durchaus willkommen. Und deswegen sei er vorhin auch nicht sofort wieder aufgestanden. Vor einer dreiviertel Stunde, als er ziemlich unvorbereitet beflegelt wurde. Er habe damals gedacht, die jungen Damen – pardon ob des Alters und der Damen-Zuordnung – wären halt schon betrunken gewesen. Aber sie wären eben nur berauscht von ihrem Zorn, der, dieser Zorn nämlich – und da wisse er, was er sage – in einer eigenen Hilflosigkeit und doch aufgezwungenen Projektödnis wurzle.
Scarlett & Phoebe, abwechselnd, einander ergänzend (in tempo): „Du bist vielleicht ein Komiker … mies, aber irgendwie sogar

lieb … oder wenigstens doch kein Männer-Schwanz … und kannst auch reden, unverständlich, aber das könnt ihr Deutschen alle … wisst meistens selbst nicht, was ihr wollt …"

Edgar weiter. Der Kampf nämlich. Zwischen Frau und Mann. Zweiter Teil. Eine kleine Oper beinahe. Aber nicht so ein bürgerlicher Musiktheater-Schmarrn wie Von Heute auf Morgen des Herrn Schönberg oder Intermezzo des Herrn Strauss. Eine immer böser werdende Auseinandersetzung über aktuelle Themen. Endend unversöhnlich. Aber das mag den beiden – pardon – Damen ja nicht fremd sein. Ein Duett, okay. Eines, das kommentierend von einem Chor, bezeichnend die Gesellschaft an sich oder meinetwegen auch die Ratgeber in Frauenzeitschriften oder die Gender-Abteilungen der Musikakademien, begleitet wird. Schnell abwechselnd mit langsamen, sogar nachdenklichen Passagen. Und im bösen Ende verklingend, aber in einem Walzer. Sowie dann eben das Zwischenspiel, zugegeben, schon orientiert an den beiden Interludien im letzten Satz der Neunten Beethovens. Aber noch mehr rennender Lärm.

Phoebe (ritardando): „Du hast ziemlich schräge Ausdrücke. Ich verstehe sowieso nichts von so einer Musik."

Scarlett (calando): „Ich schon, sagt mir was. Spannend vielleicht sogar. Aber dafür kriegst du nie Förderungen oder Leute für Aufführungen."

Phoebe (acentuando): „Und dann?"

Scarlett (acentuando): „Und dann?"

Edgar: „Ich weiß es nicht. Dritter Abschnitt eben. Hilfe. Nach dem Kampf als Kammerspiel: die Krankheit, auf jeden Fall. Schlimm. Ja, es soll wehe tun auch in und mit der Musik und mehr. Aua dauernd. Aber. Inhalt und Gestalt. Scheinbare Beliebigkeit. Nur Brösel aus all dem, wie es sich uns eben scheinbar aufdrängt, so wie wir zuvor geredet haben. Absurdes."

Die beiden Frauen, wieder ineinander redend (con brio): „Aber das hast du doch bei jedem Zeitunglesen … und beim Fernsehzappen … Müll … Deck … die Ergebnisse der Konsumgesellschaft … die einzigen oft … Kraft durch Chaos, Freude durch kräftiges Blödsinnmachen und das auch noch verkomponieren in einem Oratorium, wahrscheinlich für die angefressenen Pseudo-Bürgis, die glauben, so an dem Neuen teilzuhaben …“

Edgar wehrte ab. Und er überlegte bei sich, sich wundernd, warum die Frauen immer so, wie man hierorts sagt, so geschraubt daherreden, wenn es um Innovatives oder gar die Avantgarde des Befreienden geht. Laut erklärend hingegen. Er denke noch immer dran, dass auch Bilder, ja Bilder, Film oder Video oder Projektion, dabei sein müssten. Als Gegenstimme. Als Comes neben dem Chaos-Dux.

Die beiden Frauen, verwundert, etwas angespannt (in modo perpetuo): „Was sind das für Sachen … du bist schon wieder am Ergo-Trip mit deinem Wissen … sowieso … eh klar … Comixdux – rede doch deutsch, Deutscher …“

Edgar erklärte ein bisschen. Fugen-Aufbau und Musikanalytik. Da heißen die Stimmen, die einander dann ergänzen, sich verknoten und dann jagen eben derartig. Nur im Neu-Formulieren, einem auch mit alten Begriffen und doch ziemlich sicheren noch dazu, da gelänge viel. Damit ließen sich auch viele Zweifel verbergen. Gut, egal aber hier und heute. Irgendwann würde es schon passen und fertig sein.

Scarlett (ritardando wiederum): „Du brauchst also noch was, Textideen vor allem, sagst du? Und da quetschst du uns gleich aus?“

Edgar wiegelte ab. Er hätte sowieso schon viel Langweiliges erzählt. Es interessierte ihn jetzt viel mehr, was die beiden selbst so schrieben oder geschrieben hätten. Wenn man sich anlassentsprechend nicht ein wenig über Schubert austauschen dürfe. Der hätte allerdings Sachen ausgedrückt, dagegen sind alle Proteste und Ängste heute Peanuts. Aber gut. Schließlich säße man am Tisch von Schriftstellerinnen. Aktuellen sogar. Er lasse sich gern was erzählen, höre auch gern brav und stille zu, selbst wenn man das ihm nun nicht glaube.

Phoebe (sotto voce): „Du bist genauso ein Schleimer wie die vielen Wiener und Österreicher hierorts."

Scarlett (più mosso): „Aber gut …"

Phoebe (tempo giusto): „Also gut …

Scarlett (con affetto): „Die Phoebe hat vor kurzem Gedichte in einer Kunst-Anthologie über Probleme der Frauen, wenn sie abgetrieben haben, untergebracht."

Phoebe (simile): „Und die Scarlett hat ein Stipendium bekommen für eine Novelle. Es geht, richtig Scarlett, um Stadt und Land?"

Edgar warf ein, dass das nun nicht so wirklich neu sei.

Phoebe (agitato): „Natürlich nicht, weil die Probleme immer dieselben waren und sind. Man kommt aus der Pampa in die großen Siedlungen und wird ausgenützt von den hinterhältigen Langzeitbewohnern dort. Und man kommt aufs Land und wird voll gelegt von den hinterhältigen Bauern und den Aussteigern zugleich."

Es folgten einige Minuten des wechselseitigen Erzählens der beiden Frauen über deren aktuelle literarische Arbeiten, Ergüsse und Erfolge.

Edgar, langsam sich wieder einmischend: „Und – Todesangst?"

Die beiden, beinahe gleichzeitig (con sordina): „Und – was?"

Er berichtete nun gar nicht von seiner Krankheit, nicht davon, dass er glaubte, nicht viel mehr als fünfzig Jahre alt zu werden. Er sprach nicht davon, dass ihn im Augenblick das Reisen eher beklommen machte. Sprach sicherheitshalber auch nicht, siehe nur die soeben noch empfangenen Zurechtweisungen, dass er zur Beruhigung viel

an Schubert-Liedern hänge, obwohl die – Schubert komponierte 15 Jahre lang in Todesängsten – ja nicht eben den Anschein eines Beruhigungsmittels hätten oder auch nur erweckten. Er sagte lediglich, dass er Texte, Geniales und Müll, sammle, um das dann alles als Bild der Krankheit musikalisch und vielleicht eben auch begleitet vom Film darzustellen. Formal und im Bau wären die Probleme bereits gelöst. Chor-Gänge in vielen, mindestens acht, parallelen Linien, das Orchester duettierend mit einem Bläserquintett. Am Schluss einstimmiger, eher ruhig wirkender Gesang. So wie eine Gregorianik, aber die spätere, die Melismen-volle, antiphonal auch.
Scarlett (leggeramente) „Antiphonal?"
Edgar: „Die andere Form für Ideen-Sprachaustausch im Chor. Das Gegenteil von responsorial."
Phoebe (leggeramente, forte): „Aha."
Ja, und außerdem wäre da noch immer wieder eine Stimme mittendrin, ein Narr vielleicht, ein hinterhältiger Eulenspiegel und ein kleiner, mieser Rattenfänger auch, EIN GAUKLER, der von den Schmerzen und von den Qualen, den Ängsten und Betroffenheiten, den Zweifeln und vergeblichen Anrufungen abzulenken versuchte. Zwingen will er uns, der Gaukler, die eigenen Geschichten nicht so überaus ernst zu nehmen; sie sich selbst begreiflich zu machen, dann wäre schon alles gleich viel besser. Aber der Gegenchor singt auf der einen Seite: Töte ihn; der Gegenchor der anderen Seite hingegen: Man kann ihn nicht töten, es ist sein Leben. Auf der einen Seite: Die Krankheit zu genießen ist seine einzige Freude; auf der anderen Seite: Er will weg, auslöschen, in Glücksgefühlen, wenn es sein muss; in Philosophie, endlich weg vom Raum- und Zeitproblem. Und dann ginge wieder das Chaos los. Die Vielfalt, die sich nicht und bald nicht mehr jemals ordnen wird lassen. Bis eben zur Schlussruhe in die Schein-Gregorianik hin.

Die beiden (pianissimo subito, glissando, rallentando): „Das war aber jetzt schon auch ganz schön … das hast du fast toll erzählt … aber das soll wirklich so aufgeführt werden … die Leute rasten doch aus bei so was?“
Er tat geschmeichelt. „Das sollen sie doch.“
Die beiden schlugen ihm sodann und sogar vor, ihm doch Proben ihrer Literatur zukommen zu lassen. („Ganz wenig, nur zum Appetitmachen“) Man tauschte („du, Sensation, dass ich das überhaupt mache“) ganz wie die satten Kulturkonsumenten in den überteuerten Kulturtempeln oder ähnlichen („selbstreflexiv angefetteten“) Restaurants Postadressen aus. Scarlett brach auf. Phoebe blieb sitzen. („Noch“). Die ziemlich blonde, recht großgewachsene Frau (im Gegensatz zum dunkelhaarigen, leicht zarten E.) kramte dann in ihrer Handtasche und holte ein beschriebenes Papier hervor.
„Ein Gedicht für das Buch. Mein Buch. Aus dem Buch. Ich will da schon reussieren. Die Leute sollen sich was denken. Verstehst du? Wir redeten davon. Ich trage es bei mir herum, weil ich mich irgendwie voll damit identifizieren kann. Immer noch. Willst du es jetzt einmal lesen?“
„Ja, gut, aber sicher nicht hier und schon gar nicht jetzt in diesem trunkenen Spätabendgartenlärm. Kann ich es haben? Ich schicke es hundertprozentig zurück.“
Zauderndes Gewährenlassen.
Dann noch, nebeneinander an der Theke lehnend; noch was als fare-well getrunken.
„Fluchtachtel.“
„Sanftes Fluchtachtel. Nummer eins.“
„Und jenes Entsetzliche, Angst und so, du Wüstling, die Angst die man in die Komposition hineinzwingen will. Sagst du. Ist das nun wahr, oder war das eine Angeberei?“

„Danke, dass du dir solche Gedanken überhaupt machst."
„Also?"
„Es ist noch viel zu wenig. Nur ein Abbild. Ein Höhlengleichnis des Lebens ist es, eines an sich und noch dazu täglich neu mitgemacht, mitgemacht im Sinne von erlitten."
„Höhle. Das ist doch dieser Platon?"
„Exakt, man sollte den nehmen, lesen sogar; anstelle der Text-Trash-Massen, die man mit Trash-Tönen irgendwohin zwingt. Aber du wirst jetzt gleich wieder zum Jammern anfangen, dass ich nur geschraubt, wie man hier sagt, daherrede."
„Redet ihr Komponisten und Multi-Künstler eigentlich nicht dauernd so geheimnisvoll daher, bloß damit man euch nicht versteht, aber bewundert und vor allem bedauert?"
„Ja, wahrscheinlich. Hehe. Du durchschaust uns. Immerhin ein Anfang."
„Wer ist: uns?"
„Uns: wir Männer, vielleicht? Wäre das ein Anfang?"
„Ja, ein Anfang. Gewissermaßen."
„Gewissens-maßen."
„Gewissens Massen."

Das Gedicht, übergeben, es bestand als eine Buch-Kopie:

Andere Krankheiten als ich zehn auf einmal
hab, du, zehn auf einmal, sei krank die Zehn sperrangelweit.
Klopfzeichen, Magen und Goldfieber.
Im Finger den Span, in der Nase der Druck, in den Augen derselbe,
die belegte Welt,
wie die Finsternisse vor dem Untergang.
Aber im Kopf,
mehr als im Bein,
den Druck,
nämlich:
dass das Universum – beinahe durchschaut –
auffliegt wie
ein bilanzfälschendes Unternehmen.
Kakophon – denn:
Es peinigt vor allem deine Ohren,
und du meinst, das sei
eine andre Krankheit
als meine.
Ach, woher!

Die Rücksendung an Phoebe mit Begleitbrief:
Hi – danke, spannend. Du weißt schon, dass das nicht nur eine Ingeborg-Bachmann-Kopie ist, sondern mit Verschiebungen bereits eine Kopie aus dem noch ungeordneten Nachlass, woraus jetzt halt immer wieder was publiziert wird, aufsteigt in der Frauenliteratur wie Blasen; aber das macht nichts, es gibt Schlechteres. Noch einmal reden? Trash-Suchen gemeinsam? As you like it. Chacun à son goût.

Phoebe, per FAX an Edgar, handschriftlich:
As you like it … ja, schon: Danke. Aber es gibt eben gute Vorbilder. Und außerdem ist ja, so wie du trommelst, das Neu-Collagenmachen auch schon als eigene Kunstform und anerkannt. Was willst du? Trash-Suchen? Du bist entweder naiv oder besonders hinterhältig.

Edgar retour, auch per FAX, mittels einer mechanischen Schreibmaschine fabriziert:
Ich meinte das ernst. Ph. Wir haben so viel im Ansatz geredet. Doch. Und das Höhlengleichnis sagt, dass wir sowieso nur den Wiederschein der Wirklichkeit erkennen, nicht einmal den Widerschein. Schatten. Flackernd wohl noch dazu. Das meinte ich auch, wenn ich sage, der letzte Oratorienteil müsse die Welt als Chaos, bereits in Stücken herumwirbelnd beschreiben. Aber entschuldige, ich hab vor dir wohl unverständlich geredet oder überhaupt Dinge gesagt, die dir und euch ziemlich egal sind. Ja, verständlich, das ist eine Divergenz zwischen eurer Immanenz und meinem Anspruch des sich laufend entwickelnden Darstellens von abgehobener Wirklichkeit mittels neuer Kunst. Und das war jetzt dir mit sogar herzlichen Grüßen geantwortet vom nachdenklichen Edgar.

Phoebe, ziemlich umgehend retour per FAX, handschriftlich:

? – und wenn du wieder ein wenig heruntergestiegen bist aus deinen manieristischen Chaos-Wolken, dann kannst du mich ja anrufen.

Edgar, noch an diesem am Vormittag / nur 13 Minuten später, anrufend / Phoebe rasch abnehmend / im kleinen Dialog, miteinander und füreinander (nun zusammengefasst und manchmal auch abstrahiert wiedergegeben):

– *Du glaubst, ich bin schon wieder am Versuchungstrip?*
– *Es liest sich manches so.*
– *Was gefällt dir nicht?*
– *Soll ich sagen: Fast alles? Du bist auch so einer, der viel von sich erzählt und sich hochstilisiert dabei, wo aber nix dahintersteckt, wenn es darauf ankommt.*
– *Bitte, gut, dann komm zu mir, oder besser in eine Wohnung oder ein Studio, wo ein besseres Klavier steht oder wo man was abhören kann. Dann präsentiere ich dir was, wo du denkst, die Ohren scheppern dir nachhaltig.*
– *… neue Musik interessiert mich nicht so sehr … es gibt hingegen so viele interessante Frauen im Augenblick, die sich an die Computer-Sachen anhängen, da geht mir viel mehr auf bei der Musik …*
– *Ich hab auch Lieder geschrieben.*
– *Kann ich mir schon vorstellen.*
– *Du magst nicht mehr …*
– *… Du machst es mir aber auch schwer.*
– *Ich schicke dir einmal was über das Höhlengleichnis.*

Abruptes Ende des Telefondialoges.

Warten, vor dem Telefon. Beide.
Warten, vor dem Telefon, vor einem Glas mit Riesling.
Vor einem Glas mit Aperol-Spitzer (schon wieder).

Vor einem Glas mit Riesling.
Vor … mutig …

Edgar, 34 Minuten später, ein FAX an Phoebe, gedruckt, Buch-Kopie:
vorweg noch handschriftlich verwiesen: HÖHLENGLEICHNIS – EIN HÖHLENDRAMA (Teil 1, zweiteilig)

Am Rücken an Wänden, weißgekalkt, kleben.
Schlotternd geschaut in vergehende Weiten.
Dumme Zeiten.
Erkenntnis im Arsch, davon werden wir reden.

Auslöschung des andren, der andren.
Der Kopf in den Händen, du denkst, du bist blind.
Ein jeder - entfesselt nur einmal - verdirbt.
Erkenntnis macht lichttot.

Der Wi(e)derschein ist Selbstbespiegelung.
Und die ergab voll Hinterhalt den Doppelsinn.
Das wäre, sagst du glatt, Gewinn.

als Wi(e)derscheinen und als Angebot zum Schlaf,
zum satten Frieden nach Bedarf
der frei gewählten Ohren-Selbstverriegelung.

Da eine der Erscheinungsformen Gottes
unsre Zeit ist, so
benötigt die Musik als Einziges der
Mittel ihrer Existenz und Selbstdarstellung Zeit.

Erscheinungsformen Gottes
(also Gott als unser lieber DER/DIE/DAS)
sind Hörbarmachung und
doch nur der Schatten wütender Gespenster.

Gott macht sich sichtbar
Eventuell als Hardcore und als Folter,
als Explosion des höchst Gewöhnlichen.

ER würde jeden von uns umgehend ermorden
Und ihm zuvor die Ohren flott zerkratzen,
jeden Verfluchten in Erkenntnis, der ihn hört.

Edgar, eine weitere halbe Stunde später, ein zweites FAX an Phoebe, gedruckt, eine Buch-Kopie:

vorweg noch handschriftlich verwiesen:

HÖHLENGLEICHNIS – EIN HÖHLENDRAMA

(Teil 2, zweiteilig)

Aufpassen, bitte.

Und nicht fragen sogleich: worauf aufpassen?

Sich hineingleiten lassen.

Ja?

Im
Theater dort
der
kühnen Künste.

Im
Klangbereich
das
Nein als wichtiges Gespenst.

Hier
ist
nichts.

Nein
dort
ist.

Wir kleben noch an Wänden, du und ich.
Wir hören Wi(e)derhall zum Kopf-Spott.
Gar wunderlich gefangen, Erkenntnis weiterhin im Arsch,
in Schallgemäuern und in deren Schatten.

Wären wir los- und freigelassen, dann
erstickten wir im Lärm.
Auf den rasierten Flächen, weiland
noch im Wald und auf der Haide.

Lied ohne Worte;
Kopf tief auf den Händen und im schäbigsten Geräusch;
Lied ohne Form und Worte;

Musik aus Staub;
Tacet; im Takt;
Musik aus Höhlengleichnis-Staub.

Phoebe, am Nachmittag desselben Tages, um 16.41, per FAX wiederum, an Edgar, handschriftlich:

... und?
So was gefällt dir also?
Das soll hinein in dein Oratorium?
Das verstehen die Leute dann noch weniger.

Edgar, ziemlich umgehend, ein FAX retour an Phoebe, handschriftlich wiederum:

Nein! Ich nehme keine ganzen fertigen Sachen. Drum will ich ja immer die Chaos-Stücke haben, von allen Leuten. Bitte. Versteh mich, das ist kein Witz. Was ich dir geschickt habe, das ist nur für ein Verständnis für dich und von dem, wie ich auch denke und was ich mag. In diesen Oratorienteil kommen nur neue Texte aus Collagen etc. Ich wollte ja ursprünglich sogar Paul Celans Todesfuge, das mit der schwarzen Milch und dem Tod als Meister aus Deutschland, hineingeben, als cantus firmus sozusagen; aber das verbietet sich. War ich jetzt wieder nur unverständlich?

Phoebe, um 18.00, ein FAX an Edgar, handschriftlich:

„cantus firmus"? Laß uns lieber reden als schreiben. Das ist lockerer.

Edgar, ab 18.02, mit Phoebe telefonierend, wie zuvor:

- *Ja, reden.*
- *Ja, reden, du bist aber hastig.*
- *Ich bin nicht hastig, ich will nur, wie man sagt, Nägel mit Köpfen machen.*
- *Wenn du mit solchen blöden deutschen Spießer-Sprüchen daherkommst, dann kannst du auch gleich wieder daheimbleiben.*
- ...

– …

– *Also, wann und wie. Heute? Jetzt?*

– *Lass mich – schauen – überlegen noch – ich muss noch – hab das noch – fertigzumachen – morgen? Morgen?*

– *Ja, abends, 20.00, eine noch ungefährliche Zeit. Passend? Ort faxe ich?*

– *Ja.*

– *Ja.*

– *Ja.*

– *Ja.*

– …

– …

– *Ja.*

– *Ja.*

– … … … …

– …

– -

– -

Edgar, gegen 23.00, per FAX, handschriftlich vor gedruckt, Buch-Kopie:

… auch wenn der Schubert und seine Dichter böse, selbstbespiegelnde Männer sind, manches ist nicht so übel? Das war eine Frage, eine bewusst dreiste …

Wie sing ich's aus,
das Werdegefühl,
das erlösend
dich, o Geist, anweht?

dreiundzwanzig

Herr Axel S. war der Partner/Freund/Liebste etc. der Phoebe. Er wurde vorstellig rund 21 Tage nach dem Schubert-Gartenfest. Bei Edgar.

Sehr geehrter Herr, verzeihen Sie die Störung und die Anmutung …

?

Oder auch:

Axel S., der Partner/Freund/Liebste der Phoebe:

Dreieinhalb Wochen später; Axel rief Edgar Niehaus telefonisch an. Entschuldigte sich ob dieses akustischen Überfalls. Aber er hätte geschrieben, vergeblich. Die Nummer vom Telefon hätte er frei von Phoebe bekommen. Ob man reden könne? Ob man sich doch eher treffen könne? Ganz wie üblich in solchen Fällen, am Tag und in einem Kaffeehaus?

„… in solchen Fällen …?"

„Wir werden uns schon vertragen."

„Ich sehe keinen Grund, warum nicht."

„Bis dann also."

Ort und Zeit waren vereinbart.

Axel S. wohnte bereits seit beinahe einem Jahr mit Phoebe zusammen. Man teilte sozusagen Bad, Kühlschrank und Bettwäsche. Er arbeitete, soeben dreißig geworden, als Jung-Assessor in einer Kanzlei für Verwaltungs- und Abwicklungsfragen die Verstaatlichte Industrie und deren Rückführung in Privatorganisationen betreffend. Gern. Man lebte in einer kleinen Wohnung im nobleren und sich selbst als aufgeschlossen und grün und sich vor allem gern als flüchtlingsfreundlich empfindenden siebenten Wiener Gemeindebezirk. Axel machte außerdem schon langsam Karriere. Phoebe studierte nebenbei weiterhin und dahin, das heißt neben ihren literarischen und Literatur-organisierenden Tätigkeiten.

Axel war stolz gewesen auf Phoebe. Deswegen. Des Doppels wegen.

Nun nur die wichtigsten Sätze zitiert aus dem Kaffeehausgespräch:

„Sie haben Phoebe verunsichert und ihr eine verrückte Idee in den Kopf gesetzt. Vielleicht auch mehrere. Ich kann es nicht anders ausdrücken. Von andrem will ich gar nicht reden oder mir vieles dabei vorstellen."

„Ich habe was? Bester. Wir tauschten uns ein wenig aus. Literarisch, künstlerisch in den Genres übergreifend. Und Phoebe hat für mich

Begriffe gesammelt."
„Begriffe?"
„Ja, und Wortmüll."
Es war das keineswegs eine, wirklich füreinander auf Verstehen ausgerichtete Kommunikation. Bewusst so?
„Phoebe versucht sich in der Literatur. Fleißig und brav. Und sie konnte bereits so manches unterbringen. Ich weiß, wie schwer das ist. Aber jetzt macht sie Trash, vor allem auf Gender. Und das ist doch nicht gut? Das ruiniert sie bald."
„Ich habe sie nicht dazu angeleitet oder verführt, wie sie mir jetzt irgendwie bereits unterstellen. Phoebe merkt als Schreibende eventuell, dass man mit der üblichen Jammerpoesie nicht weiterkommt."
Es gab einige Pausen im Zwiegespräch. Sekundenlange aber ausdrucksvolle.
„Ich will das aber nicht. Dass sie so verrückt plötzlich zu sammeln beginnt."
„Sammeln?"
„Ja, sie zieht aus den Zeitungen Satzbrocken, auch aus Büchern, aus solchen der Weltliteratur. Und die schreibt sie auf, fabriziert Zettelschachteln. Und behauptet, das wäre ihr – so sagt sie tatsächlich – wäre ihr Kompositionsbeitrag für ein Oratorium mit ihnen. Stimmt das? Was soll das? Sie wird immer unzugänglicher, sagte zu mir sogar, sie müsse sich unbedingt und notwendig weiterentwickeln, vielleicht sogar neu aufstellen im Kreativen. Ja, notwendig. Für sie selbst und für uns, so meinte sie noch."
„Fein."
„Das ist doch Unsinn. Dichterische Arbeit funktioniert doch nicht so?"
„Warum nicht? Woher wissen sie das?"
„Das sagt einem doch der Hausverstand."

„Welches Haus?"
„Sie nehmen mich nicht ernst. Mir ist es ernst."
Schweigen. Eine weitere Bestellung im Café. Zuvor hatte es zwei Mal Melange gegeben. Jetzt einen Campari-Soda für den Juristen, Salbeiblätter-Tee für den Musikmenschen.
„Sie komponieren?"
„Ich mache Gelegenheitsarbeiten, viele verschiedene. Und manchmal, da schreibe ich was."
„Phoebe sprach allerdings einmal, nebenbei, von Riesenwerken."
„Phoebe ist sehr freundlich."
„Und sie leben vor allem von verschiedenen Unternehmungen?"
„Entschuldige, aber was geht das Sie eigentlich an?"
„Ich darf gleich noch mehr fragen."
Dann herrschte wiederum kurz Stille zwischen den beiden.
„Nun, jetzt fragen Sie, bitte, ich werde unruhig und nervös. Was wollen Sie denn von mir? Ich hab nichts getan, nichts veranlasst. Aber ich bin schon nicht mehr neugierig, sondern irgendwie wird mir ungut bei Ihren Worten. Bitte respektieren Sie auch, dass ich kein gesunder Mensch bin. Im Gegenteil."
Axel, rutschte herum. Räusperte sich.
„Ich muss zugeben, was ich nun sage, das wird bald nicht sehr einnehmend für mich klingen. Aber gut. Hören Sie. Es ist so. Erstens. Phoebe macht mir einige Sorgen. Gut, ist so, sie ist eine Künstlerin, oder bildet sich das ein, oder hofft darauf, eine zu werden. Zweitens. Man muss den Leuten, die einem nahestehen, Freiheiten lassen, klar. Drittens. Ich will Phoebe noch immer heiraten. Lieber früher als später. Das weiß sie seit vielen Monaten. Wir lebten auch recht gut zusammen in der letzten, oder ich sollte lieber sagen in der vorletzten Zeit. Obwohl wir so unterschiedlich sind. Dann. Viertens. Wir kennen uns insgesamt schon seit vier Jahren. Wir haben also

ein bisschen was aufgebaut miteinander. Existenz sagt man. Auch wenn meine Vorstellung davon sich wahrscheinlich diesbezüglich ziemlich von der Ihren unterscheidet. Ist eben so. Fünftens. Und jetzt kommt mein Anliegen oder, ich weiß nicht, wie ich es sagen soll, meine Verwirrung am ehesten. Es kommt das, weswegen wir uns, von mir angestoßen, hier treffen. Und das kommt auch, leider und zum Kotzen eigentlich, was mir peinlich ist. Egal. War so. Ist so. Wurde Auslöser. Ich sage es ganz kurz einmal heraus."

Und dann schwieg der Axel S. wieder. Und dann schwieg auch der Edgar N.

Endlich.

„Ja, nicht schön von mir. Aber dann. Doch. Im Vorzimmer lag eine Mappe herum, mit einigen Blatt Papier drinnen, beschrieben und bedruckt. Phoebe verwendet solche Mappen oft und gern, sozusagen, um was abzuspeichern. Verschiedene Farben bedeuten verschiedene Inhalte, Genres also. Gedichte vorwiegend, die sie schreibt. Die landen in grünen Mappen."

Wieder Stille, einige unangenehme Sekunden. Edgar hielt sich, was nicht unbedingt für ihn spricht, quasi im Ausdruck bedeckt, übercool, blieb ohne Regung, schaute nur groß und direkt auf sein Gegenüber, reagierte nicht, hielt seine Gesichtsmuskulatur fest im Zaum.

„Ich hab in der Mappe geblättert. Eine violette. Ja. Tat es. Schlimm, ja. Warum sie da lag, ist mir nicht einsichtig. Aber Phoebe platziert gelegentlich ihre Schreibarbeiten sicht- und angreifbar überall. Die Mappe kugelte nicht gezielt herum, die Mappe war sicher auch nicht als Probe, als Falle oder Hinterlist für mich gedacht oder liegengelassen. Es gibt schließlich auf der Welt mehr Zufälle, die dann eine Kette von Gedanken, Erkenntnissen und Geschehnissen nach sich ziehen, als wir denken oder erwarten. Ich blätterte, legte alles bald wieder zurück. Und griff dann abermals hinein und las. Es waren

zunächst zwei Blatt, mit Worten, sehr großgeschriebenen, voll. *Sirenen*, stand drüber. Und auch noch *Material aus der Marbot-Street, Eingang in die Unterwelt*. Eine krude Sammlung, ein paar Wortfolgen konnte, musste ich mir merken. Etwa so:
„Schwefelflammen, Kanonen dröhnen, Erschlagene werden gefleddert, Mitternachtssonne ohne Schein, Zelebranten in Unterröcken, lautloses Gähnen, die Verdammten, die Leiber hochwürdigster Herren, Feuer, Ströme aus den Weibern heraus, Allah beschnitten, Beleidigung, zu Brei schlagt ihn, den verdammten Erlöser …"
„Ja, kenne ich, Material, herausgezogen aus einer der wildesten Szenen in der Literatur."
„Egal, egal! Und dann war noch etwas, an sie gerichtet, eine FAX-Vorlage oder so etwas wie ein Briefkonzept, was weiß ich? Ja, ich hab böse und hinterhältig reagiert, hab mir rasch eine Kopie gezogen auf meinem Hausschreibtisch, alles wieder retour gegeben. Na, der Himmel wird mir verzeihen."
„Der Himmel?"
Stille. Dann weiter.
„Das klingt nun alles nach Eifersucht. Wirklich, ich trage fast keine in mir und ich hab keinen Anlass. Aber ich bin verwirrt. Und – ganz ehrlich – ich weiß nicht, wie das eigentlich weitergehen soll."
Edgar blieb starr.
Sein Gegenüber zog zwei Papiere aus der Sakko-Tasche.
„Das ist es dann noch. Sie kennen die Sache sowieso. Ich weiß einfach nichts anzufangen damit. Haben sie Phoebe als Autorin oder Materialzulieferin engagiert? Oder, entschuldige, ist das sowieso nur ein Frauenanmachtrick mit dem Materialsammeln von grenzwertigen oder schrägen Begriffen?"
Edgar griff vorsichtig nach dem Papier. Ein paar Zeilen. Ein Gedicht.

Er kannte beide.
Mein Lieber, viel gefunden. Für dich. Im U. überhaupt. Aber auch zwischen U-Bahnzeitungen und Filmrezensionen über Cross-over-Horror. Das bekommt dann alles so einen eigenen Duktus. Du hattest vollkommen recht. Das wird ein Wirbel, eine Schraube, eine Schnecke. Danke, wieder einmal, wirklich, danke du Lieber-Ausgefallener-Lebensweiser (weise als klug und als Wege vorgebend). Ich verbarg bisher noch ein Gedicht, jaja, du machst mir Vorwürfe, ich nehme fremde Poeme, verschiebe sie und collagiere. Aber du tust in deinen Großkompositionen auch nichts anderes.

Beobachtungen & Erkenntnisse (das war soeben die Überschrift)

Ein somnambuler Bär
Eröffnete
Ein Pissoir für Frauen.

Die grüne Ratte
Nahm Quartier
In einer Bruckner-Orgel.

Der Oster-Weihnachtshase
Machte
Sich bald allzu schlimme Sorgen.

Das kleine Glück
Erwartete
Sich nichts.

Die stolze Polizei
Verdrückte recht bewegt
Ein Tränlein klein.

Ein Knabe ganz natürlich
Sah
Sein Röslein stehn.

Der Tod
Erschrak vor sich
Und sehr zurecht.

Und Du! Der glücklich und verliebt
Sich outete.
Ach. Warst Du denn nie verliebt?
Sonst!
Aber nun.
Aber doch.

Aber!
Herrlichkeit auf Erden und ein wenig dahinter.

„Ja, das schickte sie mir vor einiger Zeit. Per Post sogar."
„Und?"
„Nichts und."
„Und!"
„Dichtung und Wahrheit."
„Was für Wahrheit?"
„Was ist Wahrheit? – der Pontius Pilatus hatte vollkommen recht."
„Bitte, mir ist nicht zum Scherzen zumute."
„Das war kein Scherz, das war Bibel; und zwar einer der wenigen vernünftigen Sätze dort drinnen."
„Aber wenn man das richtig zu lesen versteht, dann wäre das eher schon eine Erklärung von Phoebe."
„Erklärung?"
„Sie wissen ganz genau, was ich damit sagen will. Und, nochmals, ganz ruhig und nochmals – ich sag es bewusst so – bitte; sie, Herr Niehaus, haben die Phoebe recht beeindruckt und ihr offenbar viele neue Ideen vermittelt, solche auch, auf die sie nie selbst gekommen wäre, solche sogar, die ihr nie in ihrer Lebensführung bisher untergekommen sind. Das ist gut und notwendig dieses Augenöffnen, ich weiß, besonders für jemanden, der sich kreativ betätigen will. Aber das ging zu weit!"
„Tja, und ich zähle jetzt auch einmal auf, für sie, kürzer. Erstens bloß,

sie trauen ihrer Freundin oder Zukünftigen oder was immer dann nicht gerade viel Urteilsfähigkeiten über sich und ihre Arbeitsentwicklung zu. Was geht oder ging denn zu weit, wie Sie behaupten? In der Kreativität geht niemals etwas zu weit. Verstehen sie? Nein, wahrscheinlich nicht. Und zweitens, Sie verfügen doch relativ brutal über die Frau. Ich komme mir nun vor wie ein Vater, der in die Volksschule zitiert wird, weil seine Tochter schlimm gewesen ist und der dieser Schande jetzt entgegenzutreten hat. Mit drohend erhobenem Finger wird er, der gescheiterte Erzieher, sozusagen gemaßregelt: so ginge das nicht weiter, es gibt Grenzen im Individual-Sein oder Frech-Sein oder Frei-Sein. Und drittens übrigens, was Sie dauernd suggerieren, nämlich dass ich Phoebe quasi verführt hätte mit Poesie und Poesie-Angeboten, ja, sowieso dass ich, das meinen Sie doch, bereits mit ihr, wie man hierorts sagt, was hätte … seien sie versichert: nein."

Schon wieder Stille.

„Ich muss es brutal sagen, aber lassen Sie die Phoebe in Ruhe. Punkt, aus."

„Ich muss es brutal sagen, aber behandeln Sie die Phoebe nicht wie ein unmündiges Kind oder ein Verlobter im hochbürgerlichen 19. Jahrhundert, der bereits über die Existenzführung seiner Zukünftigen voll entscheidet und jede Abweichung dieser seiner Zukünftigen von seinen Plänen missbilligt, nein, verbietet, nein, als Drohung ansieht; als Drohung zuerst sich selbst gegenüber, dann dem angeblichen Verführer gegenüber, dann auch ihr gegenüber."

Axel spitzte die Lippen. Axel fixierte Edgar. Axel neigte den Kopf.

Edgar weiter.

„Was wollen sie? Nochmals gefragt. Ihre Befindlichkeit geht mich nichts an."

„Ich will meine und unsere Zukunft nicht infrage stellen lassen. Will nicht beschmutzt werden."

„Entschuldigung, da muss ich mal lachen."
„Meinetwegen, lachen Sie, lachen Sie mich aus. Ich habe halt Wertvorstellungen. Und die sollen auch weiterhin meine Zukunft bestimmen."
„Zukunft ..."
„Ja, Zukunft. Wir haben uns so glänzend verstanden. Herr Niehaus. Die Phoebe und ich und die Zukunft. Eben auch spannend, aber voll mit Erfüllungsmöglichkeiten, weil wir so verschieden sind. Sie, die leicht abgehoben Empfindende, ich wohl der Pragmatiker. Das ist eine wundervolle Ergänzung. Das war eine ...?"
„Wegen ein paar Zeilen, die Sie zufällig gelesen haben und die Sie nicht verstehen, regen Sie sich so auf und machen auf Defätisten?"
„Halten Sie mich nicht für so blöd, auch wenn ich mich als eher unkünstlerischen Pragmatiker geoutet habe. Geoutet, ja, wie das im Gedicht von soeben aber eben andersrum steht, das mit glücklich und verliebt. Nämlich, hören Sie, wenn eine Frau so begehrliche Worte einem doch bereits von ihr derart bewunderten Mann schreibt, im Gedicht zitiert sogar, dann ...".
„Dann ...?".
„Bitte, jetzt machen Sie nicht auf naiv!"
„Bitte, jetzt darf ich sagen: Sie verstehen wenig oder nichts von Dichtung oder auch nur von leicht abgehoben-absurder Poesie."
„Vielleicht, aber ich verstehe, Worte zu deuten. Nochmals, ich zitiere, ungern aber doch. Wenn am Schluss von Liebe und Herrlichkeit die Rede ist."
„Haben Sie denn nie in sich Sachen gespürt, die sofort ganz andre, frische Ursachen, Wirkungen und Folgen oder meinetwegen auch Gewinne oder Niederlagen nach sich ziehen müssen? Oder noch anders gesagt. Haben Sie denn nie mit einfachen Worten einfache Regungen in sich benennen und dabei nicht an Folgen oder Ver-

wertungen denken können? Nein, haben Sie eben nicht, wie gesagt egal. Was kann ich noch tun für Sie?"

Edgar Niehaus bezahlte.

Nur für sich.

Den Kaffee und den Kräutertee.

Er stand auf und reichte seinem Gegenüber die Hand.

Die wurde tatsächlich geschüttelt.

Gehalten.

Er entzog die seine aber rasch.

Sagte kein Abschiedswort.

Drehte sich um und verließ langsam das Lokal. Spürten den anderen noch im Rücken. Der eilte ihm aber nicht nach. Edgar ging in seine Wohnung, es waren noch immer die kleinen Räume, seinerzeit von der Alban-Berg-Stiftung weiterführend einfach angemietet und zur Verfügung gestellt. Er wollte der Phoebe schreiben. Nicht faxen. Jetzt gleich. Auch nicht telefonieren; das wäre doch ein Vertrauensbruch gewesen. So erschien ihm das jedenfalls. Er fand zuvor im Postkastel ein Kuvert. Erkennbar, weil schon mehrfach solch Ähnliches empfangen, von Phoebe. Er zügelte sein Lese-Begehr bis in seine kleine Küche hinein. Dort nahm er aus dem Eisschrank eine halbvolle Flasche des hierorts gelegentlich sogar hervorragenden, von ihm einst bereits besungenen Rotgipfler-Zierfandlers. Goss sich einen ein. Riss, wie stets und gern, das Kuvert, dieses dabei verwüstend, auf. Fand ein paar wieder mit großen Buchstaben vollgeschmierte Blätter und einen Begleittext, maschinengeschrieben. „Lieber E., das wäre noch für Dich, Sammelergebnisse, Worte, Satzfetzen, böse Bezeichnungen und mehr. Ich weiß noch allemal nicht, was Du vorhast, aber ich werde es hören dürfen – einmal. Ich freue mich drauf. Mein Freund/Partner, Axel, ist offenbar eifersüchtig auf Dich. Ich spüre es irgendwie. Was tun? Ich weiß es nicht. Will es auch nicht wissen. Baci & con amore!"

Und parallel dazu blinkte das Telefon.
Anruf in Abwesenheit.
Vor rund einer Stunde.
Phoebe.
Auf dem Band:
„Eddy, stell dir vor. Ich soll fast sicher den Job bekommen in der Literaturgesellschaft. Halbtags. Aber immerhin. Selbstständig kann man nur so werden. Danke. Du hast da was vermittelt, ich weiß das. Der Axel will dich treffen. Wie du magst. Mir ist auch nicht ganz klar, was er mit dir reden will. Wie du magst, also. Ruf mich zurück, wenn es dir danach ist. Hoffentlich. Ich bin sehr froh. Und dankbar."

Die vollgeschmierten Blätter.
Nochmals: Sirenen, ja, du hast so recht. Natürlich die Gefahr von denen. Gekreisch. Frauen auf und über Männer. Aber vielleicht anders, sie machen tatsächlich neue Musik? Aber lass mich lieber abermals die

Wortfetzen suchen und finden in unserem Buch und dir schicken, für deinen dritten Teil, der wird ganz sicher besonders und hervorragend, also: Schwarzer Panther, Vampir, besudelte Kleider, verletztes Lachen, Lauschen, mit malvenfarbenem Gesicht, mit der Haltung eines Geheimen Meisters. So erscheinst du mir übrigens auch manchmal, wie auf die Augen geküsst, um damit dann erst etwas dem Seher Entsprechendes mitteilen zu können. Aber – ich ahne es noch immer nicht, wie willst du das vertonen? Im Oratorium, das ja einen besonderen Weltkreis zwischen Menschen und Begriffen darstellen soll? Aber, noch was. *Flutende Locken. Krähen- und Spatzenfüße. Hackbrett mit Silbersaiten. Nasenrinnen. Ohrenentzündung. Priapismus. Amputation. Bienengesumm. Hure eins, Hure zwei, Hure drei. Zoe. Christina. Florinda. Platzende Raketen. Im Himmel und unter der Erde. Blau. Rot und sieben Mal röter als rot. Zeitlupe. Buckel. Glückskekse. Düfte ohne Versuchung. Lasterhafter Messias. Orgelbegleitung.* Und dann weiß ich nicht, ob das überhaupt als Musikalisches für dich passend ist. Du willst ja weg von den spontanen Vertonungs-Assoziationen. Aber doch ein Halleluja, für uns? *Pantomimen. Publicity, Industrie, Redefreiheit, Gastronomie, Intimpflege, Strandkörbe, Venus, Aphrodite, weinend. Fröhliches Durcheinander. Von Frauen. An den Rocksäumen hängend. Mit Magnesium-Blitzlicht ausgeleuchtet. Im Mausoleum. Mit grünen Leitern. Hornissen und Hornisten. Essenzen. Pagen und Dienende. Vor allem Frauen. Vor allem junge Frauen. Es war einmal ein König, der hatte einen Floh, den liebt er gar nicht wenig, so als wie seine eigene Buhle.* Mein Lieber! Ich habe so viel für mich profitiert durch das – scheinbar nur – absurde Sammeln. Stell dir vor, und ich wollte das dir erzählen, aber du schützt Arbeit vor, was ich verstehe, also schreibe ich es dir: Also, ich traf jemanden, egal jetzt wer, wer von früher halt, der auch Musik macht, mehr Spielen als Komponieren. Trotzdem. Und dem erzählte ich auch von deinen

Ideen, natürlich ohne deinen Namen zu nennen! Claro! Aber auch davon, dass man mit neuen Wortballungen oder Wortwolken oder so Klänge erzeugen kann. Dass das vielleicht erst der eigentliche Sirenen-Gesang war. Und der sagte zu mir: Interessant, nur, apropos Sirenen, also die wundersamen Weibstücke, welche alle Seeleute in den Abgrund singen, so meint es wenigstens der Homer, der ja den Odysseus dazu bringt, sich am Deck festbinden zu lassen, während die Mannschaft sich die Ohren mit Wachs verstopfen oder zuträufeln muss und während man eben an den Felsen dieser singenden Unheilbringerinnen vorbeisegelt. **Vögel mit Menschenköpfen angeblich oder so ähnlich.** Aber, dieser Freund, Ex-Freund, meinte, wahrscheinlich sind wir viel zu sentimental oder zu romantisch und stellten uns halt irgendwelche feinen Klänge vor zwischen Psychodelic-Wolken und Bruckner und irgendwelche Minimalisten. Im Gegenteil. Vielleicht hätten diese Wesen, und angeblich wurde vorher nie auch nur annähernd so sehr Musik beschrieben, vielleicht hätten die ganz was anderes geliefert und die Menschen, die Männer, damit ins Verderben geführt, ins Unglück gestürzt. Vielleicht hätten sie eine Idee von Form vermittelt, wie man das ja überhaupt noch nicht kannte in der Musik, nur in der Bildhauerei und bei den Skulpturen. Vielleicht hätte sie den Menschen und natürlich dem Odysseus, der Einzige, der durchkam, dargestellt, was Form sein kann. Mein Ex meinte etwa die Sonate oder die Fuge. Kannst du damit was anfangen? Du sicher. Material und Form als Gestalt in Zeit. Philosophisches pur. Und so eben auch als Kunstmittel. Ich bin gespannt, was du sagst. Also: Sirenenmusik ist Sonatenmusik. Wie beim Haydn oder beim Mozart, oder überhaupt, so wäre es noch denkbarer, bei Beethoven, ganz streng.

AUF LEBEN UND TOD. Und noch eine Seite mit Begriffen habe ich gefunden, herausgezogen, ich schicke sie dir auch. Es ist sowieso

vielleicht nur Dummheit. Und vielleicht dann erst in deiner Komposition was ganz Besonderes? Die Fragen geklärt?
Hat die Seele des Menschen ein Alter? Ist sie Sindbad der Seefahrer? Ein Narziss? Oder besteht sie aus schweifenden Gedanken nach einer Frau? Und mag die nun in zerknitterten Strümpfen vor dir knien, was dich besonders anmacht? Aber mögliche Erlösung? Leibesfrucht und Licht. Zum Licht heraus. Ans Licht. Man schändet sowieso. Krummbeinig dasitzen vor dem Lusteingang. Lass uns dabei über Musik sprechen. Abwehrend. Wagner, zugegeben großartig. Ein wenig zu gewaltig? Es ist nicht immer alles nur gewaltig. Fast nichts. Im Stabat Mater dastehen. Mitleiden und doch nur auf die Musik hören. Lieder so heiß singen wie sie geschrieben. Damit durch die Nacht streifen. Scheppernd über die Pflastersteine. Im Rhythmus. Immer mehr. Den spüren. Immer mehr. Wir sind dann Ebenbilder. Im Rhythmus. Sprechen und singen einander dabei vor. Hoiho, hoiho. Heiah, heiah. Wir hören den doppelten Widerhall. In der Kälte des Raums. Wenn wir uns auf die nächtlichen Spannfedern legen. In frischer Wäsche. Keine drei Tage alt. Der Sindbad, der Windbad. Heimgekehrt. Mit welchen Gefühlen? Neid, Eifersucht, Entsagung, Gleichmut? Immer diese Begriffsketten. Doch. Wie Ehre und Glück, Reichtum und Macht, Freiheit und Gleichheit und Brüderschwesterlichkeit. Der Organismus organisiert. Die Anrufung des Großen Bären ruft. Ja, weil es so angenehm ist, so leicht. Aufzuzählen.
Ich bin mit Gott und seiner Welt zerfallen,
und habe selbst im Knien nie gefühlt,
dass es den Demutfrieden gibt,
den alle anderen sich so leicht erdienen.
Zitiert wie so vieles davor, da aber ist es zerrissen gewesen. Jetzt schrieb ich es ab. Für Dich!

Und nochmals, jetzt wieder ausgezählt.
Für Dich! Als Gitter, als Sprossenleiter ins …?
Ja, ich schreibe als empfindende Frau, klaube mir heraus die Fetzen aus den Büchern. Bitte, meine Seele!
Flimmerbaum – Erratisch – Es ist nicht mehr – Radix – Matrix – Schwarzerde – Sibirisch – Benedicta – Die hellen Steine – Anabasis – Ein Wurfholz – Hawdalah – Le Menhir – Bei Tag – Kolon – Hinausgekrönt – Es ist alles anders – In der Luft – Zuversicht – Mit Brief und Uhr – Heimkehr – Unten – Heute – Schliere – Tenebre – Blume – Weiß – Schuttkahn …
Mein lieber E., ich nehme Anleihen an Großem, ich weiß, es ist für dich zitiert. Mein lieber E., ich weiß wenig über mich, viel über dich, nichts über uns.
Mein lieber E., die Welt ist so verschieden; draußen am Tag und drinnen in meiner Nacht. Sie wird durch deine Musik vielleicht im dunklen Scheinwerfer bestrahlt sein dürfen.
Du hast einmal so recht locker von dir gegeben: Ich will nicht dienen. Ich sage nun, ich würde dir gern dienen, obwohl du ein Gaukler bist, tief drinnen, oder noch besser dir beim Dienen helfen, miteinander, füreinander, zueinander, aufeinander. Ja. Lass uns aber das alles auch wieder vergessen, was ich schrieb, zusammensuchte, beinahe beleidigend zitierte. Wir reden auch nie darüber. Versprochen. Du kannst es für dich behalten oder auch groß in ein großes Werk einfügen. Sag halt nicht, von wem du es bekamst. Sag auch nicht, dass jetzt von mir so viel schnöde Abgeschriebenes kam. Nichts von mir in diesen guten Worten. Bitte. Ich lasse abschließend zu, dass ich spüre, wie du deine Arme um mich legst, um meinen Hals, an meinen Körper, und dass ich dich erstmals und doch wieder gewohnt niederziehen werde, dass du meine Brüste fühlen kannst und die

Hitze schon zwischen meinen Schenkeln, wie die duften, ja, wenn dein Herz, Odysseus, wie verrückt geht, wie es sein soll am Ende deiner Komposition, du willst es, ja, wie ich, ja.

vierundzwanzig

Mit aller Bestimmtheit ist noch und wiederum zusammenfassend zu sagen, dass er mit seiner Musik (Neues und Sich-Wiederholendes, letzteres mindestens als ein Dutzend Gebrauchsstücke angeblich für alle Neueste-Musik-Ausreden) zum Geheimtipp wurde, für die nach 2000 wachsenden Festivals, welche sich mit dem Epitheton modern schmückten, mehr aber nicht, sich anboten oder anzubieten vermochten. Es schadete ihm aber seine wachsende, immer mehr gesprächsweise oder in der Öffentlichkeit vorgetragene Kritik, eine vor allem an Sängerinnen und Sängern mit denen entsprechenden Ensembles oder bald nur mehr mit immer raffinierter werdenden Equipment, vom Laptop angefangen.
Nach einer, einiges später dann im TV abgehaltenen Diskussion, zu welcher er als Ex-Ost-Mann und eben noch Vertreter von Neue-Musik-Schulen geladen war, die man eigentlich bereits überwunden zu haben glaubte, wurde er – bis zu seinem Tod mit etwas mehr als 51 Jahren – in vielen Musikreisen überhaupt zur Persona non grata. Er konnte zwar publizieren, herzlich wenig verlegen oder aufführen, sogar Schülerinnen und Schüler unterrichten, sogar einen akademischen Grad erwerben. Aber er spielte in Österreich und Deutschland, dann auch in manchen für ihn vielleicht wichtigen Institutionen im ehemaligen Kommunismus-Osten und im auch ehemaligen Franzosen-Westen kaum eine adäquate, und wenn schon keine, seiner Potenz entsprechend adäquate so doch wenigstens einträgliche Rolle. Er lebte in den ersten beiden Jahrzehnten des einundzwanzigsten Jahrhunderts nie schlecht oder gar entbehrungsreich. Er lebte aber auch nie sorglos. Obwohl – Sorgen um seine Existenz machte er sich eigentlich sowieso nie. Und der TV-Sager? Erstens: In jedem Kinderlied sei mehr Musik, also bessere und gegliederte Melodien sowie formal und im Aufbau Besseres drinnen, als in den wöchentlich neu als Sensation propagierten Liedleins dieser

Jung-Damen und Jung-Herren, welche sich noch dazu jeweils betroffen-sentimental in düsteren Umgebungen abfilmen ließen. Aber das gelte auch für die Vorbilder von drüben. Nicht nur England sei gemeint und die gerade noch akzeptable Janis Joplin und meinetwegen auch Typinnen wie Whitney Houston, nicht nur Amerika und der gerade noch, weil längere Zeit ganz gut bewegliche Michael Jackson and friends and kids. Aber dann schon, mehr schlimm: der grauenhafte Herr Zimmerman, der maximal zwei Musikschmähs auf Lager habe, die aber seit Jahrzehnten auswalze, die allermeisten Musikweiber von der Baez abwärts, von der traurigen Entwicklung einer Madonna gar nicht zu reden, von den sicherheitshalber immer mehr werdenden und zumeist farbigen Jung-Frauen auch nicht, man höre nur hin, die paar Noten, die sie halbwegs beherrschten, drei oder vier sowieso nur, aber krächzend-plärrend wie die, nomen est omen, Frau Wein-Haus, aber dann diese Typinnen und Dümmlinge vor allem wie die reichgewordene Beyoncé, die superreiche Rihanna, wie Sheeran und Michael, Spears und Bieber und Gomez und Perry sowie noch drei, neun, sieben Dutzend andere, die vor allem untereinander Wettbewerbe veranstalten, wer mehr an Hundert-Millionen-Konten besitzt, vom Hip-Hop und den oft nur mehr lächerlich werdenden Rappern, diese Gangsta-Kindergärten, nicht zu reden, solche, die Scheiß-Sätze, wie sie Untermittelschul-Kinder herumbrüllen, für Kunst halten, und schon gar nicht zu reden von den Kleinbürgerinnen-Glücksfeen, die jährlich vor allem in Deutschland für kurze Zeit hochgejubelte Blunzen abgeben. Aber die deutschsprachigen Sender und Medienhäuser vor allem mit ihren Volkstümlichen zu Hunderten, Tausenden, die scherten sich um nix außer um Geld, viel Geld, das dann irgendwo wieder versickert, das sich nicht wirklich benennen lässt; dabei rede er gar nicht von der europäischen Kulturschande namens Song-Contest.

Nota bene 1: E. N. veröffentlichte ein paar Jahre später sogar noch diese seine Philippiká und ergänzte sie noch durch eine Reihe von neueren Namen, etwa Adele oder Aguilera, die Melodiemördertruppe ABBA, Miley und Shakira, sogar Lady Gaga („… sieht aus wie eine Nachwuchsbedienerin aus Bosnien, aber die singen wahrscheinlich besser …“) oder – prophezeiend wieder später hinzugefügt – durch das Fräulein Elish, wohingegen er das Fräulein Taylor Swift beinahe lobte, nicht der angeblichen Musik, die sie offerierte, wegen, sondern – eben doch leicht/burtal sarkastisch und voll ein Macho – ob mancher Vorzüge ihres Leibes („… die einzige von den Puppen, die dickere Schenkel hat, solche sogar, die immer fülliger werden, wundervoll, ein sensationeller Pop-Höhepunkt auf jeden Fall …“). Aber das war alles später. Schon vor seinen letzten Jahren.
Nota bene 2: E. N. schloss (mehr noch, er zwang sich dazu, kränkelnd) mit einigen einfach krass verkomponierten Wortschwällen auf der Phoebe-Basis bereits in diesem Phoebe-Jahr noch sein Oratorium ab; es war fertig/endgültig. Er auch. Das Oratorium, der letzte Teil, der wurde wie gehofft zum Sirenengesang aus Versatzstücken, er finalisierte es mit einer Coda, einer Ministretta eigentlich, die in wenigen Takten gebaut war wie eine klassische Sonate. Er nannte Phoebe übrigens nie als eine Co- oder Hilfsautorin.
Nota bene 3: E. N. hatte ab dem Zeitpunkt seines Schlusskomponierens, abgehalten in seiner Wohnung, Klausen-gleich – irgendwie in nonverbaler Absprache – den Kontakt mit der Text-Wortbrocken liefernden Frau abgebrochen; er war auch nicht gewillt, diesen je wieder aufzunehmen. (Auch nicht nach seinem Berlin II – siehe später.)

Biographische Notiz zu Troia (oder auch geschmeidige Fluchtübungen aus Wien, aus Phoebes Welt; sie, die Ph. und ihre Welt, ist nicht meine, eine Erkenntnis, immerhin, ich bin also wieder glücklich und doch anständig?):

Troia. Das ist nun nicht die vor dreieinhalb tausend Jahren umkämpfte Odysseus-Stadt irgendwo am Hellespont, der Ort des allerersten Weltkriegs, welcher sowieso dergestalt nie stattgefunden hat, der Ort, den man trotz vieler Schichten in Ausgrabungen nicht findet, weil man immer falsch gräbt und nur irgendwelche Altertums-Reste hervorbuddelt; wenn es Troja je gegeben hat, dann war es eine Vorläuferstadt von Konstantinopel/Istanbul, denn nur dort wären so riesige Heere möglich aufzustellen und zu versorgen gewesen für einen Schnittpunktkrieg Ost/West.

Das jetzt ist hingegen ein feiner Ort mitten in Nordapulien und südlich von Lucera, die Stadt mit einem der größten Amphitheater überhaupt, das aber beinahe total hin, einem Dom, einer nie fertiggestellten Riesenburg Friedrich II. und maurischen Siedlungsresten. Wir mussten eine flache, depressiv machende Landschaft durchque-

ren, schnurgerade, faszinierende 30 Kilometer hindurch. Wie alle Städte dort liegt auch Troia dann auf einem kleinen Plateau, das sich aus der eher trostlosen Ebene hebt.
Beschaulich, langgezogen, etwa 8000 Einwohner, zum Teil auch gutes Essen, doch davon später, aber! Eine Kathedrale prunkt, reibt sich, klemmt sich mitten im engen Ort, spätromanisch/gotisch, neben Römer-Resten, Byzantinae und noch früheren Sakralbauten, ein, ziemliche Achtung verlangendes Kirchenschiff, die Rückseite mit Säulen-Ausbau. Aber: Ein Rosettenfenster, wie ein altes Weltenrad steht über einem hochartifiziellen Bronzetor und Pseudosäulen vorne, alle nach denen ähnliche Bauten in Frankreich gieren. Und! Rundum oft beinahe lebensgroße Steintiere und -figuren aller Arten, so vielfältig, lieb und böse und abgehoben und realistisch, dass sich der Sakral-Bau durchaus mit Notre Dame in Paris messen kann. Am besten, man setzt sich auf den Platz davor hin und schaut in die Kirchenformen und -gestalten hinein. Immer neue Zusammenhänge werden sich auftun. Das – so denkt man sich dann vielleicht – ist ein noch mögliches, unpeinliches Abbild der Schöpfung oder eine Darstellung der Lukanier, also der Menschen und Tiere der Gegend hier und südlich weiter, so einfach – noch – akzeptierbar; eine Flasche Wein dabei zu haben, schadet auf keinen Fall, zum Beispiel ein recht intensiver Primitivo aus der Uva di Troia.
Wir konnten in diesem Troia eine Juni-Woche hindurch ziemlich ungestört experimentieren.
Chiara war gut drauf. Die beiden anderen, Toni und Willi, auch.
Wir hatten im VW-Bus einiges an elektronischer Gerätschaft mitgenommen.
Wir wohnten in einem sonst leerstehenden Haus im Zentrum (das sowieso nur aus zwei engen Parallelstraßen besteht keine 200 Meter von der Über-drüber-Kirche entfernt), einfach, dunkel, aber viele

Räume, fast leer, und sogar ein halbwegs passables Bad, 3! Klos, eine Küche).
Ich konnte einkaufen. Sogar den Bauern am Hügel Besuche abstatten.
Wir experimentierten oft die halbe Nacht, auf der Suche nach neuanderer Musik.
Die andere Hälfte soffen wir. Aufstehen war oft nach 12.00. Immer warmes Wetter. Geradezu lächerliche Italien-Gemütlichkeit. Bessere Italianitá als beim Scheiß-Goethe und beim Scheiß-Friedrich-Zwo und bei der Scheiß-Ingeborg-Bachmann.
Alles passierte in den ersten Monaten von 2000. Mit drei Einschränkungen:
Wir kamen im Endeffekt nicht so wirklich weiter im Neu-Komponieren.
Wir hatten uns ziemlich mit dem Geld verrechnet.
Chiara vertrug die Pille nicht und war oft unausstehlich.
Aber ich durfte kochen!
Musikalisch war es höchstens zu 10 % ergiebig. Aber diese sind zumindest später, in Wien und in Deutschland, verwertbar gewesen. Wie verquickt man neu eine Stimme mit den Geräuschen aus dem kargen Apulien mit einem Spontan-Lärmen und doch mit den strengen Formen, Regeln und Harmonien (solchen wie Webern sie für sich im Spätwerk behauptet hat und die Menschen mit seinen „Harmonien" damit noch mehr verunsicherte) des eben zu Ende gegangenen 20. Jahrhunderts?
Wir machten Linien (ich weiß nicht mehr, was wir wirklich darunter verstanden, aber sie waren neu). Wir erkannten immer mehr die Kraft, welche ein Klang hat oder entwickelt, besteht er nur aus vier oder fünf Tönen, aber die müssen dauernd wandern wie Schlieren in einem Reagenzglas.

Wir bekamen ein Zeitgefühl, denn kaum jemand, vor allem in der E-Musik oder in den aufblühenden Pop-Kanälen im Fernsehen, hatte so was noch, auch kein Dirigent wie diese gelackten Muti- oder Maazel-Typen, wie der Holzhacker-Bua Harnoncourt oder vor allem die sich räkelnden Dirigentinnen, die aber nichts anderes waren als Ausrede-Gender-Typen ähnlich denen in SciFi-Filmen.
Vom Essen nun noch erzählt, als biographische Notiz und zwischengeschoben.
Essen neu, damals noch, in Zeiten vor den Massenausschüttungen von Kochbüchern jeder Art, Herkunft, Geschmacksnuance.
Scapece di razza con pane nero – Rochenfilets / Zucchini / Majoran / Weizenmehl / Safran / Rosmarien / Koblauchzehe / Salz-Pfeffer-Essig-Öl + dunkles Brot mit viel Rinde. Den Fisch anbraten, dann auch die Gemüse, abtropfen, langsam im Mehl wälzen, nochmals mit den Gewürzen dämpfen, abtropfen, ruhen lassen zwei Tage in der Kälte, die Brotscheiben rösten, den Fisch noch in der Pfanne draufgeben.
Proben, Musikentwickeln, Essen. Musikweiterentwickeln.
Seelenstreicheln, als hätte man so etwas verdient.
[Wer ist „man"?]
Aber am Schluss – nachher schämten wir uns sowieso und wie immer – sangen wir wieder unsere Lieder, Verse und Gstanzln. In Italien noch dazu, im Heiligen Land des Belcanto. Ist es eben doch so, dass die Besonderheiten aus Kunst und Stimmung und tatsächlichen Genüssen rasch auch das Primitive fordern und fördern?
Zum Beispiel also gab man Reverenzen an die verfettete Zarah Leander, die zähe Ilse Werner und sogar die leicht kalt-schmierige Knefi-Hilde. Und wir sagten, quasi-virtuell, dabei denen sowieso nur ganz nett: Seid auf der Hut!
„Mein Sohn heißt Waldemar, weil es im Walde war. Ich weiß ich bin verrückt …"

„Mein Sohn heißt Kasimir, es war der Gaskassier. Ich weiß …"
„Mein Sohn heißt Emmerich, es war der Jungfernstich. Ich weiß …"
(und dann noch die herrlichste Sache des Absurden)
„Mein Sohn heißt Adenauer, es war ein kalter Bauer.
Weils immer juckt, juckt, juckt. Weils immer zuckt!"
Oder!
„Ich kann mir nicht helfen, ich finde mich schön!
Ich hab so was Schönes noch niemals gesehn."
Und die Ballermann-Brüller:
„Was du heute kannst entkorken, das verschiebe nicht auf morgen."
„Lebenslang nur eine Unterhose."
Es sei noch betont und – besser – zugegeben, dass wir uns nach solchen Primitiv-Eskapaden ziemlich schämten.
Nicht lange, aber doch.
Stille.
Und dann noch:
Solche peinlichen Fluchtübungen gab es ein paar. Ähnliche.
Notwendigere.
Nicht unfein trotzdem.
Vorgaukelnd (irgendwas?)
Bis zum Beenden vom eigenen Komponieren.

einunddreißig

Sein zweites Berlin-Kapitel

Berichtet wird nun davon, dass E. A. D. Niehaus wieder einmal ein Stipendium zugesprochen erhalten hatte. Seine Einreichung in einer Erasmus-Förderungs-Vorfeldstelle war deshalb positiv beurteilt und bewilligt worden, weil man erstens seitens der einzelnen und zusammenwachsenden EU-Staaten eifrig darauf schaute, dass internationale Zuwendungen für Studienprojekte national aufgeteilt würden im Katalog der herkömmlichen Wissenschaften. Und! Bei den Mischwerken in der Wissenschafts-Kunsttheorie bestand ja stets die peinliche Situation, im Gegensatz zur Medizin oder zur internationalen Juristerei, von Internetentwicklungen gar nicht zu reden, nie genug Interessenten für das vorgegebene Vergabe-Quantum zu haben. Niehaus, der zudem seine ostdeutsch-Herkunft, seine kleine Wien-Sozialisierung und seine vielen Projektmitarbeiten bisher, von den Kompositionen und manchen Auftritten als live-Musiker nicht zu reden, vorweisen konnte, bekam sein Stipendium sofort zugesprochen. Es ist auch noch zu sagen, dass dieses so angenehm hoch datiert gewesen ist, wie das Verdienst eines Angestellten im akademischen Mittelbau. Warum? Niemand wusste es. Aber okay. Zudem konnte aus der begutachtenden Jury kaum jemand mit dem Thema, man nannte es aber ein Vorzeigeprojekt, was anfangen, das Forschungsprojekt war außerdem in keiner internationalen Liste für Wissenschafts-Bereitstellungen oder als Zitatenlieferant verzeichnet. Das machte es interessant. Reizvoll gar. Denn. Übrigens. Ja. Gar eine volle Sensation durfte, so das Komitee, die Projekteinreichung genannt werden. Nämlich und weil: in der laufenden, hypertroph werdenden Vernetzung nicht zu existieren, wo doch eine Quantität vor allem im Zitiert-Geworden-Sein sich brutal vor jede Qualität zu schieben begann. Seine geplanten und in Skizzen bereits eingereichten Untersuchungen, die später eine Doktorats-Zuerkennung nach sich ziehen sollten, benannte er im Arbeitstitel: Wittgensteins Tractatus musikanalytisch betrachtet und an-komponiert (Subtitel: Untersuchungen über etwas scheinbar/tatsächlich? Absurdes). Er hatte die Wiener Alban-Berg-Stipendien-Wohnung gekündigt, seine wenigen Kleidungssachen und seine schon mehrere Bücherschränke füllende Notenmappen plus Bibliothek mittels eines von Bekannten ausgeborgten alten Lieferwagens nach Berlin transportiert, war dort in eine für beinahe ein Jahr noch leerstehende, bereits sanierte, aber weitgehend unmöblierte, kleine Wohnung gezogen, vermittelt übrigens vom weiland Kumpel Emmi aus Charlottenburg, den er tatsächlich in einem Telefonbuch hatte wieder auftreiben können, der sich locker und ohne Vorbehalte erinnerte an ihn („Du bist doch der, der die Mareike voll beschissen hat? Die mit ihren blöden Gesangs-Darbietungen. Sie ist übrigens mit einem Typen nach Griechenland gegangen und macht dort auf einer der Inseln Party-Organisation."). Der eben war für ihn nun wieder ein sehr praktischer Emmerich/Imre (mit Vorfahren aus Südostungarn), welcher nun selbst in der Musikbranche, vor allem aber im CD-Verkauf tätig war und der sich offenbar, sogar belustigt, freute, mit Edgar wieder Kontakt zu haben. Mit Mareike oder Hertha wäre es sowieso schon seit Längerem aus. Mit den anderen von der Clique damals weitgehend ebenso. Er hatte zwischenzeitlich geheiratet. Ein Zwillingspaar ward ihm doch glatt geboren worden, Mädchen, mit Hormonbeigabehilfen gezeugt. Er war schon wieder geschieden und offenbar halbwegs zufrieden. („Ich hab sowieso einen ganz guten Kontakt mit denen. Manchmal. Muss halt dauernd zahlen. Würde die Mädels, Hemma und Emma, wirklich gern öfter sehen. Aber deren Mutter, die Natascha, du hörst es am Namen, noch feines DDR-Russenbrüderschafts-Relikt, die ziert sich.") Die neue, für ein knappes Jahr vereinbarte Wohnstätte lag in Prenzlauer

Berg, Seitenstraße, jedes zweite Haus war noch eingerüstet. („Du, das wird in Kürze überhaupt der Geheimtipp in Berlin und dann sowieso die Nobelmeile in der Reichshauptstadt.“) Er bezog seine Behausung, meldete sich mit Kontonummer sogar offiziell an, was nicht wirklich unkompliziert war seitens der Berliner Stadtverwaltung, und plante zunächst einfach einmal wie im Urlaub dahinzuleben. Glücklich nämlich. („Mensch, wenn du was brauchst, Mensch, dann sag es. Wenn du ein bisschen Knete entbehren kannst, dann mache ich für dich auch auf Butler. Du verstehst schon. Aber ich kann dir einiges abnehmen. Mein Job fordert mich ja überhaupt nicht. Außerdem kann ich dir zeigen, wie sich unser Börlin so entwickelt hat; manchmal nämlich schon ziemlich geil, das sag ich dir.“) Drei Wochen lang lumpte Edgar tatsächlich herum. Er fand manche Kneipen, die nicht nur dumme Pseudo-Berlin-Lokale mit angeblich altem Flair darstellen und Gäste von überall her außer aus Berlin anziehen sollten. Er hörte viel Musik, auch live, auch gelegentlich was, das ihm neu war. Er achtete nicht auf seine Gesundheit. Es wurde Frühling. Zwei neue, aber leichtere Anfälle quälten ihn. Dann verordnete er sich selbst sozusagen eine outdoor-Berlin-Quarantäne, brach dazu beinahe alle neuen Kontakte ab, auch solche zu zwei jüngeren Frauen, die er fürs Körperliche als temporäre Freundinnen herangezogen hatte. Emmi blieb vermittelnd im Hintergrund. Edgar schenkte ihm immer wieder Geld. Und der Emmi sorgte sich um ihn. Oft recht liebevoll. Oft tatsächlich besorgt. („Du, Eddie-Söhnchen, du musst aufpassen auf dich. Nicht dass du zu früh krepierst. Ich weiß schon, dein Projekt, das strengt dich sowieso nicht an, das lieferst du mit links ab, denn die Typen im Humboldt und so, die verstehen eh nix und sind froh, wenn sie deine Gedanken dann ablegen, also archivieren können. Aber Seele plus Körper? Außerdem solltest du mehr Musik selber wieder machen. Das lockert auf. Nicht nur immer in Theorie oder Wissenschaft. Geh spielen. Abermals in irgendwelche Keller, die sich spezialisiert haben darauf, dass man Avantgarde macht, die sowieso keiner versteht, was sich aber niemand dort zuzugeben traut. Mach meinetwegen sogar die Jazz! Und mach dieses Atonale für die dort ganz unten. Du bist dann bald der Star!" Edgar blieb vorerst doch noch für fünf Wochen Quarantäneabgetaucht. Dann zog er, überredet, mit dem Emmi und dessen sehr stillen Freund, dem Theo, durch manche Nacht-Keller, wo man nicht nur Heavy Metal von sich gab, brüllen ließ, die Ohren damit zudröhnte, als wäre man beim Start einer Rakete in Cape Canaveral oder im Maschinenraum der Titanic, sondern wo man ab zwei Uhr in der Frühe das Gegenteil anbot. Musikgespinste. Neu. Recht still. Verwirrend. Verknotet geradezu. Er machte mit. Er spielte in einem dieser Etablissements zwei Monate hindurch zwei Mal in der Woche Klavier. Mehrfach in Kammermusik mit anderen Instrumentalisten. Improvisierend. Aber bald manches sogar einstudiert, in den Tagen jeweils davor. Gar Neukomponiertes. Und fast niemals mehr atonal. Lieber in sich verschoben mittels der herkömmlichen Kadenz-Melodik. Es fiel das dem Edgar bald vergleichsweise leicht; er hätte sich so etwas vorher nie zugetraut, innerhalb von wenigen halben Stunden Musik-Skizzen hinzuwerfen, die dann als Basis von den übrigen glänzend aufgenommen und übernommen werden konnten. Zugegeben von Profis im Geschäft. Trotzdem. Und. Es wurde nichts à la Satie oder russischer Minimalismus oder zu einem amerikanisches scheinbar Ewig-Minimalisieren. Auch nicht Boulez oder Nono auf primitiv. Man gab der Tonalität zunächst ein bisschen ein neues Gewand, neue, durchdachte, aber nicht revolutionäre Kleider. („Du! Ihr spielt ja so irgendwie drüber, da kann man die Augen zumachen und wegfliegen. Oder einfach nur seinen Schwanz zwischen den Schenkeln wie neu und angenehm spüren. Und Girls, solche aus der Szene vor allem, sollten das zu hören bekommen. Da wäre dann viel möglich mit denen. Irgendwie zieht es einen mit diesen Klängen und Strukturen wohin oder hinein, wenn du verstehst, was ich meine.") Edgar wurde in seinen Skizzen und Projektentwürfen für jene sehr späten Musik-Nächte sukzessive sogar immer noch klassisch-tonaler. („Du, wenn ich es nicht besser wüsste, aber das hab ich schon einmal bei diesem Schubert Franz gehört. Und das Letzte, was du uns da vorgespielt hast. Was war das? Was hast du gesagt? Eine Sonate vom Wald und Stein oder so was. Letzter Satz, Engelsklänge. Jedenfalls der schon schräge Ludwig van?") Edgar selbst arbeitete währenddessen und parallel zu diesen Musik-Wiedererweckungen im leicht Tonalen („Ja, das nämlich ist Neue Musik, Eddie. Für mich. Nicht so eine Kakophon-Kacke.") an jedem Spätvormittag und dann für genau drei Stunden konzentriert an seinem, vom Stipendium geförderten Projekt. Er gab folgsam nach jeweils drei Monaten einen Fortgangs-Bericht ab. Das Projekt-Förderungs-Institut, situiert an der Universität, bedankte sich und schwieg. Edgar hatte in seiner Behausung, nun mittels IKEA, karg-halbnett möbliert und mit notwendigen Wäsche- und Küchen-Sachen ein wenig bewohnbar ausgestattet, mehrere sehr große Papierbahnen an die Wände geheftet, wo Hauptteile aus dem Tractatus logico-philosophicus vor allem in abstracto draufgeschrieben waren. Manches aus dem Tractat strich er während seiner Arbeit sofort durch. Manche Sätze an der Wand vernichtete er geradezu. Oft riss er Löcher in Worte und Sätze, brutal und ärgerlich wie das der Ludwig van Beethoven 200 Jahre davor in dem Eroica-Original-Autograph gemacht hatte, als er wütend dem lächerlich werdenden Napoleon die Widmung seiner Dritten Symphonie wieder entzog. Kochend gelegentlich, dazwischen: auch viel mit Safran und Ingwer.

Das System des Edgar Arnold David Niehaus, herausgezogen aus dem Tractatus des Ludwig Wittgenstein, war eine Anti-Eroica nach Ludwig van Beethoven:

- Vorrede, eher psalmodierend: W. war ein armes Schwein.
  Er hat die Prinzipien der seit 2500 Jahren vorangetriebenen europäischen Logik verraten, um damit irgendwie mit seinen Alltags-, historischen, gesellschaftlichen und vor allem sexuellen Problemen zu Rande zu kommen. – Und um anzugeben. Aber er beweist damit, ohne es bewusst zu wollen oder gar zu ahnen, das Machen (allerdings vielleicht?) von neuer, frischer, noch ungehörter, noch unerlebter Musik?
- Er konstruiert, um Sprachliches als Grundlage für das Denken zu fassen, mit der Sprache, mit seinen Begriffen, in seiner eigenen, von seiner Gesellschaft geprägten Ausdrucksweise ein Kuddel-Muddel. Er schmeißt Psychologisierendes, Metaphern und philosophische Ansprüche durcheinander. Er wird dabei harsch, witzlos und aggressiv, wie das die Philosophie sonst kaum je gewesen ist. Vorsokratisch und dann vom liebevollen Platon an über den pädagogischen Eiferer Aristoteles gerechnet, die ebenfalls sexuell zumeist seltsamen Kirchenväter und deren scholastische Nachfolger, die eitlen Franzosen und Engländer des Barock, die ausschließlich in ihren Suppen herumköchelnden Deutschen ab Leibniz und über die Quadrupel-Buben Kant, Hegel, Fichte, Schelling, den tatsächlich etwas bösen Schopenhauer, den zumeist lächerlichen Nietzsche, überhaupt die Auflöser von sich

selbst, die Meister des Fortschritts und des Nihil ... Die Philosophiegeschichte ist auch eine von psychisch auffälligen Männern und deren Reaktionen bis ins Faschistoide.

- Und doch, indem er sagt, woher man denkt, aus welchen Zusammensetzungen heraus, die dann im Endprodukt nicht mehr vorkommen oder bemerkbar sind, beweist Wittgenstein, ohne irgendwas von der Sache zu verstehen, die Musik.

[Edgar Arnold David Niehaus harsch dann noch in den Vorbemerkungen zu seiner Studie: „Ich warne alle, die damit vor allem ihre Sentimentalitäten bedienen und abkühlen wollen, nun weiterzulesen oder sich allzu lange in diesem Text aufzuhalten. Es wird dort nämlich radikal das Ridiküle dieses – vor dem Weltkrieg und im Weltkrieg Nummer eins entstandenen – Abschlusses des Denk-Spätmittelalters aufgezeigt. Oder auch: Man macht hier vor allem ein anders-Denken und eine anders-Kunst, indem man bloß das Material neu zerlegt und zusammensetzt. Es kommt nur darauf an, wie gewitzt man vorgeht – manche sagen auch wie genial. Aber es passiert generell seit diesem Zeitpunkt, also seit 100 Jahren. Die Musik wird im Dreiklangsunterhaltungstaumel immer fetter, schmieriger und massenhafter. Und deren Kommunikationskonstrukte – Stichwort: vom Internetwork bis zur Informationsfülle in Weltraumgröße – ziehen nach; allein, das Abstrakte, vor allem dasjenige Abstrakte stets in der Musik, manchmal auch im Bildlichen, ganz selten im Sprachlichen, zieht sich währenddessen schlau auf idealisierende oder egoistisch-ästhetisierende Positionen zurück."]

Ich
will
nicht
dienen.
Schon

überhaupt
nicht
dem
sogenannten
geistigen
Prinzip
von
Sinn
und
Kinderlogik
und
danach
nur
Unsinn.
ich
will
nicht
dienen.

Er verfasste sodann abschnittweise aber bewusst nicht ganz koordiniert, ähnlich wie der Verfasser seines philosophischen Gegenstandes, die Darstellung in Einzelzeilen, in Paragrafen, kombiniert allerdings mittels erklärender Musik-Noten oder ganzer Noten-Passagen. Sieben Sätze oder Satzgruppen sind es, zusammenfassend, untergeteilt, dann mit manchmal seltsamen und einseitigen Erklär- und Beispieltexten versehen, bei Wittgenstein – sieben Abschnitte, im Versuch, den Tractatus mittels recht ungewöhnlichen Exempla vor allem aus dem Musik-Machen plausibel und dann aber verwischt, dann verschwunden werden zu lassen (oder ihm wenigstens Blödheiten, Schärfen und Verkrampfungen zu nehmen), waren es bei diesem Studien-Ersteller um und kurz nach 2000.
[Edgar Arnold David Niehaus in einer der Zwischenerklärungen für seine Arbeit: „Man wird dieser kombinatorischen Sache nicht gerecht werden können, wenn man nicht sich darauf konzentriert, die Text-Kritik auch mittels der beigegebenen Kritik in Musik-Noten, in neuen Kombinationen, vor allem aber nach dem System des Aufbaues von sinnlich/grübelnden Gedanken + Musik zu verstehen.“]
Er erklärte schriftlich gleich zu Beginn seiner Arbeit:

- Das Wesentliche ist das Zusammengesetzte.
- Das (selbst auch schräg) Neu-Zusammengesetzte.
- Aus den Partikeln des Vorhandenen.
  So wie es der Wissenschaft heute gelingt, immer mehr in die Atomkerne einzudringen und dort eine Bewegungs- und eine zu/von/für einander gesetzte Verhaltenswelt zu entdecken, die noch dazu jeder praktischen, alltäglichen Erfahrungswelt von uns Hohn zu sprechen scheinen, so verhält es sich auch mit der Erkenntniswelt des Menschen (man baut sozusagen in jedem Augenblick aus den Partikeln neu auf und zusammen), so in oder mit dem, was Kunst heißt, vor allem Musik.
- Jede Musik kann aus einer anderen abgeleitet oder erklärt werden.

Er lieferte einfach gehaltene (für ihn verstanden wohl vor allem – noch – einfache) Beispiele aus dem europäisch Musikalischen und Philosophischen, notierte das sowohl zitierend als in eigener Komposition, belegte versuchsweise viel davon streng historisch, verwies auf die Traditionen und Spekulationen der und um die Musik.
Und: Er erklärte oder vielmehr bewies seine Behauptungen zwischen dem Tractatus und dem Musik-Entstehen-Lassen mit Tongruppen, die sich durchaus auch als Themen, ja als Kürzestformen der Grundlagen der musikalischen Formenlehre, gebettet in Harmonik plus Rhythmik sowie in Vorgaben durch das Genre, also in Material und Form im Zeitfaktor, also dann als diatonische, chromatische und kontrapunktische Hinweise begreifen lassen. Fuge oder Sonate, Phantasie oder Passacaglia, Liedgestalt oder Mini-Drama, und viel mehr noch.
Beispiele, sprachlich erklärt, parallel:
- Musik (er)scheint (als) Fläche (weil auch vom Zeitfaktor abhängig), doch Musik ist nie als Fläche oder aus Flächen entstanden.

Musik ist nicht Malerei. Weder als Kleinstbildchen-Machwerk noch als al-fresco-Gemälde, weder als Abbild von Realitäten zwischen Gesichtern und Landschaften, noch ist sie Ungegenständliches, das damit Eindrücke erst von neuen, ungesehenen oder zunächst absurd scheinenden Gegenständen liefert.

- Musik setzt sich zusammen aus im Augenblick immer wieder so gereihten Kleinstpartikeln, die Tonhöhen, Tempi und Rhythmen bestimmen, die aber dann – viel mehr noch – auch das gesamte emotionale Angebot vorschreiben.
- Musik ist so wie die Basis des Computers mit all seinen Internet-etc.-Folgen, wo man (bloß, abermals: wer ist „man"?) ja für jede Einzelheit jedes Mal aus dem Nichts beginnt. Es geschieht das vor allem so wie mittels der Basis für Sprache, Gedanken-Vermittlung, philosophische Erkenntnis. Und hier hat Wittgenstein ausnahmsweise recht.

[Aus einer Zeitschrift sei jetzt, wiederum erklärend und zusammenfassend, in kleinen Abschnitten zitiert.
„Mein Artikel vor allem dient dazu, geschrieben während der Tractatus-Kompositionen und zum Teil später noch von mir, dem neuen Niehaus akzeptiert und freigegeben als Basis für ein Vertonen des Tractatus oder, besser, für ein Herangehen an diesen, um ihn später in Musik aufzulösen, wegzuwischen aus dem Geist.
Nur ein paar Teile; und noch dazu, davor, dazwischen gesagt: es war die mir schwierigste, mir teilweise unangenehmste Arbeit als Compositeur überhaupt; lebenslang; ich unterzog sie mir dennoch."]

- Zunächst wird zusammengefasst, in den Bruchstücken noch original verblieben.

- Die so ungemein vielen Gestalten von Musik leiteten sich ja aus ganz anderen Kombinationen ab, als man so etwas beim unvorbereiteten Hören oder gar Musikerleben vermuten würde. Es geht zu wie bei der Nahrung (Körner, Tropfen und dann erst mehr werdend), Gebrauchstechnik (alles wird immer neu zusammengesetzt), Medizin und Computer-Voraussetzungen.
- Es geht zu wie bei der höheren Sprache als stets sich Neu-Zusammensetzende, als damit erst Begriffe Entwickelnde.
- Wir beginnen in dieser Abhandlung beim Außermusikalischen, folgen der Zeit, verharren viel im Mittelalter:

Musik wird aus Teilen gemacht. Aus neuen oder wiederholten, vorgedachten.
Alles, was entsteht, ereignet sich.
Es ist egal, ob das in den Nahrungsketten besteht (vom Kern, vom Keim zum Ganzen) oder in der Kunst aus der Vorwegnahme der Form in die Korsette von Material und Zeit.
Musik setzt sich zusammen, sie hat aber einen anderen Zeitfaktor.
Zudem kann man ein Musikstück als etwas nach vorne Treibendes ansehen, aber auch als etwas, das man rückläufig verfolgen kann.
Dadurch ist es möglich, dass Musik sowohl als mittelalterlich Modales (also streng in Bausteine Vorgefertigtes), Gegenstand der Wissenschaft im Sinne des 14., 15. und 16. Jahrhunderts, kontrapunktisch, Melodie-fixiert, Ausdruck, Hypertrophie, Neukonstrukt, weltweites Geschäft und unüberschaubares Massenangebot auftritt.
Im Sinne des Tractatus: Als Sachverhalt die Verbindung von Gegenständen, wobei diese Gegenstände nicht im Zeitsinne sich nach vorne ausbreiten und wobei diese Gegenstände vor allem nicht im real Existierenden bestehen, sie korrelieren mit der Wirklichkeit und das auch wieder nicht.
Die Musik verhält sich wie der, letztlich für uns nur in unserer bildlich-vergleichenden Vorstellung existierende Kern des Atomkerns.
Die Form ist Struktur.
Die Form der Musik ist mehr als Struktur.
Ist Über-Struktur?
Unser Denken ist Sprache, unserem Denken ist demnach durch die Sprache die Grenze gesetzt.

Musik ist Sprache, ist Klangrede, ist die figurale Abbildung der Wirklichkeit mit Mitteln nicht aus der Wirklichkeit.
Der Musik sind demnach keine Grenzen gesetzt?
Aber man postuliert mit ihr Wahrheitsformen.
Und setzt so sein eigenes Denken und – oft viel mehr noch – sein Empfinden als Voraussetzung für Wahrheit, Sinnlichkeit und Erkenntnismöglichkeit an.
Musik ist aber Erkenntnis aus anderen Bereichen, gar Ursachen.
Musik ist der Beweis der Endlichkeit, auch hinsichtlich unseres Erlebens, Erfahren, Erkennens.
Sie ist nicht vom Himmel gefallen und wird auch nicht in die Hölle zurückkehren.
Wie eine Sonne, wie eine Galaxie, wie ein schwarzes und fressendes Loch, wie der Kosmos selbst, in toto, basierend auf dem Urknall und davor, wie Raum und Zeit kann sie (sich) einfach auflösen.
Wartet die Musik auf ihre Vernichtung?

N. B., ich bemerke immer mehr, die Studie ist auch ausgerichtet auf eine Auseinandersetzung mit dem Klassischen, Typischen. Wittgenstein liefert nur etwas, er begründet nichts. Wie die eben Musik, nachdem sie ihren Anspruch des Klassischen aufgab, aufgeben musste zugunsten der Globalisierung.
Und? Ist es vor allem weil hier so penetrant agiert wird per Exemplum gar eine:
BEETHOVEN-ÜBERWINDUNG, -ZURÜCKNAHME
(von Gott und Freude und dem Elysium, das die Musik uns bieten kann)?

– 3 Zitate dazu aus dem Tractatus:
  „Die Welt ist die Gesamtheit der Tatsachen, nicht der Dinge."
  (Lieber Herr Wittgenstein: Das, was für sie Tatsachen und Dinge sind, das sind für 95 % aller sonstigen Menschen keine, vernachlässigbare, für das Überleben sekundäre. Das, dieser Satz, aber hat im Falle der Musik dann doch seine Richtigkeit. Die Welt ist also auch die Summe des Elitären, bewiesen durch die Musik. Vom Weltall bis in den Atomkern.)

„Laut- und Schriftzeichen bilden mögliche Sachlagen."

(Meinetwegen, aber wir sind hier in der Ästhetik-Problematik seit der Antike: Wie ist Werkzeug Voraussetzung für etwas noch nie Dagewesenes? Und Musik ist nur Sachlage – so weiter per Exemplum –, solange sie nicht in ein Zeitkorsett gepresst wird, egal, ob man sie nun erst inveniert, meinetwegen auch genial, oder sie interpretiert, live, abgespeichert schon, nur im Kopf?

„Unsinnige Sätze. Ein Satz wird unsinnig, wenn keine Bedeutung gegenübersteht."

(Herr Wittgenstein. Hat Musik Bedeutung? Sie ist aber – als Ablauf, Zeit, intellektuelle Auseinandersetzung und Sinnliches zugleich – nicht existent, solange man ihr nicht Bedeutung gibt. Wir dürfen also – Musik beweist damit sozusagen die Schöpfung in und aus sich selbst – im Gegensatz zu Ihnen, Herr Wittgenstein, davon ausgehen, dass permanente Kreation, permanente Neuzusammensetzung herrscht; im Gegensatz zu Ihren Vorstellungen vom bestehend Sinnigen und Unsinnigen, das für Sie eine Bedeutung ergeben muss, an das Sie sich in ihren Zweifeln und Ängsten an- und aufhängen können.)

Allein (und, pardon, Sie armes Würstchen + alle ihre Exegeten):

- NUR SO KANN MAN ABERMALS NEUE MUSIK MACHEN!
- KANN MAN NUR SO ABERMALS NEUE MUSIK MACHEN?

Schluss!

Man macht sich vor allem Bilder. Woher die kommen, aus welcher Erfahrung oder Erkenntnis ist uns zumeist egal.

In der Physik arbeitet man dann oft voll unhinterfragt mit denen. Schert sich nicht darum, dass man für Dinge/Umstände/Bewegungen-etc. vor allem Abbilder, Erfahrungsbilder, auch Vorstellungen in Bildern verwendet, die dort, im Theoretisch-Physikalischen, viel-

leicht gar nicht anwendbar sind. „Worüber man nicht reden kann, darüber muss man schweigen."
Aber in der Kunst? Als neue Musik, die endlich aus alter hervortritt, dabei Hüllen sprengt? Schweigen?
Kann man – redend sozusagen mit ihr, durch sie – doch (erst?) exakte Bilder liefern von der Zusammensetzung der Welt, vom Bau, der keiner mehr ist, sondern nur noch Aufladung und Bewegung? Oder Scheitern plus Scheitern, nicht wissend dabei, was das Material zum Scheitern eigentlich ist?
Und – kann man das nicht doch komponieren?
Ja?
Ja!
Es soll jedenfalls ein gutes Geld bringen.
Es wird für so viel vergleichbar Mieseres viel mehr Geld hinausgeschmissen.

(Und, gestrichen in der Endgestalt dieser neuen Tractat-Paragraphen:
„Ihr Wixer!")

dreiunddreißig

Biographische Notiz/Notizen des E., bereits betr. Berlin hingeworfen:
Ich überlegte lange, zur Gänze in diese Stadt zu ziehen. Es würden sich nach dem Stipendium gute Möglichkeiten ergeben. Besonders bei der Verbindung innerhalb der Künste, vor allem Musik und Bild. Mit den Medien arbeiten, vor allem mit den nach 2000 noch halbwegs potenten.
Ich spielte ein gutes halbes Jahr in den Kellern, nachdem ich die Prinzipien für die Wittgenstein-Studie einmal für mich festgelegt hatte. Es war dann jeweils eine Lust, wenn einer jener W.-Paragrafen behandelt, infrage gestellt, vernichtet oder verhöhnt worden war, eine Lust war es, die zugrundeliegenden Passus an der Wand durchzustreichen, bei einer dann ganz durchgekratzten Rolle diese von der Wand zu fetzen und zu verbrennen, offen, in der Wohnung. Dann gab es noch so etwas ähnliches wie Konzerte im Schloss Piesdorf am Ostrand der Stadt (recht nett mit Park und interessiertem Publikum, etwas verwahrlost, aber das machte die Sache erst reizvoll.)

Bei der zweiten Nachmittags-Performance dort wurde ich angesprochen, ob ich mir vorstellen könnte, für den rbb projektbezogen zu arbeiten. Ich sagte zu und arrangierte denen drei Schubertlieder nach meiner Art und Instrumentation. Man bezahlte. Man produzierte das nie. Kann man nichts machen.
Ich bin noch immer stolz darauf, in diesem Projekt-Gang das folgende Lied für eine besondere Kammermusik (Knopfharmonika, Es-Klarinette, Violoncello und Erzähler) arrangiert zu haben. Das Ergebnis ist bleibend, also wichtig für mich und meine weitere Beschäftigung mit Musik gewesen und geworden. Insbesondere weil ich mir nun zutraute in den Notentext selbst einzugreifen. Die Arbeit am Oratorium trug Früchte.
Mich erinnernd; zur Offenlegung; jenes Schubert-Lied wollten wir nämlich zuerst nur singen oder vielmehr aufführen outdoor am Landwehrkanal; das war das Training; das Lied (Unsinn und Tiefsinn und Lächerlichkeit und Kindertum zugleich), das Umgeschriebene, das Arrangement und die Instrumentation beeindruckten; bald in und nach Piesdorf trotz der rbb-Niederlage; häufiger als anderes wiederverwendet; der Textautor – sicher einer mit einem der feinst-skurrilsten Namen der Musik-Text-Geschichte – der heißt nämlich und doch tatsächlich Ludwig Graf von Széchényi con Sárvári-Felsö-Vidék:

Der Flug der Zeit (Schubert op. 7/2, D. 515)

Es floh die Zeit im Wirbelfluge
und trug des Lebens Plan mit sich.
Wohl stürmisch war es auf dem Zuge,
beschwerlich oft und widerlich.

Meine nahende Hexenküche und Szenen bei der Alchimie: Bei der letzten Piesdorf-Session, sie dauerte 11 Stunden, lernte ich wieder drei Menschen kennen, die interessant blieben. (Emmi und Theo waren, und das sei zugegeben, weiterhin liebevoll besorgt um mich.) Der eine war Arzt, die beiden anderen auch Geiger, die sich aber sehr um neue Zugänge zur Musik gemixt mit der Medizin bemüht haben. Man arbeitete zudem in oder mit der Charité. Ich habe mich von denen (in einer Frustsituation, ich gebe es gern zu) überreden lassen. Ich wurde Teilnehmer an einer medizinischen Langzeitstudie. Meine Krankheit hat man dabei vor allem nur beobachtet. Ich hatte lediglich währenddessen zu komponieren oder über Musik zu denken. Dann war es angeblich spannend, was passierte. Ich schloss den Wittgenstein jetzt einmal zu zwei Drittel ab, bat um Projekt-Aufschub, der mir – ich hatte eben viel Glück – gewährt wurde. Ich ließ mich in einem Spezialgebäude der Klinik kasernieren. Zuerst ganz allein. Dann, einiges später aber erst, auch in Kontakt mit mehreren anderen. Es war eine interessante aber für viele Bereiche tote Zeit. Eine zeitlose Zeit. Ich fragte dabei nicht einmal nach dem Inhalt der Medikamente. Ich wusste auch nicht mehr, bald schon, wie lange ich dort drinnen wirklich bereits sozusagen hauste, existierte. Es gab durchaus Aktuelles zu Lesen, die aufkommenden Computer in Laptop-Form wurden mir zugestanden. Die Verpflegung hielt sich in Grenzen (tja, Deutschland eben), aber es ging so. Alkohol ist erlaubt gewesen. Ich schrieb/komponierte manches.

So ging es fort durch alle Zonen,
durch Kinderjahre, Jugendglück,
durch Täler, wo die Freuden wohnen,
die sinnend sucht der Sehnsucht Blick.

Als ich wieder rauskam, (ich weiß nicht, was die da eigentlich langzeitlich untersucht haben, Kreativentwicklungen, Teufelspakte des Körpers mit der Kunst?; ich begriff sogar irgendwie das alles nicht mehr: empfand ich das alles noch als Zeit, als Strecke, Ziffer, [Lebens-Prim-]Zahl, weiß also nicht genau wie lange ich da voll unter Verschluss gehalten worden war), als ich also wieder rauskam, da musste ich mich an viel gewöhnen. Es ging aber endlich mit der nunmehrigen Fertigstellung der Wittgenstein-Studie halbwegs weiter. Ich schloss sie radikal ab. Ich denke, niemand hat die wirklich gelesen oder sich mit der parallelen Musik abgegeben. Später bekam ich wegen dem Projekt (Text und Noten und so, alles neu gefasst) sogar ein Sonderdoktorat zugesprochen.

Mein kompositorisches Ergebnis während der Studienzeit an mir (ich wurde ja weitgehend in Ruhe gelassen, man zapfte mir höchstens Blut ab, verabreichte manchmal Medikamente, von denen mir nicht einmal schlecht wurde, steckte mich in irgendwelche Behandlungstunnels, also Tomographen, letztere eine ausgesprochen spannende Erfahrung) ist ein Zyklus des von mir und von einem hochsubventionierten Verlag herausgebrachten sogenannten Anti-Temperierten-Klaviers gewesen.

Manche sagen dazu das Untemperierte Klavier.

48 Stücke.

Mehr oder weniger die ganze mir zugängliche oder bekannt gewordene Musik, also deren Stile und Hauptwerke, aufarbeitend, in jeweils wenige Takte zwängend.

Bis an der Freundschaft lichtem Hügel
dir Zeit nun sanfter, stiller flog.
Und endlich da die raschen Flügel
in stiller Ruh zusammenbog.

Und noch eine biographische Notiz:
Ich konnte, obwohl mir ganz gut dotierte Studien dafür angeboten wurden, die damals noch angesagten Erinnerungs- und Feierjahre etwa für Strauß oder Mozart oder irgendwelche nationalen Erinnerungsdaten ganz passabel und unbeschadet rüberkriegen. Nine Eleven verursachte in mir keine bleibenden Schäden, holte aus mir aber auch keine wesentlichen Frisch-Ideen hervor. Wie gesagt, man zeichnete mich über die Universität in Köln auch mit einer Art von Sonder-Doktorat aus. Für die Wittgenstein-Sache. Ich war also noch einiges vor meinem vierzigsten Geburtstag akademisch graduiert worden. Den Studien-Text widmete ich den Berliner Vergabeinstitutionen, die zwischenzeitlich sowieso bereits von der EU aufgesogen worden waren, sowie den Kölnern im post-modernen Seminar. (Es hatte das dann alles auch noch Auswirkungen auf meine Kurzauftritte in Arad und Szeged. Doch davon irgendwann anders mehr. Meine leicht zugängliche Welt wurde ja breiter und offener. Kurzfristig wenigstens.) Den seltsamen Wienern in ihren verschrobenen Universitäten weinte ich damals nicht nach, obwohl ich schon 2007 beinahe auf Dauer wieder in diesen Süden zurückkehrte, irgendwie ja doch abhängig, oder mich erinnernd an die Abgehobenheiten dort unten, zusammenfassend an das Umfeld zwischen Angst, Himmelsjauchzen und Suff, an Schubert mit den letzten Klaviersonaten und an Beethoven mit den letzten Streichquartetten und Mozart mit dem komischen Figaro, an Schönbergs Klavierstücke und an die Operettenseligkeiten zwischen Lehár und Benatzky, an die noch echten Volkskomödien mit Musik, an die laufend auftauchenden und scheiternden Pop-Mädchen dort in Vienna gloriosa, dorthin wo noch die sturen übergenauen, geheimnisvollen und oft armseligen Konstruktivisten vor allem post J. M. Hauer oder (mit den wunderschönen, aber tatsächlichen Namen) Apostel und Bischof

wohnten, zugleich hingegen die Musikverarscher wie Schwertsik, Gruber oder Zykan (von mir selbst bald gar nicht zu reden), also, nochmals gesagt: nun zusammengefasst rückkehrend in diese stets ein wenig aus sich abhebende Stadt, die leider genauso zutreffend stur-mies-gewöhnlich eine feste Faschistenburg oder eine gaukelnde Faschingsburg hätte genannt werden können.
Ich – er – ja. Er. Ich rede von mir nun in der 3. Person, beinahe ehrfurchtsvoll.
Er wollte wieder hin: Der DOKTOR NIEHAUS (der Dr. Niehaustus) – einer, der wie ein glücklicher Antifaust gern alles (Kleines) zerstört(e).
[Mein Abstrakt aus der Wittgenstein-Arbeit, das ganz kurz noch reminisziert, machte die Runde in Fachkreisen, schon deshalb, weil es sich dabei hauptsächlich um Musik und nicht um die schrecklich kleinbürgerliche Wirklichkeitsauffassung des Ludwig – nicht des Ludwig van, sondern des Ludwig Witti, so hieß er bei mir bald – handelt.]
Keine Musik ist erratischen Ursprungs.
Musik ist, was der Fall ist aus den Fällen von Intellekt plus Emotion.

Biographische Notiz, immer noch:
In Wien – apropos wieder einmal etwas über das Glück erzählt – bekam ich einen Lehrauftrag im Fachbereich Medien-Entwicklung, einen an der Akademie, die sich seit einiger Zeit, eine eines Übergangs zur Hochschule, jetzt sogar auch Universität nannte. Wozu? Ich hab es nie herausgekriegt. Außerdem gab man mir seitens des in der Stadt noch immer situierten, europaweit führenden Verlages für Neue Musik und für die Entwicklungen quasi ins ganz Neue, einen, zugegeben sowieso schmalen Vertrag für zu liefernde Gutachten und als Vorgriff auf Kompositionen ähnlich dem Oratori-

um, den Orchesterstücken oder dem Untemperierten Klavier. Ich wohnte in der Inneren Stadt, in zwei eher schäbigen Zimmern mit Nebenräumen, vermittelt nämlich und so quasi hineingespritzt ins Monster-Palais der Alt-Gräfin von dereinst. (Die Frau war inzwischen verstorben. Ihre drei Töchter stritten um das Erbe und vermieteten selbstständig und ohne die anderen jeweils zu fragen oder das mit denen abzusprechen aber vor allem deswegen, um diese anderen jeweils zu ärgern, Kleinbehausungen im Monster.) Ich hatte zunächst wieder eine sehr schöne Zeit. Eine der seltener werdenden. Es gab Kooperationen, nein, ich wurde um Kooperationen gebeten, was mir Freiheiten der Auswahl und ein wenig sogar in der Honorargestaltungen gab. Vor allem mit den „Bildenden Klängen", mit Leipzig. Später.

Ich
will
nicht
dienen.
Ich
habe

noch
immer
Angst.
Ich
will
nicht
mehr
krank
werden.
Bitte!
Ich
bin
auf der Flucht.
Wiederum.
Aber
es
gab
schon
erbärmlichere
Fluchten.
Wir
werden
weitersehen.

Manchmal beschlich mich das Gefühl, es würde doch wieder ein Krankheitsschub anstehen, über mich kommen. Aber es war dann doch nur, vorerst, ein Gefühl, mehr nicht, aber auch nicht weniger. ---
Als Antrittsgeschenk, ja Geschenk, für die Stadt stellte ich ein Treatment als Kunstsparten-Mixup her (oder fertig). Sichtbarmachen. Ein Kino: Klavier und Hammer. Brutal, ja brutal. ---
Lichtlärm.
Eine spitzbübische Gaukelei und zugleich der Beginn einer neuen Form des Sich-Selbst-Auflösens? Ohne Brutalität. ---
Mit Liebe und neuem Sex und so.

vierunddreißig

Sonate für das Hammer-Klavier

Ein Aufschwung sondergleichen, ein schäbiges Geräusch beinahe, Mahler hat es für seine Neunte kopiert, Schumann in der Frühlingssymphonie, Brahms etwas vordergründig im frühen Sonatenwerk. Aber egal. Die Beethoven-Sonate erzählt ab diesem Initial-Schrei eine Geschichte, führt Hunderte Kader eines Ablaufs vor. Es ist allerdings nicht ganz klar, ob man über oder hinter diese klare Musik nicht mehrere Handlungen parallel setzen sollte.

Fragen sind zu lösen; vorweg: Warum vorwiegend B-Dur? Weil leichter spielbar? Warum denn schon wieder dem heimlichen Geliebten, dem Erzherzog Rudolph, gewidmet? Warum in sich drinnen so einen Basis-Schatz offerierend, vor allem im Thematischen für die nachfolgenden Kompositionen, etwa in weicher Form für die Klaviersonate op.110 oder die Streichquartette später, vor allem dasjenige in cis-Moll op.131 und das letzte, das F-Dur op.135? Oder vielmehr noch, apropos Fragen: Hat man denn solche und mindestens noch zwei Dutzend andere, analytisch und biographisch scheinbar wichtige, für so ein Treatment überhaupt heranzuziehen, sich damit aber ihnen zu stellen? Oder erfordert ein neuer Angang an diese Musik und dann ihre brutal-frische Darstellung nicht vor allem: einen neuen Mut?

Der erste Satz wird nicht vorbereitet. Er beginnt mit einer geschrienen Fanfare, die für die späteren Themen immer wieder variiert wird. Er besteht weiters aus banalen Seitenthemen und daraus sich ableitend noch banaleren Läufen. Gegen Schluss wird es brutal wie in der Kreuzersonate. In der Mitte suggerieren die allein stehen gebliebenen Ausrufe Szenen eines bunten, ja geradezu historischen Films.

Eines Films. Ja. Und wir sind mittendrin im Neuerkennen, Neubeschreiben.

Man lege nämlich die Möglichkeiten eines Filmgeschehens drunter oder dazu. Mittelalter vielleicht? Zwischen Robin Hood und El Cid? Oder Modern Times, noch mehr modern und ausladend gestylt wie ein Bilderbuch für 3–4-Jährige. Oder Godard, sein Carmen-Film wird da lege artis wieder und selbstverständlich mit Beethoven schon vorweggenommen?

[Persönlich, erinnernd], ich bin damit aufgewachsen im herbstlichen Deutschland: auf der einen Seite bringt der Kommunismus alle um, die ihm nicht als Scheinbefreite zujubeln, auf der anderen werden von roten Fraktionen Exempel statuiert und wird von der Staatsmacht versucht, das Adenauer-System auch noch bis zum Mauerfall fortzusetzen, schleimig dahinzuziehen: Nachgestellt wird das so nun während der Musik, sie damit Takt für Takt (man könnte die Ziffern aus dem Notenbild dazuschreiben) ausdeutend, nicht neudeutend, denn das wäre nicht möglich, als ein/mehrere Überfall/Überfälle. Und niemand kam vorweg auf die Idee, dass sich die Sonate für das Hammer-Klavier dafür ganz vorzüglich eignet. Wir sind endlich dort, wo wir die Hammerklaviersonate auch haben wollen.

Denn zuletzt wirft die Musik immer den Schein ab.

Satz eins. Die H. Kl. S. beginnt als Film mit einem hereinknallenden Überfall. (Wichtig gleich: beim Machen voll in der Urtextausgabe nachsehen, sie dauernd bei sich tragen, es stehen dort viel mehr wichtige Dinge drinnen, als das die Pianisten ausführen können oder das überhaupt wagen; bei der Dynamik beginnt es schon; aber auch im Notenbild selbst, das oft, wie gern beim späten Beethoven eine Anleitung zum Terroranschlag darstellt.) Maskierte (maskul.?, femin.?), drei oder vier oder fünf, mit gehäkelten Strümpfen über dem Kopf und im Fremdenlegion-Outfit stürmen die Zettelkatalog-Halle einer großen Bibliothek. Viele Studierende verschanzen sich hinter den Kästen. Es wird hineingeschossen in die. Die Karteikarten fliegen bald wie Vogelschwärme in die Höhe und sinken dann über alles, fallen wie die Blätter von weit. Zwei Menschen wurden tödlich im Rücken getroffen. Einer jungen Frau zerfetzt es die Handtasche, aber nicht mehr. Seltsam, kaum jemand schreit wirklich, leise Angst zirkuliert nur, unangenehm sind bloß die penetranten Trillergänge vom Klavier her, wie Alarmglocken. Wir sind schon an der Kippe zur Durchführung dieses ersten Sonatensatzes gelandet, musikalisch und in den Bilderabfolgen. Alles hielt eben noch sehr kurz aber ein paar Mal inne, erstarrte jeweils beinahe; Closeups hinein bis in aufgerissene Augen, schwarze Kalaschnikow-Löcher und wimmernd Zusammengekrampfte, das Schnaufen der Leute, die Gier-Laute der Terroristen; und das schäbige Fanfarengeräusch des Hauptmotivs suggeriert nur mehr die Aura einer dunklen, dreckigen Werkshalle, gegen die ein Karl Marx und ein Friedrich Engels weiland schon Sturm gelaufen sind; dazwischen wird, ja, durchaus als eine Hommage an den hintergründig-hinterhältigen Jean-Luc, filmisch ein Pianist eingeblendet, der müht sich ab, hat mit sich und der Musik Sex, immer wieder fängt ihn die Kamera ein auf ihrem Weg durch den Überfall, umkreist ihn hastig. Es geht wieder los im Virtuellen. Der Überfall von soeben eignet sich nämlich gut und plötzlich als Wiederholungs-Geschichte für eine in der und die Durchführung an sich schon bestimmende Kurzfuge. Die Musik,

geführt durch die Tonarten, zerreißt abermals beinahe. Man japst generell auf, versucht, in einer Reprise Halt zu finden. Und es gibt doch überraschend wenig Hilfeschreie. Der Film, ein dritter Trick mit Wiederholungen, wie ja das Sonatenprinzip im Prinzip generell nur ein schnöder Trick ist, rekapituliert den Überfall nun noch aus der Sicht der Polizei, das Morden und die Hast, das Schnaufen und die Stille. Dann kriechen die Mitwirkenden bäuchlings hinaus, in verschiedene Richtungen. Über dem Grummeln des Klaviers. Schlussakkord, Schlussblitz, ein Schlussschuss.
2. Satz, überknapp wie in fast allen späten Sonaten des Meisters, des Titans oder Genies, was immer. Die Fanfarenmusik des ersten auf herzig. Wie darzustellen? Welche Bilder? Welche folgliche Geschichte? Die Terroristen sonnen sich in der lieben Natur? Man hüpft herum. Es wird bald klar, dass das bukolisch so wirklich nicht geht. Immer rascher alles. Hart. Kadenz. Wiederholung. Ein Aus-Hüpfen und manche Schlussbewegung, kompositorisch sehr hoch gesetzt. Vielleicht ist das aber auch nur ein Katz- und Mausspiel. Die Mörder werden dabei aber nicht gefangen, sie entschlüpfen immer. Jede der 2-Takt-Phrasen entwickelt sich überraschend zu einer eigenen Film-Einstellung. Man kriegt einen Musik-Bilder-Geschehensrhythmus ins Gesicht geknallt. Niederducken – Überfallen – Angst – Flucht – Murx plus Murx plus Marx. Dazwischen werden die Waffen gereinigt, in den hastigen Klavier-Passagen noch neue Klein-Granaten ausprobiert.
Am Ende des Satzes zeigt sich verschwommen noch das Schemen-Bild eines Krankenhauses, es wird weggeblendet. Weiß. Gespenstisch beleuchtet von den blauen Blinksignalen der Polizei- und Rettungswagen. … es folgen sofort Eros und Sex!
Legendär. Jener dritte Satz. Oder?
Zwei längere Noten hoch (von Beethoven erst nachträglich als Initiale oder so ähnlich, als Mini-Ouverture, als Vor-Spiel hinzugefügt?)

Nach so einem Aufstellen passiert nun manches. Das erste Thema ist zwar leider noch etwas fade, ein Topos, ähnlich und oft bereits fürs Herz gebraucht, vor allem in einer Adagio/Andante-Anmach-Musik für Frauen und gegen Männer.
Man liegt mit dem Thema quasi da, ist noch nicht so wirklich aktiv.
Noch?
Ist das Kommende im Beethoven-Film nun die Gegenwelt aus dem Terrorismus von soeben und sozusagen eine der APO und gespiegelt eine der Brutalo-Stasi diesmal zunächst unter Decken?
Schäbige Geräusche rund um die Bilder dringen heran, von außen, andere, neue.
Also.
Der Film, die Sonate ist ja ein Soundtrack, Vorsicht im ersten Teil vom 3. Satz.
Aufzug, Thema, cis-Moll, „Appassionato e con molto sentimento" [Wie ich schon zuvor gesagt habe: fast kein Pianist schert sich drum, dass man nach solchen Vorschriften drängend zu spielen, gar zu interpretieren hätte, die Typen baden sich eher im Lulu]; aber dann: nichts wird mehr einfach und spontan durchschaubar.
Ja.
So soll er sein, zum Erblühen geraten, der Begegnungs-Eros. Das Notenbild dafür anschauen: Kreuze und B-Vorzeichen wechseln dauernd, viele schwarze Balken gibt es für die Zwischentempi, dann wieder gegrätschte Tonhälse und fette Akkordpfropfen. Die Körperbegegnung der Terroristen kriecht aus den Decken, langsam ins Freie, an die Luft. Die Musik wird dabei zur einfachen Kantilene.
Bis.
Beinahe tänzerisch die Begegnung, zwei agieren im Rhythmus mitsammen, zunächst noch in vielfach überbundenen Linien, dann frei im Virtuosen. Bis zur kleinen Erschöpfung. Man darf sich nur

wieder langsam voneinander lösen, nicht aber schon trennen. Über Wellenbewegungen wird aus der Tiefe geschöpft und all das in Höhen rekapituliert: Wir sind einander … verknotet.
Wir. Immer wieder, immer einfacher …
Wir greifen unser Beginnthema auf, es ist klarer und zugleich voller geworden …
Nun aber kommt sie, die Passage, die für ein paar Takte vergleichslos ist in der Musik! [Ich weiß mir kaum sonst derartige erotischschwingende Parallelen zu nennen. Mozart? Berg? Schubert? Ganz frühe österreichische Volksmusik? Tristan? Brahms hat für die Vierte, Thema, erster Satz, Anleihen genommen, es wurde zu einer der besten Perioden, die ihm je eingefallen sind. Allein: Wie so was im Film mitverfolgen? Wie abbilden? Andeuten? Der süße Terror eines Ineinander-Werdens. Wie überaus schwer mag das sein? Oder wie leicht?]
Hilfsmaßnahmen dafür:
Erstens, sich im Rhythmus des Gemeinsamen auf die Schlag- und vor allem die Pedalisierungsvorschriften verlassen, sie weisen einen, wie selbstständigen Intensiv-Weg: una corda – tutte le corde – una coda – crescendo – piano – crescendo – poco a poco due e più tre corde – sforzato – sforzato – una corda – forte – tutte le corde – forte – sforzato – sforzato – sforzato – una corda – diminunendo – smorzando – espressivo – crescendo – poco a poco due poi tre corde – sempre legato – sempre crescendo – diminuendo – molto espressivo; die Themen werden immer mehr neu gestellt und umschmeichelt, und alles passierte glatt in weniger als 25 Takten.
Zweitens, aus jener und jeder Bewegung soll der Wunsch entstehen: einmal noch.
Weiter gespannt, provokativ gegrätscht. Bitte. / Oben und unten. Dann nicht aufhören, weiter! / Noch mehr durch die Tonarten des

beschenkenden Glücks und des müde werdenden Suchens gleiten.
Kleine Erschöpfungen wiederum gemeinsam haben.
Ja.
Perlen einander geben dazwischen.
Ja.
In vollen Akkorden antworten.
Ja.
Sich einmal noch traurig hochjauchzen.
Ja.
In der Fülle des Gemeinsamen: Ja --- das --- Abbrechen!
Ich will, ja.
[Ich kann es nicht anders sagen: Ein Schnitt muss sein mittels solcher Literaturzitate. Filmisch sowieso kaum zu wagen nachzustellen.]
Der Beginn hat sich endgültig behauptet, versimplifiziert, una corda, ritardando.
So geschieht ein Interruptus. Nicht brutal, eher aufeinander reagierend, eingehend; der Orgasmus und die Ejakulation, jede und jeder auf seine Weise, sie werden aufgespart. Noch? Wofür? Warten wir einfach den hyperbrutalen nachfolgenden letzten Satz erst ab.
Ruhe(n), nebeneinander. Der Schluss-Bass-Gang will auch sagen: Lieber Gott, bitte mach, dass diese post-coitiven Depressionen wieder weggehen, aufhören!
Peinliche Finaltakte liefert das Thema zwar noch, ohne eine klagende Neuaufrichtung gleich dem Beginn. Akkorde, ineinander, ein Arpeggio --- aus.
Vorschlag für Darstellungsweisen dieses Vergehens ab dem ritardando:
Ein Kircheninneres als Ort der Nicht-mehr-Handlung
Eine Dazublendung von anderer Musik, der eigene Höhepunkte glücken

Ein Nichts --- allein, wie stellt man nur, Musik-filmend, so ein Nichts dar?
[Als Atemholen jetzt vor Rezitativ und Fuge manche Fakten zu Sonate:
Das legendäre Hammerklavier, wir sollten es nicht weiter beachten, es war ein Übergangsinstrument nach 1810, der Versuch, mittels der Sonatenvorläufer als op. 90 und 101, aus Musik und Klang und Wirkung noch mehr herauszuholen. Es gelang sowieso nicht; erst das Klavier, das dann mit den tatsächlichen mehreren Hämmern, gültig bis heute, vollzog solches nach; erst die Medien machten die Sonate zu dem, wie Beethoven das vorgeschwebt sein mag. Er hat sowieso kaum je einen Takt tatsächlich gehört von ihr. Er ertaubte vollends während der Komposition. Komp. 1817/18 für den vielleicht etwas asexuellen Kaiser-Schülerbuben. Beethoven war so gierig, die Sache widmungsmäßig anzubringen, dass er – was er sonst nie machte, nie zugelassen hätte – zunächst nur die halbe Klaviersonate op. 106 dedizierend überreichte. Unterwürfig, beinahe winselnd.] Eros ex negativo. Rasch!
Es ist atemberaubend, was sich nun, in den restlichen etwa 16 Minuten abspielt.
Es ist zudem niederhauend, intellektuell fordernd.
Weiterhin Eros, der nach Verfilmung schreit?
Oder schon in sich, aus sich heraus Science-Fiction?
Beethoven behauptete angeblich und dereinst, jetzt, nach dem Kompositions-Abschluss der Hammerklaviersonate wüsste er erst, was Komponieren bedeute.
Man könnte das weiterhin im Sinne des Vorhergehenden und voll im Widerspruch zu dieser Musik, ja geradezu als eine Verhöhnung von ihr verfilmen, indem sich die Terror-HauptprotagonistInnen live, also 1:1, also tatsächlich besaufen, rasch, gezielt, in der Abfolge, im Rhyth-

mus, in der Dramaturgie der Musik. Als Drama-Gier von Musik. Aber möglicherweise war das bereits schon allzu manierenlos dieser Über-Musik gegenüber gesprochen. Was man aber sagen und abstrahieren kann: Es wird viel scharfes Grau sein, böse Helligkeit – wir eröffnen abermals mit zwei Schluss-Zitaten: „Am Weg [zum Galgenbaum] in die Lichtung", sowie „Sonne, los jetzt!". Largo. Aber vorerst braucht es noch ein paar kleine [kompositorisch große] Passagen bis zu diesen Nächten mit Überhelligkeiten. Rezitativo, als ginge es in eine Opernarie à la Mozart [der alte Beethoven liebt ja so ein Erzählen, in der schon zum Exempel herangezogenen op. 110-Sonate etwa, in den späten Streichquartetten op. 131 und 132 und natürlich, ausgereizt und vergleichbar der Peinlichkeit voll zugedröhnter Männerfeiern in mitteldeutschen Universitätsstädten à la Tübingen oder Halle, massenweise in der Neunten) – die Protagonisten finden einen Weg. Traurig wird in Chromatik geantwortet – man schaut sich um, stellt seine Widerstandskraft infrage. Un poco più vivace – fragend sich Wiederzubewegen beginnen. Allegro – eine Kürzest-Toccata, die in wenigen Sekunden die Terrorüberfälle noch einmal rafft, dahinrafft im Endeffekt. Übergang, bergab mit dem Rezitativ – als hätte alles keinen Sinn gehabt. Triller. Und dann neuerlich eine Kurzpassage, aber was für eine! Vergleichslos in der Musikhistorie und in einem Takt bloß! Der allerdings gedehnt mit über hundert Noten, von Null bis Prestissimo, ein Tsunami, ächzend zurückfallend ins Pianopianissimo, aber wie gesagt, alles ein einziger Takt, die Terrorhandlung wird dabei neuerlich dargestellt, diesmal als eine Mischung aus einem olympischen 100-Meter-Lauf und einer katholischen Eucharistie am Höhepunkt vor dem Altar. Punkt im neuen Triller, nochmals dasselbe, nochmals dasselbe, Runterrennen, nochmals dasselbe, dann aus dem banalen Rennen die Fuge gewonnen. Allegro risoluto / Fuga a tre voci con alcune licenze. Das 10-taktige (!) Thema mit den Läufen und hilflosen Oktavgängen hat nun nichts Liebes mehr, irgendwo Gefälliges, sich Öffnendes, gar Verbindliches, es gleicht einem emotionslosen Vorlesen aus einer philosophischen Kritik, egal ob praktischer, urteilender oder theoretischer Vernunft. „con alcune licenze" – „mit einigen/verschiedenen Freiheiten".

??

Wir machen also das letzte Drittel des Musikfilms zu einem über die Freiheit. Als Fuge. Also als Flucht.

[vor wem, für wen, gemeinsam?]

Es geht um Folgendes. Begriffs- und prophetische Poesiefetzen (Zitate!) dazu:

„Du hast uns mit Zorn überschüttet, ohne Barmherzigkeit erwürgt, du hast uns zu Kot und Unflat gemacht unter den Völkern." – eine Fuge, die „fugal anmutet" – wo sich der Künstler selbst unterworfen vorkommt – „Wohlauf, Psalter und Harfe" im Erleuchtungszustand – eine Gewalt, die den festen Boden unter den Füßen verliert – eine neue, normierende Maß-Ordnung – manchmal vermutet man dahinter ein schreckliches Altarbild, manchmal das Schwarzwerden der Sonne im Start einer Saturn-Rakete – die Panik mittels einer Fuge, die sich doch dauernd fest in der Hand hat – man wird bald wissen, in der Musik und in den Bildern, die sie erzeugt und die gegen sie stehen, dass man sich höchstens noch an einen Urzustand zurücksehnen darf, aber nicht an einen Lobgesang der Auserwählten im Himmel oder gar an jemanden, der geahnt über Sternen wohnt – „man murre wider sich und seine Sünde" – Ergriffenheit wird nicht zugelassen – „Viel Neues, für Märtyrer und froh wie ein Held zum Siegen" oder in die Sonnen fliegen oder sonst noch jegliche Hysterie, oder alles Traumblödsinn?

[Zugegeben. Das war jetzt bereits ein schnödes und noch dazu ziemlich wüst bebildertes und noch dazu ohne Ehrfurcht hingeworfenes,

eklektizistisches Zitieren. Pardon. Aber der letzte Satz der Hammerklaviersonate ist gewissermaßen ein Nucleulus dessen, was mehr als 100 Jahre später – unwirklich und nicht auch nur in einer Note zum hörbaren Blühen gebracht – als eine Apokalipsis cum figuris eingefordert und mühevoll beschrieben wird.] --- Seelenlosigkeit. Weltkrieg. Pandemie.
Nach immer mehr Trillerfiguren und Riesengrätschen wie im Satz zuvor: 1 Takt totale Pause, dann die zweite Fuge, Gegenfuge, die sich bald mischen wird mit der ersten [und zusammen werden sie, das merkte bisher nur kaum jemand, einen Teil des Materials für die legendären spät(er)en Streichquartette vorstellen, darstellen, verbergen, anreißen – zeigen?].
Was geschieht jetzt mit all dem, wie ist es auf Leinwände zu bringen, ins Video?
Im Film werden dazu einfach zwei Geschehnisse in einer Bildabfolge gezeigt, also die ganze Sache nur in einem Raum?, einer Landschaft?, einem seinerseits abgefilmten Studio?, eines mit mehreren Schirmen. Bunt, schwarz-weiß? Im Verlauf der ineinander verschränkten Teile der Musik wird Gleichzeitigkeit im Gesamtgeschehen.
Links: Pubertäre und letale Prügelei, wieder als Neuauflage aus dem 1. Satz.
Rechts: Und die Apokalypse agiert als cooles Geschehen, das man üben kann.
Mittig, gelegentlich: den Sex aus dem 3. Satz, aber brutaler, eher Porno – zeigen?
End-Takte – aufgelöst in Striche, Punkte, Farbknäuel, ein Pasticcio, ein böses Schlussbild, als hätten die Noten sich noch einmal selbst aus dem Irrsinn und den Aufpeitschern aber im vollen Bewusstsein um die strengste Form gezogen, ein versuchtes Zeichnen der

vierten Dimension und manchmal Hohn und eine Art von Jackson Pollock über Cy Twombly. Man kann so etwas aber – ein Film in und aus dieser Beethoven-Musik wird halt leider immer hinterher humpeln – aber weder durch Suff, Drogen oder gezielten Hass erreichen. Vielleicht dadurch, dass man bald darüber faselt, dass die Freude ein schöner Götterfunken sei.
[*Das war mein Treatment. Noch in Berlin zu konzipieren begonnen. Viele haben die Vorschläge ausgelacht. Manche hat er aber damit beeindruckt. Ja, es wurden ihm sofort hinterlistige, holprige Thomas-Mann-Doktor-Faustus-Kopierereien auf Kosten des L. v. Beethoven vorgeworfen. Aber man gab zu, dass man dergestalt ein Filmtreatment wenigstens einmal angehen könne. Derweilen sei das ja noch wohlfeil. Die Kunst des Musik-Abbildens benötige allerdings sowieso Frisches. Ich war ein wenig stolz.*]

siebenunddreißig

Seine zweite längere Wien-Stagione begann gut. Er fühlte sich wohl im lemprigen, aber halbwegs historischen und geradezu danach riechenden Palazzo. Dessen Eingang lag übrigens vor Häusern, in denen der herumirrende Beethoven den Großteil seiner Großen Hammerklaviersonate geschrieben hatte. Er genoss wieder manche Angebote der Stadt, also die Möglichkeiten, sich noch immer fast anonym in die laufend teurer werdenden Cafés zurückziehen zu können (dorthin, von denen man wusste, dass nicht laufend Touristenhorden einbrechen würden). Er fand sich schon gut zwischen den Restaurantangeboten und Heurigen zurecht (weil er wusste, wo noch nicht die Touristenhorden einbrachen). Er fand sogar etwas Anschluss in der Kollegenschaft (wenige aber durchaus in seinem Sinn kritische Leute). Er besuchte wieder Spezial-Konzerte, Universitäts-Sonder-Produktionen und mehrfach die Opernhäuser (gar einmal Puccinis Turandot und Massenets Werther, einmal die Csárdásfürstin, einmal eine Produktion der Freien Neuen Oper Wien, eine Uraufführung einer gewissermaßen aktuellen, deswegen queren Medea, in der Musik eine Mischung aus Post-Seriellem und Wiener-Lied). Er lernte sogar, mit Unterstützung zweier Studentinnen der Musiktherapie, Radfahren und er stellte diese für ihn geradezu vollkörperliche Novität nach einem Sturz, verursacht

durch eine Horde entgegenkommender, rund um ihn strampelnder, schreiend ihn und seine Unsicherheit höhnender, kurvender Velocipistinnen, bald wieder ein (in Wien herrschte zwar weiterhin noch nicht jenes Fahrrad-Aggressionspotenzial wie in deutschen, dänischen oder niederländischen Städten, dafür ist an der schönen, blauen Donau die Trassierung von Radwegen aber nur zwischen Inkompetenz und bestemmender Idiotie anzusetzen.)
Edgar betreute und revidierte anfänglich noch manches aus seiner Komposition der letzten fast zwanzig Jahre, Werke, kleingliedrig, die er nach einem oft ungemein kompakten Schaffensprozess weiland abgelegt hatte, sozusagen aufgehoben in des Wortes dreifacher Bedeutung. Er ärgerte sich dabei in seinem hübschen Eifer gelegentlich über sich selbst. Bezeichnete sich als alt werdenden Kleinmeister, der nun mangels neuer Ideen Holpriges von gestern und vorgestern hervorholen muss. Trotzdem. Vor allem zwei Kompositionen, beinahe verdrängt aus seiner Oeuvre-Erinnerung, erstaunten, faszinierten ihn beinahe, fein wieder(gefunden). Ein Zyklus von einunddreißig Liedern mit Klavier- und auch teilweise nur mit Harmonium-Begleitung. Das war die eine aus der quasi-Tiefe emporgeholte Großkomposition; jeder Gesang höchstens, gar maximal in neun Takten abgefasst, geschrieben noch vor der Charité-Klausur, deren letzte Abschnitte (Monate doch) in seiner Erinnerung bald wie ein Loch sich (tja, was?) anfühlten, ihm einen kleinen Schrecken zufügten, ihm ein Tot-Gefühl suggerierten. Eine Sonate für die Violine Solo war das andere Werk, stückweise entstanden und immer wieder frisch hergenommen und abermals liegengelassen in seiner Reisezeit vor 2000. Die Texte zu den Liedern stammten einerseits wie willkürlich aus Zeitungsmeldungen geschnitten, dann aus Haiku-artigen Poemen, welche in diesen Jahren und dabei noch dazu einem desiderierten Fernost-Lebensgefühl huldigend gerade-

zu massenweise von Nachwuchs-Dichterinnen und -Dichtern verfasst wurden und die sowieso bald wieder aus dem aktuellen Dichtungs-Kanon verschwanden, sowie in vier Fällen aus, wie frech und allzu locker herausgezogen, aus Zitaten nach vier Dichtern, die ihm durchaus etwas bedeuteten, ihm geradezu nahestanden. Es waren diese: Georg Büchner, Leonce und Lena, „… und eine kommode Religion." / Jean Paul, Titan – Vierzehnte Jobelperiode, Albano und Liane, „… heiteres Menschengewimmel im Orangenduft auf glühenden Altären …" / Ernst Jandl, der gelbe hund, „Die menschliche Dimension als Maßstab für die Welt ist ohne Gültigkeit." / Konrad Bayer, „scheissen und brunzen sind kunsten". In jedem dieser besonderen vier Gesänge, auszuführen von einem Bariton, die übrigen 27 von mittleren und durchaus virtuosen Frauenstimmen, war ein Zitat aus einer Beethoven-Komposition eingearbeitet. Ein Lektor sagte später einmal und dabei vorsätzlich seinerseits die Musik-Poetik bemühend und zitierend, hier werde Beethoven beinahe bereits zurückgenommen. (Die Themen-Zitate stammen aus: für Büchner – 4. Klavierkonzert op. 58, Beginn, 2. Satz (bis zum Dialog-Ende, sehr viel Sex-Musik, B. macht damit seinen Schüler und den Widmungsträger, den Erzhzg. Rudolph wieder einmal voll an) / für Paul – Streichquartett op. 132, 2. Satz, Mitte (dort wo Beethoven seine Taubheit vertont) / für Jandl – der Rätselkanon WoO 198, „Wir irren allesamt, nur jeder irret anderst" / für Bayer – 8. Symphonie op. 93, 3. Satz – letzte 8 Takte (dort wo Beethoven selbst wieder einmal sich irrt). Die Freude am Absurden schimmerte durch. Drum darf, zwischendurch als Fußnote gleichsam, erzählt werden, dass er sich mit dem Plan trug, den so genannten Gesang der Geister über den Wassern – jener Goethe-Text sich badend in schlechter Mystik und Pantheismus aber herausragend von Schubert wie eine kleine Frühromantik-Schauderoper vertont – neu zu komponieren.

Er unterließ es aus der Erkenntnis heraus, dass beinahe alle guten Texte bis knapp vor Anbruch des 20. Jahrhunderts sowieso vor allem ins Absurde abbiegen, man denke da auch exemplarisch an so manche Psalm-Übertragungen, an Novalis, an die Naher- und Mittlerer-Orient-Begeisterung im 19. Jahrhundert, an die Formulierung von Ordinariums-Texten neu in deutscher Sprache (auch hier besonders die an Voraufklärungs-Selbstbegeilung strotzende Deutsche Messe des Franz Schubert) und für später noch an Baudelaire, Maeterlinck oder George. Aber der Geistergesang? Zu seinem Ärgernis hatte Edgar ja (wie viele kreative Menschen übrigens) die Eigenschaft, ihm eben ärgerliche und ihn doch faszinierende Gedichtzeilen oder Textpassagen gelegentlich vor sich her zu rezitieren, murmelnd zumeist. Die Metaphern in diesem Machwerk mit dem Vergleichen von menschlicher Seele und Meteorologie forderten eben. (… der **unmutig schäumende, reine Strahl** … der **Wind als Buhler** … die Vermischung von **Schicksal und Seele** – angeblich sagte E. A. D. Niehaus einmal im Rahmen einer Diskussion über Poesie, Musik und Analyse, dass solche Gedichte das spätere Kommen eines Sigmund Freud geradezu zwingend gemacht hätten, vorteilhaft für die kindisch-wohlige Literaturwissenschaft). Die Violinsonate sodann aber, strenger, war dreiteilig angelegt. Zugegeben, die Bach-Solosonaten-Partiten standen ein wenig Pate: Ein Einleitungsadagio, bloß eine Melodie, ganz traurig, fast wie aus einem pentatonischen Volksgesang, immer wieder neu anhebend und jedes Mal ein wenig modifiziert, indem Takte vertauscht werden; dann eine dreistimmige Fuge, die klingt, als hätte ein Kontrapunktik-Meister sich beschwipst an die Orgel gesetzt und über diesen seinen Beruf paraphrasiert; sowie ein Menuetto mit zwei Trios inmitten, angelehnt an die vergleichbaren Sätze aus den genannten Solowerken des Johann Sebastian, aber sehr den Bordun betonend und den jeweils auf den leeren Saiten unter denen für die Melodie zu bestreichen; abgeschlossen wird sodann die ganz klassisch gesetzte Menuetto-Wiederholung noch mit einer Art von Zugabe, einer Draufgabe, einer Stretta, in der Paganini, dessen Capriccio Nr. 16, eine liebevolle Parodie erfährt.

Er trennte die Wien-Aufenthalte inhaltlich streng von seinen Besuchen währenddessen in Deutschland (Sonder-Doktorat etc.). In der österreichischen Hauptstadt war Edgar in Fachkreisen sowieso recht bekannt, scheel angesehen und ob seines oft kompositorischen Mutes bewundert; mehr wollte er gar nicht. Für Deutschland (Rostock und vor allem Leipzig, wohin er Verbindungen knüpfte, die bald für mögliche Auftragsarbeiten im Mix-up-Medien-Bereich fruchtbringend wurden) agierte er, im Wien-Entzug, aber strenger, zielgerichtet. Während gelegentlicher Reisen, auf Einladung von Akademien vorwiegend, genoss er es, weiterhin Neues zu sehen (die Bauten vor allem) und zu kosten (die Küche rund ums Mittelmeer); es ging zunächst nach Spanien; Avantgardewochen in Cáceres, man versprach, einmal sogar sein Oratorium aufführen zu wollen, es kam nie dazu, er konnte aber in einer halb-privaten Veranstaltungsreihe an der Universität dort sein Wittgenstein-Projekt, Schwergewicht die Musik-Passagen oder besser einige -Aufrisse dazu, vorführen, das Interesse war weitgehend enden wollend, die Riesenarbeit wurde nur von einigen aus der dort ziemlich guten und übernationalen Fakultät für die deutsche Sprache gewürdigt, von ein paar Kolleginnen sogar bewundert, dies aber möglicherweise bloß deshalb, weil man damals in der Extremadura, am Rand eines sonst immer hektischer werdenden Europas, Profilierungsprobleme und gelegentlich -neurosen hatte, und weil dieser Edgar Arnold David in seinen cool vorgetragenen, oft beinahe aggressiven und viele Vertreter aus der aktuellen Avantgarde schmähenden Präsentationen, die vor allem noch etwas jüngere Damen leicht faszinierte. Es ging nach Mittel- und Süd-Italien, wo er, währenddessen, ihm vielleicht bald behagende Plätze zum Konzipieren von Neuem entdeckte, Orte, welche Edgar gar zu einem, ihn immer mehr faszinierenden Nichts-Tun-Leben wie zu verführen trachteten. Einmal war es dann Albanien, Tirana und die Berge im Norden (ein EU-Projekt für Volksmusik in Verbindung mit Balkan-Orthodox-Traditionen, gedacht zudem als Hilfsaktion für die Bewerbung des Landes um einmal doch in die Gemeinschaft driften zu dürfen – es wurde hauptsächlich Schnaps getrunken), einmal Lemberg und Czernowitz in der Ukraine (noch vor den Kleinbürgerkriegen im halben Land, er hingegen auf der Suche nach Originalem aus der Sinti-Roma-Tradition, das er aber nicht mehr vorfand).

Lässt es sich aber nun und ohne einen falschen Kritik-Ton erzählen, dass eben damit eine Reihe von Lebens-Jahren quasi weicher verging, diesmal mehr gleichbleibend, zugegeben kreativ, aber lockerer als damals vor 2000, nun beinahe gesettelt? Krankheitsschübe blieben aus. Er brauchte keine Medikamente. Er erhielt bis 2015 zwei halbwegs gut dotierte Preise zugesprochen, die sein Leben noch lockerer machten. Er konnte manche Projekt-Vorhaben, vor allem diejenigen gemeinsam mit Leipzig, zum Teil weiterverkaufen und damit sogar ein wenig gewinnbringend werden lassen. Die Uni blieb. Die Verlags-Lektorate wurden zwar eingeschränkt, sie ließen sich aber doch fortsetzen. Fünf Mal arrangierte er schräg dahin für Neujahrs-Konzert-Produktionen von deutschen Dritten Programmen vor allem Sachen aus einer Wiener Musik, welche dort für lustig gehalten wird. Ein Mal kam er zu Uraufführungs-Ehren in der Wiener Staatsoper. Man brachte – hochsubventioniert und live gegeben – Passagen aus bisher noch nirgendwo aufgeführten aber – wie es hieß – innovativen Bühnenwerken heraus. Edgar schrieb dafür über Auftrag, sich allerdings bei seinen früheren Opern-Projekten bedienend, einen frischen Falstaff-Schluss, einen, wo man den sattsam bekannten letzten Fughetta-Trubel in jener besonderen Verdi-Oper zwar immer wieder noch heraushörte, der aber doch in ganz eigener Gestalt und im besonderen Umfeld kompositorisch gesetzt und inszenierungsmäßig angesetzt war. (Die Szenenfolge nach Shakespeare, rund zwanzig Minuten lang, spielt in einer Disco, in der sich alle Opern-Mitwirkenden treffen, um das gute Ende ihrer Irrungen und Wirrungen von zuvor mit Drinks feiern, wo man bald ausgelassen war, aber recht bald schüchterner wurde, nicht mehr allzu überschwänglich sicherheitshalber, wo sich der Hauptprotagonist als Transe outet oder wenigstens so tut, als wäre er das gern, wo er einen kurzen Schlussmonolog singt – „… die Welt ist fein und auch gemein und wird, krank und verbrannt, in fünfen Jahren bald aus unsren Fingern sich vertschüssen und belächelt untergehn …" – worauf die Übrigen beginnen, im Sinne der Verdi-Tradition fugiert loszulegen, um dann aber eben recht bald leicht erstarrt in einen beinahe strengen, an Heinrich Schütz gemahnenden Schlusschoral zu verfallen – „… alles ist vielleicht auch Spaß auf dieser Erde, allein, wir sind so blöd, das noch dazu zu glauben, in einem halben Jahrzehnt schon lechzen wir, halbtot, nach dem Früher …") Er wurde nach dieser Staatsopern-Sache von Bewunderern zum Dank nach Bayreuth eingeladen, er sah dort den Tannhäuser und die Meistersinger und war ziemlich abgestoßen davon.

Edgar also im Glück.
Edgar im aktuellen Hochkultur-Unsinn der Zeit. Im zweiten Dezennium des dritten Jahrtausends.
So weit berichtet über seine Verhältnisse.
Es ging ihm um einiges besser als den meisten Komponisten oder Vielspartenmusikern seiner Umgebung, selbst in diesen Jahren.

Und dabei ist das, wir sagen das ganz ohne Eifersucht heute, sowieso noch die beste Kurz-Epoche für freiere Künstler gewesen, verglichen mit all denen davor (3000 Jahre) und alle danach (5 Jahre). Sein Oratorium – es hatte noch immer keinen Namen – wurde 2011 zu Ehren des 60. Todestages von Arnold Schönberg, seltsamer- und doch bezeichnenderweise, uraufgeführt. Nicht in Wien. In Magdeburg. Vom dortigen Musikverein mit Gästen (besonders was den Chor betraf). Der Dirigent war auf Edgars Wunsch hin ein Absolvent der Musikuniversität in Wien, den man in dieser Stadt aber negierte (wie ziemlich viele der wirklich außergewöhnlichen Absolventen an den Hohen Schulen dieser Stadt). Es gab zwei Aufführungen. Die spärlich angereiste Kritik lobte viel, strich die gewaltigen Ballungen heraus und hervor, stellte selbstverständlich Vergleiche an (zutreffende mit Ives, Cerha, Krenek, ein wenig Penderecki und eine Reihe von vor allem französischen Komponisten, weniger zutreffende mit der aktuellen Komponisten-Corona in Wien und Ungarn). Eine Besprechung, publiziert in einem Fachblatt und daher weitgehend unter Ausschluss selbst von interessierter Öffentlichkeit, bemerkte, dass man insbesondere aus den Wortwolken des letzten Teils die Beschäftigung des Komponisten mit dem Ulysses (James Joyce, Folge 14 – Circe) sowie mit Paul Celan heraushören könnte. Edgar Arnold David Niehaus war positiv überrascht. Er überlegte sogar, die Phoebe wieder zu kontaktieren. Sie wohnte noch, solches bekam er mittels im Internet nachforschenden Freunden heraus, in Wien. Sie war, auch das konnte man ermitteln, verheiratet, aber nicht mit einem Mann mit dem Vornamen Axel, sie hatte einen Sohn, Albin, sie arbeitete als Mittelschullehrerin für Deutsch, Literatur und Medienkunde. Er kontaktierte sie nicht, berichtete nicht von der Uraufführung, plante kein Treffen (ja, er war im Grunde sogar schon wieder etwas selbstgefällig, konsterniert, dass Phoebe nicht ihrerseits

bei ihm vorstellig geworden war; er doch wieder in Wien logierend, und schließlich kam sein Name immer wieder in Zeitungen vor.)
Das Oratorium bekam erst zwei Tage vor der Uraufführung einen aus der Mythologie und einigen, bezeichnenden Frauen von dort abgeleiteten Namen (also nicht Lichtangst oder Lichtfurcht oder so ähnlich):
Das so genannte Böse unter dem Mond – oder Titane, Konkubinen und Ohrfeigen
Er strich nach den beiden Aufführungen diese ihm sowieso sogleich wieder lächerlich erschienene Titelei umgehend. Das Monster wurde zu seinen Lebzeiten, aber nicht in seinem Beisein, noch zwei Mal in den USA (Santa Fe und Phoenix) gegeben. Er ließ dort beide Mal nur den Titel Oratorio zu.
Zu erzählen sind im engeren Zusammenhang mit der Uraufführung auf jeden Fall zwei Umstände oder Folgen: Edgar hatte, heimlich, beschämt, nein, sich voll schämend deswegen, zur Ermöglichung der Uraufführung eine Kollekte durchführen lassen, in Wien und in Freundeskreisen in der Stadt und bei bekannten Institutionen; einige Fans taten eifrig; man bekam ein bisschen Geld zusammen; es half wenigstens, die Magdeburger Präsentation Partitur-gerecht zu ermöglichen. Sowie: Edgar begann, angeregt vom Wiedererleben und Aufleben seines Werkes, noch etwas als Fortsetzung zu komponieren; Ulysses – Folge 15 – Eumäus. Zu erzählen ist auch, dass er dafür versuchte, Musik der Ruhe zu erzeugen oder des Heimkommens oder des locker in die Nacht hinein Witze Reißens; es gelang ihm dabei von Beginn an nichts, nichts auch nur irgendwie nach seinen vagen Vorstellungen; jener Fluchtort blieb Fragment, es war sein einziger Kompositionsabbruch von einem über Skizzen hinaus fortgeschrittenen Werk, eine Niederlage des Meisters Niehaus, eine vom Meister N.

Schade.

Es lässt sich aber, wenn wir jetzt schon im Berichten und Erzählen weitläufiger angehoben haben, sagen, dass er damals keine engeren Partnerschaften einging, von ihn sowieso danach wie ehedem ekelnden one-night-stands abgesehen, Begegnungen, die ihn dann psychisch fast immer etwas peinigten. Die grassierend wachsende weibliche Selbstbestimmung im Erfüllen und Erfüllt-Bekommen sexueller Wünsche machte ihm Angst. Mit Männern oder in Gruppen versuchte er es nie. Bordell-Besuche verabscheute er, auch wenn er sich, aber nur seinerzeit in Tübingen etwa oder bei Wien I, noch solche Erleichterungen oder (ent)spannende Richtplatz-Gänge erlaubt hatte. Jetzt war es für ihn, immer wieder und trotz der, wie eben verraten, nachfolgenden leichten Erinnerungs- und Bekleckungsgefühl-Peinigungen (man kann das schwer anders auszudrücken oder benennen), interessant mitzuerleben, wie Frauen damals auf der Suche im Intimen suchend wurden, heftig suchend, forschend in sich und an seinem Körper, überall experimentierend, mit sicht- und vor allem hörbaren Freuden an den Experimenten und am Exhibitionismus. Von Aids oder milderen Infektionen und Virenerkrankungen blieb er verschont. Seine Ex-Leiden, von denen man nie genau wusste, was die Ursachen waren und die vielleicht durch die Charité-Klausur sogar zum Stillstand gebracht worden waren, schienen vorbei.

Edgar eben wie stets im Glück.

Und übrigens, nur der Vollständigkeit halber kurz weitererzählt:

- Twitter und WhatsApp verabscheute er weitgehend, gebrauchte sie daher auch kaum (später nie, „Buchstaben- und Ohren-Kacke").
- Er plante, bei Gelegenheit Chansons und Wienerlieder zu schreiben. Neu-alte sozusagen. Es gelang ihm nicht, bei keiner

Gelegenheit. Er warf auch diesmal beinahe alle Skizzen weg. Er empfand das bis in seine letzte Künstler-Zeit hinein als weitere Niederlage.

- Er hatte aber immer noch viel Angst, wieder krank zu werden. Er erzählte das niemandem.
- Er wurde kaum mehr zu Podiumsdiskussionen eingeladen. Denn er gebärdete sich dort oben zusehends rechthaberisch.
- Es driftete in seinen letzten Jahren praktisch alles Bekannte/Gehörte in ihm und das von ihm Bewirkte aus ihm auseinander.
- Manchmal sagte er, sich wiederholend, in Selbsteinschätzung: MUTTERSEELENALLEIN IN ALLER ÖFFENTLICHKEIT

Ich
will
nicht
dienen.
Ich
will
eventuell
aber
wissen,
was
Genuss
außerhalb
der

Zerstörung
von
Musik
noch
sein
kann.

einundvierzig

Der nächste, heftige Einschnitt in seine Existenz und dann auch für sein Werken ergab sich wieder erst nach ein paar Jahren und in Folge eines ersten Besuches am Rand vom Balkan-Nordwesten, noch während der Wien II-Hauptwohnzeit.

Arad und Szeged und Beethoven und jemand anderer.

Aber Einspruch noch.

Es ist nun keine berichtende Zügellosigkeit und Wirrköpfigkeit jetzt schon über das letztlich fatale Abtreten des Komponisten ins Sprechen, ins Andeuten zu kommen. Allein, Antizipationen waren schon bisher bei kleinen Gelegenheiten selbst-erlaubt. Zudem runden sie das Bild des Musikmeisters für so viele Einzelsparten auch bereits in praecox vielleicht dergestalt besser ab. Natürlich spielen dabei die Furcht und einiges an Sorge mit, dem Edgar Arnold David würde man im Linearen des Aufzählens nicht gerecht. Wie eben eingangs und später gesagt: Mit aller Bestimmtheit sei die Versicherung abgegeben, dass dieser (auch Eigen)-Bericht über einen, nun ja faustischen, nun ja mephistophelischen, nun ja doch nur famulierenden Menschen geschieht, um seiner Musik näher zu kommen, um zu helfen, das, was von seiner Musik übriggeblieben war und noch ist, zu verstehen oder vielleicht in Teilen sogar zu begreifen. Die Annäherung an ein Genie (?) oder einen Gaukler (?) geschieht, wie bisher zu bemerken gewesen, punktweise, abschnittsweise, unter mehreren Gesichtspunkten und in verschiedenen Erzählmöglichkeiten. Die größeren Strecken innerhalb von Vita und Werk, welche nicht detaillierteren Schilderungen unterworfen worden sind, dürfen aber deshalb nicht abgewertet, als nebensächlich, unergiebig oder gar uninteressant abgekanzelt werden. Über das wer und was des Meisters Niehaus kann sowieso nicht für alle selbst stark Kunstinteressierten verständlich zu berichten sein. Es fehlt uns zum Eindringen in das Werk – und das wäre eine, wahrscheinlich die Hauptvoraussetzung – das Endverständnis für eine Musik, die von ihm schließlich als keine mehr Herkömmliche existiert, eventuell fehlen auch die ausreichenden Quellen dazu. Man wird über die Orchestermusik, auch über seine Kombinationen und diejenigen von Film und Klassik vor allem, auch hinsichtlich manchem aus dem großen Lieder-Kanon noch gut und zielführend Analytisches anlegen können. Der, so seltsam das erscheinen mag, an der Klassik eines vor allem Beethoven geschulte Musikwissenschaftler neuen Typs kann hier noch Entscheidendes herausfinden und vermitteln. Schwer wird es aber beim Großteil der anderen Kompositionen, wenn Edgar – wie beispielsweise im Wittgenstein-Bereich oder in mancher Kammermusik – Verbindungen (für sich?) herstellt, die uns fremd bleiben müssen. Selbiges gilt auch für eine Reihe von Projekten (von nur teilweise ausgeführten oder doch im Kopf wenigstens aus-komponierten Opera?), wo man sich selbst als kleiner aber immerhin Kenner des Oeuvres vielleicht gerade noch Zugänge erarbeiten oder schlicht sich auch nur ausdenken kann, mehr aber nicht. Edgar, der ja, man denke nur an seine Berliner oder Wiener Aufenthalte, ein etwas eigenbrötlerisches, manchmal auch egoistisch-skurriles, sonst aber nicht wirklich spektakuläres Künstlerleben führte (spektakulär zu nennen vielleicht im Sinne eines von der Romantik oder der leicht trivialen Künstler-Biographik geschätzten Cellini, des Süchtlers Berlioz, des Ehefrauen-Erdrosslers Gesualdo, natürlich dann Caravaggio, der Womenizer Berg und der Meistertrinker Mussorgsky ergänzt später im Suff vom Herrn Reger, antithetisch Nazis wie Orff oder Pfitzner, oder dann eben, quasi per definitionem, so mancher Pop-Rock-Größen wie Cobain, Falco oder Cash und das eine oder andere Rat-Pack beziehungsweise österreichische, frühversterbende Schriftsteller der 60er und 70er des 20. Jahrhunderts – wobei auf jeden Fall zu ergänzen ist, dass andererseits ja fast alle großen und kreativen Musiker im Herzensgrunde Spießer gewesen sind, die ihre, meist heimlich gehaltene Kleinbürgerlichkeit als Schutzwall brauchten und benützten, wir denken dabei sogar an Mozart oder sowieso Bach, Brahms und Bruckner, die französischen Impressionisten fast immer, so wie die sich mittels des Komponierens selbstschützenden Tschaikowsky, Schubert, Schumann, Haydn, Webern, Mendelssohn, Ives, Wolf und Schreker, Schostakowitsch, Hindemith, Mahler und die Spätestromantiker danach sowieso, fast alle Engländer und National-Spanier, die weichen Typen aus dem Lateinamerika-Bereich, solche sodann wie Puccini und wie Verdi, die Sträuße der Strauß-Familie, vom gleichnamigen Richard sowieso nicht zu reden, auch der Meistersinger R. Wagner in seinem tiefsten Herzensstübchen, Monteverdi und Kollegen wahrscheinlich, Operetten- und Filmmusik-Meister und, so man überhaupt eine Personen-Tradition noch hat von denen, die Größen aus der Renaissance oder gar von ein bisschen davor.) Deshalb wird biographisch kaum eingegangen werden können auf die uns fremd bleibenden (sofern überhaupt bekannten) Skizzen, auf Entwürfe oder bedingende Gedankenketten, welche etwa die Komposition (das In-Töne-Gießen) und damit die Widerlegung der Relativitätstheorie Einsteins beabsichtigte (nach der Wittgenstein-Zeit), sodann auf ein Opernprojekt (nach dem Kurz-Schluss-Falstaff), das sich mit der Schule zu Notre Dame und den Codices rundum, also mit schon nachweisbarer, mehrstimmiger Musik um und nach 1250 auseinandersetzt und das Modale der Komposition von damals neu fasst, sowie ein Konzert für Bläserquartett (Oboe, Klarinette, Horn und Fagott) in Begleitung eines Kammerorchesters, wo im Sinne manchen ästhetizierenden Musikschrifttums in Roman-Form, wir weisen hier nicht näher auf so manche, ziemlich bekannte Autoren hin, ein halbstündiges musikalisches Fortschreiten geplant worden ist, welches sich in keinem Takt auf irgendwelche vorhergegangene bezieht oder Thematisches bearbeitet und somit variiert; es sollte dieses Quadrupelkonzert wahrscheinlich die Negation des musikalischen Entwicklungsprinzips per se darstellen, damit aber die Negation wieder einmal vor allem Beethovens als Sonaten-Übermeister. Weiter. Denn mit kleinen Vita-Vorgriffen minimiert man wohl auch das Überrascht-Sein, vielleicht oder hoffentlich sogar noch ein wenig ein sich einstellendes Entsetzen über weitere Entwicklungen in Edgars Leben. Es sollte so und insgesamt ein (wohl oft humpelnder) Bericht über Lebensszenen und öffentlich Gewordenes des Edgar Arnold David Niehaus die, das sagte früher schlau-gern die Literaturkritik, die Unheimlichkeiten des Neuen und nicht fertig Erzählbaren verdünnen. Die Neugierde, durchaus zulässig, wird dabei verbleiben. Man wird damit aber gut den Gefahren des Dämonischen, etwa später in einem post-festum-Bericht, ausweichen können. Jeder große Denker und zum Teil auch Gestalter mit und in Musik bleibt so Stückwerk für die Nachkommen oder die zu spät Geborenen. Und es ist zudem noch die Frage, und hier kehren wir nach solchen Kleinausflügen in die musikalische Kultur-Historie mit biographischen Verhaltenshinweisen wieder zu Edgar zurück, und – mehr noch – es ist zudem eben noch die – durchaus heikle – Frage offen bleibend, ob dieser Herr Niehaus überhaupt zum Kreis jener erwähnten Musik-Meister, welche als Einzelpersonen überkreative Sonderlinge gewesen sind, gezählt werden kann und darf. Er blieb, nochmals zugegeben, als Mensch/

Bürger/Körper durchwegs zu wenig zugänglich, als dass es zu brauchbaren Anekdoten, also zu guten, wenn auch oft gefährlich wachsenden Famas für die Nachwelt kommen hätte können. Er hatte nie eine eigene Familie im auch nur weiteren Sinn, spendete nachhaltig selbst fast nie Samen oder Zuneigung über körperliche und seelische Kürzest-Gier hinaus. Religion war ihm egal, oder er tat vor den Leuten so, vor den Kollegen oder während kurzfristiger Liebschaften, deren weiblicher Teil sich gern – immer mehr und wieder – an irgendwelchen Religions-Kauderwelsch oder an den Gebets-Handel mit einem sehr diesseitigen Jenseits zu klammern trachtete. Wenn man, auch dabei abermals und schnöde Romanhaftes und Ästhetizierendes zitierend aber das keck und ohne gelieferten, dargereichten Quellenbeleg, wenn man also sagen konnte, dass um ihn Kälte war, dann wird man sich ihm besser nähern als mit einem Genie-Herumgerede. Ob seine Bedeutung, seine Wirkung über die ersten beiden Dezennien dieses komischen, manchmal widerlichen, konsumierenden, sentimentalen und stets selbstbespiegelnden, dann kranken 21. Jahrhunderts hinausreichen werden, ist fraglich. Ob dann und dort allerdings der Faktor Musik generell als Faktor von Kunst jenseits von Fast-food-Hörunterhaltung überhaupt noch als Frisches, Neues, Überraschendes, geistig Wohliges und zugleich Verstörendes gemacht, also kreativ weiterhin Agierendes hergestellt werden kann, ist genauso in Frage zu stellen. Der Gegensatz zwischen Ästhetik und Moral ließe sich – recht bald also schon im Internet- und Tablet-Zeitalter – bereits nach den ersten Jahren im 21. Jahrhundert leicht auflösen, überwinden oder – noch besser – auf den Schindanger der Ideengeschichte werfen (kurzzeitig wenigstens). Denn (um ein letztes Mal die Poesie über Musik zu bemühen, eine Poesie, die zwar Richtiges meint, die sich in der Form aber im – Wienerisch nun wieder – im Herumschmu-

sen bewegt), denn es ist doch so (?), dass nur Menschen mit starken, brutalen Trieben große Werke schaffen können, und dass, wogegen sofort der Protest zulässig ist, dass es gerade höchst religiöse, vom Gewissen gebeugte, derart aber nie zugegebene, vom Leiden hingegen verfeinerte und gegen das Leben an sich düster gestimmte Verfassungen sind, aus denen in der Kunst das Schein-Große hervorgegangen ist.
Oder?
Aber jetzt!
Arad und Szeged und Beethoven und jemand anderer.

Edgar in einem Schreiben (Brief, herkömmlich, aber am Laptop verfasst und ausgedruckt) an seinen Berliner Freund.
Mein Lieber! Wundere Dich nicht, denn das ist der erste persönliche Brief, den ich an Dich schreibe (auch an Theo, wenn Du ihm überhaupt was berichten willst nach der Lektüre). Das ist wahrscheinlich überhaupt der erste ganz persönliche Brief, den ich an jemanden richte. Allein – irgendwie habe ich das Gefühl, ich kann das alles, was ich jetzt erzählen werde, so besser für mich aufarbeiten. Du bist mir zudem nahe und doch weit weg. Und – Emmi – ich weiß mir sowieso keinen guten anderen Ausweg. In eine Therapie will und kann ich nicht. Alles verkomponieren geht schon überhaupt nicht. Und – ich schreibe schlecht, schon von Anfang an. Ich will also jetzt einfach das Wesentliche wie ein halbwegs guter, erzählender Familienfilm im FS aufrollen. Ich habe, Du erinnerst Dich vielleicht, stets davon gesprochen, dass man zwar in seine Arbeit auf keinen Fall sozusagen die Ornamentik des Fremden einfließen lassen soll und darf, vor allem natürlich diese heute noch immer gängige Fernost-Lust zwischen Buddhismus aus Tibet und

Shintoismus aus Japan etc.; ganz dumm ist das und sentimental. Auch sonst, heute wird das ja mit dem angeblich gerüttelten Maß an Ehrerbietung vor den anderen Kulturen gemacht: dieser Zug nach Afrika zum Beispiel, ohne sich über die Vielfalt und die Grausamkeiten dort Rechenschaft zu geben, oder zu den z. B. Inuit oder den noch echten Hottentotten (mit all unseren scheinheiligen Betroffenheiten vor all denen), dann natürlich das gemeinsame Gebrülle mit Indio-Nachkommen oder Polynesiern. Du verstehst sicher weiterhin, was ich meine, wir sprachen ja gelegentlich darüber – auch im Zusammenhang mit Deinen Tätigkeiten im Verkauf von CDs und neuen Produktionen, von Indie-Sachen oder im Bereich der gut subventionierten Ethnomusic. --- Ich habe kurz innegehalten. Ich will ja nicht irgendwie Dich belästigen. Aber wir kennen einander bereits mehr als 20 Jahre --- Also, weiter. Ich bin im Südosten gewesen, wo Du Wurzeln hast, nicht weit von Wien weg. Heute. Vor dem Fall des Eisernen Vorhangs eine Weltreise mit Visa und überhaupt. Es gab in Arad (Rumänien, an der Grenze) und dann gegenüber in Ungarn, sozusagen rechts unten auf der Karte, in Szeged, auch schon am Rand von Serbien, ein Treffen von Musikern und Literaten und auch so etwas wie Video-Avantgardisten. Zwei Städte gemeinsam aber in benachbarten Ländern, weil nur so öffentliches Geld aufzustellen gewesen war. 2 Tage in Arad, 4 in Szeged. Erstere: nutzlos, man macht dort auf eigenständig und frei, man tut aber nichts anderes, als sich den Mittel- und Westeuropäern andienen und versuchen, Einladungen dorthin zu bekommen. Das Land rundum ist faszinierend, das Banat, flach wie das Meer bei Ebbe und an der Küste rund um Ostende oder zwischen den deutschen Nordseeinseln. Sehr eigen, sehr beruhigend und irritierend zugleich. Sehr arm auch. Szeged hat hingegen eine ganz gute Universität für Sprachen (sogar eine Fakultät für das Deutsche) und einige Kleininstitute für Musikangelegenheiten, sowie natürlich, wie stets in solchen Ländern, für das, was sie Volksmusik nennen, aber doch auch für Bereiche zur Kooperation zwischen jenem Volks-, also vor allem Zigeunermusikalischem, so sagen sie selbst, das gerade noch übrig ist, und Hochstilmusik, wie man da immer auch noch sagen darf, gemixt mit Einflüssen aus aller Welt. Jaja, Globalisierung, die Angebote im Netz sind auch hier angekommen. Zum Glück hat man teilweise die schrecklichen und einseitigen Schulen nach Bartók und Kodály überwunden bzw. ziemlich kritisch beäugt. Wütende Proteste der ungarischen Hardcore-Nationalisten sind die Folge gewesen. Aber es erweist sich schon, wie ich immer wieder gesagt habe, dass die beiden und ihre Schulen nur das aufarbeiteten oder als Eigenkompositionsmittel verwendet haben, was ihnen in den Kram passte. So viel bloß im kritischen Zorn angeführt. Ich muss mich zügeln und wieder weitererzählen. Also. Ja, ich habe meinem Leben noch einmal, wieder einmal einen Tritt gegeben. Nein, falsch, mein Leben hat einen Tritt bekommen. Okay, ich habe zudem jemanden kennengelernt. Das kam schließlich schon ein paar Mal vor. Ich weiß. Aber ich weiß nicht, wie das weitergehen kann. --- Wieder schreibe ich lächerlich. Aber ich denke mir – ich bin einfach (wieder einmal?) irgendwie an einer Schwelle. Ich würde nach Berlin fahren, kommen, reden. Bist Du da? Erzählen. Und. --- Ach. Ich schreibe das auch als Brief jetzt, weil es doch notwendig ist, sich damit und dabei neue Strukturen zu überlegen. Ja, ich schreibe schlecht, dumm.

Edgar per Mail, ein paar Tage später.

Danke. Ich überlege. Air Berlin hat alle Angebote. Komme für einen Tag. Sage per sms noch wann.

Edgar per Mail, zwei Tage später.

Danke. Nein. Kann auch im Hotel wohnen. Nein. Ich komme allein.
Ja, mir geht es gut.

Edgar per Mail, drei Tage später.
Mein lieber Emmi, bitte verzeih. Ich schaffe das nicht. Ich schreibe Dir noch einmal alles in einem Brief.

Edgar per Mail, ein Tag später.
Mach Dir keine Gedanken. Es ist nichts. Ich muss mit der Sache selbst einmal zu Rande kommen. Du hörst von mir.

Edgar in einem herkömmlichen Brief, rund drei Monate später.
Mein Lieber und lieber Freund.
Ich sitze in Wien. War zwischenzeitlich noch zwei Mal in Ungarn.
Am Rande.
Es geht mir gut und gar nicht gut.
Irgendwie hab ich mich verkauft.
Und freue mich sogar darüber.
Du wirst viel erfahren.
Lass mich ein paar Tage noch warten.
Dann will ich sowieso einmal alles zu Papier gebracht haben.
In Reihenfolge.
Es ist so seltsam.
Ich kann es auch noch nicht anders ausdrücken.
Natürlich habe ich auch Angst.
Allein, die hatte ich im Grunde immer.
Herzlichst Dein Eddie.
Grüß mir Berlin.
Wäre jetzt lieber dort. Wäre jetzt lieber sozusagen im Früher.
Und Du?

Ich schreibe nicht nur für Dich, für alle vielmehr.
Aber Du bist ja, wenigstens hast Du mir das so erzählt und wenigstens bist Du es zum Teil, familiär, wie schon entschuldigend einmal gesagt, aus dieser Gegend.
Die Mischung: Nicht nur Deutscher/Berliner/Westler, sondern auch Ungarn, Rumänien, Banat, Serbien.
Der Versuch also. Es wird ein längerer. Zugegeben.
MEIN VERSUCH genannt.
Eine Briefbeilage. Wieder aus dem Laptop gedruckt.
Dort drinnen aber weiterhin stehen gelassen, wofür? Man weiß es nicht.
Nein, besser also, es bleibt dabei: Ein Versuch. Auch zugegeben.
Ein Versuch nämlich, alles das in ein paar Sätzen darzustellen, zu berichten, in ein System zu zwängen.
Das auch um es auszuschicken – über … – oder nie?!

GEDÄCHTNISSTÜTZE UND SCHLIMMES GEGENTEIL
Vorgeschichte (in Scherbenteilen, in Fetzen):
Wir hatten Musik, in Arad und Szeged (dort viel mehr und dichter), es gab ein paar Präsentationen von Projekten, die Tage sind inhaltlich interessant gewesen. Ich hörte ausnahmsweise manch Neues, Un-Erhörtes. Rund 30 Leute. Aus verschiedenen Ländern. Alle sprachen deutsch – zum Glück. Mittags und abends recht gutes Essen, kein exorbitantes Saufen oder Haschen rundum.
Szeged liegt an einem Flussknie und reicht bis nach Serbien hinein, hat einen der größten Hauptplätze der Welt, bewaldet, faszinierend, vom Turm des Rathauses sieht man angeblich nach Rumänien hinein, dieses Banat ist irgendwie beruhigend. Dort. Noch. (Im Norden dann, die ungarische Grenze hinauf, bleibt es das nicht mehr, wird geradezu böse.)

Am ersten Abend in Sz. schon kam sie dazu. Sie. Nennen wir sie Anita, so stellte sie sich nämlich vor. Ein Name, der mit A beginnt, ich mochte das immer. Sie nannte sich aber auch Annina, Anika, Annaliesa. Egal, es war solches wohl vor allem eine kleine Kokette-rie ihrerseits. Das heißt aber! Sie stellte sich nicht vor. Sondern sie kam den langen Flur im oberen Flügel der Hochschule, ein übliches, historisierendes Monarchie-Gebäude, entlang und daher. Ich stand eben vor der Tür zum Seminar- und Kammermusik-Raum. Sie bog knapp und scharf vor mir ab, betrat einen Balkon (wie gesagt, ein Riesenschulgebäude von ehedem, mit Zier und Galerien außen). Sie gab mir einen Wink mit dem Kinn. Ich folgte ihr, einfach so. Dann standen wir draußen in der Dämmerung. Sie rauchte, fragte mich, ob ich zu diesem aktuellen und komischen Seminar drinnen gehörte, sie wolle jetzt einmal zuhören, sei Absolventin, ja, sie komponiere auch und hätte es parallel dazu mit der kruden Mathematik. Aber, keine Sorge, sie sei keine von solchen Weibern (sic), die sich aus allem nur das Sentimental-Befindliche herauszögen, quasi Kunst und Wissenschaft als Astrologie. Ich lachte darüber. Mir gefiel das. Ich fragte sie sogleich, wohl um sie zu ärgern, unter welchem – apropos – Sternzeichen sie denn geboren worden wäre. Sie sagte mir, sie sei an einem 23. Mai zur Welt gekommen, im Tschernobyl-Jahr, was man wahrscheinlich an ihr spüre. Ausstrahlung, Leuchten und so, haha. Sie ist eine Erscheinung gewesen. Eine wirklich schöne, aparte junge Frau. Ich habe ihr Zeitlupen-Herannahen wie eingebrannt noch immer im Kopf, so schwingend, die mittellangen Haare in die Gegenrichtung bewegend, die spitze Nase, die helle Haut, der wundersam gerundete, aber schlanke Körper. Ich schwärme, zugegeben. Es gefiel ihr unser selber Geburtstag. Wir sind sofort per Du gewesen, was aber in Ungarn nichts Außergewöhnliches ist. Sie sprach auch gleich davon, schon verheiratet gewesen zu sein. Ein

Irrtum ihrerseits. Ich machte mich sofort über den Ex-Gatten lustig, vordergründig lächerlich-charmant, dass der doch ein Idiot sein müsste, so jemand wie sie aufzugeben. Sie meinte, sie selbst hätte den Gesellen sogar hinausgeschmissen. Wir scherzten weiter flach. Wundersam. Jawohl, ich schwärme beim Nacherzählen, abermals zugegeben.

Der erste Teil der Hauptgeschichte (ein paar Punkte, Fakten nur):
Sie hatte Komposition studiert. Sie hatte Mathematik studiert.
Sie beschäftig(t)e sich jetzt mit der Zahlenlehre.
Genauer gesagt mit den Primzahlen. Irgendwie, anders ginge es sowieso nicht.
Auch in dem Wissen, dass seit Jahrhunderten die tollsten Mathematiker hinter dem Primzahlen-Bau-und-Ablaufsystem her wären, dass es nicht gelöst werden könne (angeblich), dass dort noch immer weltweit und hektisch gesucht und dass jetzt dafür bereits ganze Computer-Blöcke ebenfalls weltweit vernetzt würden, und dass vor allem fast jedes Mathematik-Genie, das sich mit der Primzahlen-System-Suche süchtig gemacht hatte, daran zerbrochen oder überhaupt mit den Primzahlen verrückt geworden sei. Aber – so ihre feste Meinung – würde man doch hinter das System kommen und das, übrigens ähnlich dem System der Quanten im Atom, darstellen, dann, ja dann! Dann? Dann käme man so auch aus der aktuell festgefahrenen Musik und dem Neumusikmachen von heute endlich wieder heraus. Denn, seien wir doch ehrlich zu uns, seit vielen Jahren ist die Musik, sind die Neukompositionen immer gleich, fast food, auswechselbar, egal ob Pop oder Volkstümliches oder scheinbar dem Atonalen weiterhin Huldigendes. Und so fort. Aber egal. Das interessiere mich/dich doch sowieso nicht. Einen Komponisten wie mich; einer der sich darin gefällt, möglichst Schräges und Un-

verständliches unter die Leute zu bringen, und der dafür auch noch Geld bekommt, weil sich eben diese Geld-Leute schämen, die Musik von mir nicht zu verstehen, es aber sich nicht einzugestehen trauen, sich selber nicht und vor der übrigen Welt schon gar nicht.
Wir redeten viel.
Der Gedanke von den Primzahlen und der Musik war faszinierend. Er ließ mich nicht so recht los.
Ich verstand aber zunächst (und auch später noch) kaum was.
Also von dem Auftauchen jener ganzen, ungeraden Zahlen in Gruppen, von den Doppel-Ziffern und den Zwillingen, von der faszinierenden Tatsache, dass es noch mehrere Parallelebenen gibt (also etwa die Schlusszahl drei und die aufsteigenden Abläufe dann), dass aber (dafür arbeiteten seit ein paar Monaten erst die vernetzten Computer so richtig) Primzahlen mit Millionen und Abermillionen an Stellen vorkommen, solche auch, die wie plötzlich auftauchen, und dass es dann sogar noch oder erst recht dort zu Zwillingen kommt mittels zweier Monster-Zahlen, eine jede eine Prim, ungerade einander gegenüberstehend, nur durch eine Gerade getrennt, die, würde man alles auch ganz klein aufschreiben wollen, es allein bereits die Wände einer ganzen Wohnung füllte. Wie beim Wittgenstein …
Aber plausibel schien es mir, dass man die Unendlichkeit der Musik mit einem entdeckten System von Primzahlen erklären, nein, besser, kompositorisch neu füllen könnte.
Ich probierte herum, noch in der Szeged-Hotelpension. Agierte weiter im Kopf herum. Legte die Primzahlen zwischen 1 und 100, die ja leicht aufzuführen und zu reihen sind, an beliebige Musik, vor allem des klassischen Bereichs, aber auch einfach an neu ausgedachte Kleinkompositionen, die man gut ohne viel Aufschreibens im Kopf fabrizieren kann.

Lösungen? Nein.
Weder für die Musik noch für die Primzahlen.
Es musste, wie so oft, wie bei Vielem, etwa im Psychischen oder im Genetischen, woanders liegen, mit einem anderen Zugang agiert werden; mit einem Zugang, der dann, hatte man ihn betreten, voll einfach, plausibel, ja geradezu lächerlich erschiene.
Ich saß Nachstunden-lang vor dem Internet. Es gibt dort sehr gute und einführende Artikel. Aber eben auch stets mit dem Hinweis, dass letzte Beweise für ein System, für einen Bau, einen Überbau für Primzahlen fehlten und wahrscheinlich immer fehlen würden.
Aber, vielleicht wäre es umgekehrt?
Das mit dem Zugang.
Das mit dem Beweis.
Das mit der Musik.
Gleichsam: Die Primzahlen verhalten sich wie die Waldsteinsonate Beethovens.
(Und bitte! Jetzt nicht sofort nachfragen, was das heißen, bedeuten könnte!)
Am letzten Szeged-Tag traf ich Anita, allein. Sie hatte unsere Veranstaltung und die Musik in der Akademie nur gelegentlich besucht. Wir gingen, nur wir beide, in die Altstadt, dort in einen, wie sie meinte Studentenkeller, wo es billig sei, auch so laut, dass man sich für sein eigenes Gequatsche nicht allzu sehr schämen müsse; ein wenig düster – und so weiter halt.

Der zweite Teil der Hauptgeschichte:
Der Abend war fein. Wir tranken die Spirituosen der Gegend. Barack natürlich, den klebrigen Kirsch der Ungarn und den Slibo der Serben, dann noch den Absinth des Hauses (wenig, sehr wenig zum Glück).

Ich erzählte ein bisschen von mir, was ich ja sonst nie tue. Ich sprach, und tat dabei ganz ernsthaft, davon, wie sehr mich ihr Primzahlen-Musik-Projekt beschäftigte.
Ein Verabschieden in den dunklen Gassen. Ein Kuss, noch einer, noch einer.
Zurück nach Wien (im Zug, Speisewagen, alt und daher sehr fein, Umsteigen in Budapest weniger fein, dort wo sich nämlich schon, im Augenblick wohl noch Jahre dauernd aber eben schon, in der Form einer sich bereits abzeichnenden mitteleuropäischen Großkatastrophe aber in Form von Flüchtlingswellen so manches abzeichnet und wo die Taxis – man muss in der Hauptstadt die Bahnhöfe wechseln – so korrupt sind wie nirgendwo sonst in Europa).
Nach drei Tagen fuhr ich voll Eifer und Beklemmung retour, nach Szeged.
Und A. ließ sich – sozusagen – wiedersehen, wieder treffen. Sie, am gleichen Tag geboren wie ich, nur 18 Jahre danach.
Ich hatte mich telefonisch angemeldet. (Nein, hatte telefonisch gebeten, nein, beinahe gebettelt, wiederkommen zu dürfen). Ich hatte die Primzahlen und mein musikalisches Interesse daran vorgeschützt. Sie hatte mich offenbar verstanden oder durchschaut oder was weiß denn ich?
Sie holte mich am Bahnhof zu Szeged ab. Sie hatte ein Hotelzimmer besorgt für mich. Als wir dann vor dem Hotel angekommen waren, meinte sie, ich war noch immer uneingecheckt, grinsend, ich könne ja auch bei ihr schlafen, die Wohnung, eine Behelfswohnung nach der Scheidung, sei klein, nicht ungemein sympathisch und aufgeräumt, aber dafür eben gratis; das Zimmergeld könnten wir ja wieder vertrinken. Anita rauchte viel. Manchmal eine Zigarette nach der anderen. Sie stank. Aber ich merkte es nicht, wollte es nicht bemerken.

Der dritte Teil der Hauptgeschichte:
Ich blieb eine Woche bei ihr. Ich hatte in Wien alles abgesagt, gecancelt, mich krankgemeldet. Es war ein ziemlich warmer Juni. Anita (Annina, Anika, Annaliesa), die halbtags sich als Lehrerin in einer Berufsförderungsschule mit Rechen-Nachhilfen finanziell über Wasser hielt, hatte ebenfalls eine Auszeit, eine Abtauchzeit genommen. Für mich? Auszeit! Und zwar! Bevor ich noch in Szeged angekommen war. Nicht irgendwie und irgendwann abgesprochen zwischen uns also, ja, sie hatte sich freigenommen, bevor sie mich in ihre Wohnung abgeschleppt hatte, bevor wir über die kommenden dann eben beinahe acht gemeinsamen, engen, fast immer verknoteten Tage, verknotet körperlich und geistig und musikalisch, verknotet im Absurden schließlich, bevor also wir noch darüber gesprochen, die Zeit und eine Lust dazu überhaupt befragt hatten.

Der vierte Teil der Hauptgeschichte:
Primzahlen, es lassen sich mit denen mehr Basteleien anstellen als mit überkomplizierten Sudokus. Die Querverbindungen, Kreuzungen, Parallelitäten, Haufen! Ja, mehr noch, es hat manchmal den Anschein, als höhnten der Ablauf oder die Anordnungskataster die Nachforschenden. Ein Gottesbeweis? Was weiß ich? Tja, jene arme Nachforschenden. Seit Jahrhunderten. Riemann, Mersenne, Gauß, Fermat, Euler und die über hundert heute noch Lebenden, solche Super-Mathematiker in ihren Klausen oder auf ihren Lehrstühlen, dauernd im Austausch vor den Computern, um nur ja nichts zu versäumen oder sich von der Meute reinlegen zu lassen, selbst aber kaum gewillt, eine frische Idee auch mit irgendwem nur zu teilen. Diese Leute, die sich frugal zu nähren scheinen von ihren Modulräumen, Zetas, Primzahlenflächen und so weiter; die nichts anderes

tun, als massenweise fette fast-food-Mathematik zu betreiben. Die besten mathematischen Geister, solche auch, die alles nach Formeln von der schwierigsten integralen Herkunft und in überbordende, schwer überschauende Wurzel-Gleichungen darzustellen versucht haben. Sie fallen doch wieder wie beim Tilt im Automaten oder wie ein Ikarus oder Phaeton vor der Sonne zurück in den, na ja auf den Ausgangspunkt. Immer wieder. Parallelen von Primzahl-Auftritten mit dem Quantensystem hat man angeblich schon gefunden. Die Beschreibungen klingen wie die Lektüre eines Kinderbuches. Es ist so wie mit der Kunst, wie mit der Musik. Das Schöne ist das Ganze für Geist und Seele. Im Versuch, die bedingenden Einzelheiten zu durchschauen oder denen wenigstens irgendwie auf die Schliche zu kommen, daran scheitern wir. Gut so.

[Die eins – 1 – darf man übrigens gar nicht dazuzählen, weil sie in sich ruhend bleibt, dabei leicht alle anderen Zahlen verhöhnend, so wie wahrscheinlich das Allerallerinnerste im Atom, um das sich erst die Quarkse und die sonstigen Gleichzeitigkeiten in Dualismen bewegen oder auch nicht, diese mindestens zwei Dinger, die da herumhüpfen, permanent, gleich und ungleich und gleichzeitig und auch wieder nicht, ein permanenter statischer Urknall, jedenfalls der Ruhepunkt per se; in der Musik nicht vorkommend, oder eben doch?; und dann erst die Weiterführung, eine eben bis zu Milliardenstellen; und dann, sollen wir es eigentlich erlauben, die zwei – 2 – dabeizuhaben? – was aber auch manchmal angezweifelt wird, vgl. die Dualität, die das Innere des Atomkerns bedingt; also, aber jetzt: 3, 5, 7, 11, 13, 17, 19, 23, 29, 31, 37, 41, 43, 47, 53 …

Oder auch, und damit kommt/kam man noch am ehesten vorwärts, weil sich damit entkrampfend, entknotend: Die Teilchenphysik und deren zusätzliche Bereiche nach Quarx und Quatsch, die angeblich noch viel tiefer in irgendwelche Innere, Innereien

der Materie, dringen, Mesonen und Baryonen und ein paar andere mehr, diese Axolotln die werden von ihr selbstbeschrieben, als wäre man auf einem Rummelplatz und betrachtete glücklich die bunten, herumschwurbelnden, herumfliegenden Gefährte in Zeitrelationen, die nicht mehr darstellbar sind, aber angeblich gemessen werden können; woher nimmt die Physik eigentlich die Frechheit, das, was man nie wird sehen können, für das es keinen Beweis aus der Erfahrung gibt, genauso zu beschreiben wie unsere erfahr- und erkennbare Wirklichkeiten, aber man es wie justament 1 : 1 tut? Haha … und dann erst gar diese Myrons und Hadrons und Leptons und deren Eigenschaften, die alle durch die Atome gondeln. Alle von den Sekten- oder Ordens-gleichen Physikern mit kindischen Begriffen und Gemeinplätzen ausgestattet. Denk bloß daran, dass die alles, was sie in der Mikro-Mikro-Natur irgendwie zu durchschauen glauben, aber nie anschauen können werden, schön nennen. Ihre Higgs-Teilchen gar gemessen in Myonen – es kommt mir dieses „System“ sowieso vor wie in Finnegans Wake mit Shem und Shaun.
Nein, noch präziser. Es geht in der Physik zu, in der Teilchenphysik und im Kern des Atomkerns, wie bei Tick, Trick und Track. Da loben wir uns doch die Primzahlen, auch wenn wir alle aufschreiben und doch nicht erkennen können, warum sie so und wo sie so und nach welchem System sie so auftreten. Oder? Oder, so sie, die A., „ist es nicht ganz fein, dass wir über was reden können, das vielleicht gar kein System aufweist? Wie das Leben vor dem Tod? Von einem Nachher plaudern wir lieber nicht.“]
DAS WAR NUN ALLES SCHWER ZUM VERSTEHEN? CHAOTISCH, EIN SAMMELSURIUM VON DINGEN, DIE NICHT ZUSAMMENPASSEN? UND DESWEGEN BIN ICH JA SO KONSTERNIERT UND AN DER GRENZE.

Wir sprachen darüber, lachten dabei, lagen am Bett und tranken Rotwein, zwickten und streichelten uns. Wir höhnten die Wissenschaft von den Primzahlen, weil sie nur die dem Geist scheinbar zuwiderlaufenden Formen und Folgen betrachtet und betrachten kann, also in immer größeren und diffizileren Kreisen herumläuft. Weil man nur nach vorn blickt dabei. So wie die ganze Teilchenphysik und die Mathematik, welche Abstraktes sucht und dabei vorgeht wie ein Tatort-Kommissar. Oder besser, eine Tatort-Kommissarin, also mit der Strenge einer Lehrerin und dem Befindlichkeitsdusel einer grünen Gender-Beauftragten. Immerhin. Die Betrachtung von Kunst hat all denen viel voraus. Nämlich: von vorn nach hinten und von hinten nach vorn. Und wenn Gott keinen Anfang und kein Ende hat, wie das die christlich-jüdischen Religionen so behaupten, nein, streng und stur von ihrem Gott einfordern, dann haben die Zahlen so was Begrenzendes auch nicht und auch nicht wirklich gute Musik, die kreist sowieso in sich selbst. Die kann man anpacken, wo man will. Immer verweist sie auf ein System, das sich aus jedem Punkt nach vorn und zurück gleichermaßen ausbreitet. Sie ist nur zeitgebunden im tatsächlichen Erscheinen für den Menschen, seine Erfahrungen mit ihr und seine Erkenntnisse aus ihr.
Musik ist in der Zeit. Zeitungebunden zugleich. Ist sie als Zeit Gott? Dummes Gequatsche.
GOTT ALLEIN BEREITS HAT KEINE ZEIT, HAT ER SIE VERLOREN?
NIE EINE GEHABT?
WIR ABER SIND ZUM GLÜCK AUCH ZEITGEBUNDEN:
HÖREN IRGENDWANN AUF UND KEHREN NICHT IN UNS SELBST ZURÜCK, WIE ETWA GUT GEBAUTE MUSIK, GEHEN DRAUF MIT IHR? – Anita fasste mich bei diesen Sätzen fast angstvoll fest an den Händen, krallte sich fest –.

GOTT IST ENTWEDER SELBST DIE ZEIT ODER ER HAT EBEN GAR KEINE.
ARMER GOTT!
Wir hörten währenddessen – apropos ein System, drinnen und zugleich in der Verarbeitung, algebraisch absurd, welches nach vorn und nach hinten hin stimmt und nur noch von der Ausführungszeit abhängig ist, aber das hat eben zu tun mit unserem Erfahren und Erkennen – also, wir hörten dabei die Waldsteinsonate Beethovens (es gibt viele Aufnahmen, keine ist wirklich gut, aber das betrifft fast jede außerordentliche Musik) und freuten uns, wenn wir meinten, die ganze weiterhin ja sensationell gebaute, abstrahierende, sich selbst zerfetzende Durchführung des ersten Satzes sei der Beweis für eine Form und ihr System, welche hinter den Dingen stecken, und auf die man sowieso – das wäre nämlich der Schöpfungsplan – nicht draufkommen sollte. Verbinde man aber Dinge, auf deren Konnex niemand käme, weil die Leute generell zu blöd sind, dann gibt es plötzlich andere (bald vierte?, fünfte?) Dimensionen. Und arbeite man dann auch noch mit scheinbar unzulässigen Abstraktionen als Basis für den neuen Konnex, für das Übereinanderlegen der Systeme, so wäre man sowieso bald baff.
Oder ist es mit den Zahlen und den Mini-Bestandteilen im Atom und dann eben mit der Musik genauso? Es geht um ein Sich-Selbst-Zerfetzen, um einen permanenten Urknall. (Setzt man eine Zahl, dann verursacht man einen Urknall, denn zuvor ist sie ja noch nicht dagewesen, nur als Idee, mehr nicht. Und beim Noten-Setzen zu Kompositionszwecken verhält es sich ebenso? – Tja.)
Einmal sagte sie, ich verstand das gar nicht, damals noch. „Drum mache ich vielleicht diesen Primzahlen-Unsinn mit und in der Musik. Das An- und Übereinanderlegen oder -liegen, Verknoten, kurzfristig wenigstens; und vielleicht doch ein neuer Konnex oder

gleich Kontinent. Das Glück, dass wir eine Kurzzeit haben, die nach vorn und nach hinten geht. Wohin? Du begreifst es nicht. Ich auch nicht. Aber sich daran klammern hilft, die Ängste zu überwinden."

Aber dann meinte sie, um mich zu beruhigen, wahrscheinlich, denn ich dürfte dumm-entsetzt dreingeschaut haben. „Édgar. Félévende rantevú. Hab nicht dauernd so viele Sorgen! Was sind schon Zeit und Leben? Wir arbeiten uns dabei bloß hinein wie in ein Gestrüpp. In irgendwas. Nicht wert eigentlich. Und an den idiotischen Primzahlen in der Musik und mit der Musik hab ich es erkannt. Pass auf! Wir leben sowieso in einem Ideen-Geröll. Tasten uns an Abgründe heran. Schlagen um uns mit Verwirrungen, Täuschungen, Blockaden und Unsinn. Ein großes, breites, tiefes Chaos. Das ist unser Leben. Das ist Leben, das Leben, überhaupt. Wir wissen weder wo vorn und hinten, oben und unten, und wenn es vorbei ist, wissen wir, dass das Wissen egal. Wir sind nicht einmal bei Sackgassen und Holzwegen uns sicher. Oder dann, wenn wir vor der Wand zum Stargate stehen, grau, aber wir müssen hinein, hindurch, und sei es mit einem Kopfsprung, aus dem wir nie mehr zurück auftauchen können."

Ich schaute daraufhin wahrscheinlich noch dümmer drein.

Jedenfalls, nochmals, ich wiederhole mich nun schreibend bewusst: Wir lauschten (ja, lauschten) dabei also der Waldsteinsonate Beethovens (es gibt viele Aufnahmen, keine ist wirklich gut, aber das betrifft fast jede außerordentliche Musik, die op. 111 genauso) und freuten uns, wenn wir meinten, die ganze weiterhin ja sensationell gebaute, abstrahierende, sich selbst zerfetzende Durchführung des ersten Satzes sei der Beweis für eine Form und ihr System, welche hinter den Dingen stecken, und auf die man sowieso – das wäre nämlich der Schöpfungsplan – nicht draufkommen sollte.

Anita (ich versuche mich an die Worte und Sätze zu erinnern, es geht – noch – leicht): „Was macht eine wirklich gute Musik aus? Abgesehen davon, dass sie Drogencharakter besitzt und die Logik zugunsten von Gefühlswallungen außer Kraft setzt? Man muss mit ihrem Bau, ihrem Zusammengehen innerhalb der Stimmen, egal ob harmonisch, kontrapunktisch oder rhythmisch gesehen, auch Zweit- und Drittebenen verfolgen können. Aber nicht nur im Sinne einer musikalischen Rhetorik oder Bedeutungslehre, sondern noch viel mutiger. Und dabei ist es vollkommen egal, ob die Komponisten das auch so haben wollten oder es beim Musik-Erstellen gar nicht bemerkt haben. Beethoven in der Waldsteinsonate? So halbe halbe würde ich sagen. Man muss sich trauen, zurückzunehmen, oder vielmehr noch umzudrehen. Die Analytik in der Kunst und die Primzahlencapos kommen nie auf die Idee, dass man auch in sich reduzieren kann in den Flächen und Ketten, die würden beispielsweise sich schon keine schlichten Subtraktionen zutrauen. In keiner der Primzahlen. Die sind heilig. Da muss immer nur vorangeschritten werden. Wie in der Musik. Die Waldsteinsonate rattert auch dauernd dahin und nach vorne. Aber jede Abspaltung drinnen, und aus inneren Abspaltungen eines in die Trans-Welt-Galoppierens ist sie gemacht, ist auch als ein Zusammenziehen anzusehen. So wird etwas Neues. In jedem Takt. Und – Buzikam – wenn wir das bei diesen hinterlistigen Primzahlen versuchten und ihnen damit auf die Schliche kämen! Dann bekämen wir den Nobelpreis."
Anita (kurz darauf): „Ich weiß gar nicht, was ich bei der Nobelpreisverleihung anziehen würde. Man muss da, glaube ich, im langen Kleid erscheinen. Ich habe keines. Aber wir würden eines kaufen dafür und davor. Ja? Und um das restliche Nobelpreis-Geld gingen wir in die Magellan-Straße und in den Beagle-Kanal schwimmen."

Wir verbrachten die restliche Zeit wie die Kinder zu Ferienbeginn. Auch wenn mir auffiel, dass Anita immer wieder wie abwesend war, bedrückt? Sie schien noch woanders zu sein, wie es manchmal heißt, mit den Gedanken. Ich hatte sie im Verdacht, dass sie noch ein wiederum neues System ausbrüte.
Anita (später): „Weißt du es schon? Mein Lieber! Du bist toll in der Musik. Aber davon, wie man die Mathematik drankriegt, davon verstehst du nichts. Also. Ich sag dir einen Hilfe-Begriff – Ziffernsummen, und mit denen dann was anstellen; so wie wir unter der Decke!"
Es war, ich weiß es nicht zu deuten oder zu behaupten und auch nicht wirklich zu glauben, vielleicht/wahrscheinlich der Ansatz. Zurück! Im Schriftbild nach links sozusagen, und neu zusammenzählen und wieder zu abstrahieren. Wie beim Musikhören. Musikerleben. Auch.
Anita: „Machen wir es beispielsweise und nur sozusagen im ersten halben Hunderter. Das reicht. Mehr haben wir sowieso nicht an guten Lebensjahren. Vielleicht noch viel weniger. Es muss ja immer funktionieren. Das System, nach vorn und hinten. Nicht das Leben. Leider …"
O.k., ich machte mit. Von oben nach unten Ziffernsummen. 8, 11, 7, 5, 10, 4, 11, 5, 10, 8, 4, 2. Dann – es war ja nur exemplarisch und müsste auch bis in die Primzahlen mit Milliardenstellen anwendbar sein – abermals von hinten, wieder zusammengezogen. 2, 4, 8, 10 (oder auch Null, weil wir die Ziffernsumme von 10, also die 1, nicht verwenden dürfen, die ist ja der starre Urknall), 5, 2, 4, wieder Null, 5, 7, 11, 8. Und wieder umgedreht. Dann wäre es der Ausgangspunkt der perfekten 8 (das Waldsteinsonatenrepetitionsthema oder 3 × die 2, also die Basis jeglichen Zählens), dann heruntergezählt in Primzahlen, dann (wie auch in jeder guten Sonatensatz-Durchführung) parallele Spiegelungen des Materials.

Wir hatten perfekt das Problem der Form für Primzahlen wenigstens im Ansatz gelöst und zugleich auch das Wesentliche für gute Musik neu formuliert?
UND ES WAR EINE WELTSENSATION FÜR UNS UND ZUGLEICH EGAL!
Nach vorn und nach hinten, zurück also und rückwärts. Und dabei hatten wir noch gar nicht die Nullen ins System aufgenommen; also: erstens die Null, die, wie die eins und vielleicht die zwei zunächst gar nicht vorkommen darf, aber die sich dann dauernd doch behauptet, okay Dezimalsystem, dann zweitens die Null in Riesenziffern mittendrinnen, was dazu führt, dass sie ganze Ketten bildet; und drittens die Tatsache, dass das mit dieser eins genauso passiert, dass damit (so weit sind die Mathematiker auch) der erste Beweis möglich wäre, mit der Position der Ketten und Häufungen innerhalb der Ziffern, dass man – so weit aber kamen fast nur mehr Anita und ich – auch hier erst spannend die Ziffernsummen positiv und negativ ziehen könnte mit der Null als Anti-Ferment; und dass, viertens, alles wieder wie in der Spiegelung und Abspaltung bei kompositorischen Durchführungen neu bewiesen sei und darzustellen wäre, als vergleichsweise ganz simples Rasterbild, das eben nicht nur, dahinmarschierend aber nur nach vorne; aber lächerlich nach vorne dahinmarschiert wie die Primzahlenreihen ad infinitum; denn ein ad infinitum müsse es auch rückwärts geben. Ich: „Wie in der Waldsteinsonate". Sie: „Retour. Ein Trichter. Bis in ein selbstbestimmtes Ende."
Mir war im Augenblick aber im Grunde überhaupt viel egal.
Ich genoss mein Leben mit Anita. Die wenigen und zugleich vielen Stunden.
Ein Satz von ihr vielmehr, gemünzt auf mich?, blieb mir, neben vielen, ganz besonders im Gedächtnis. „Wenn wir uns mit Musik

beschäftigen, Musik machen, auch nur anhören, dann sind wir ja gemeinsam mit denen, die sich diese Musik ausgedacht haben, sie komponierten vor allem. Wenn wir deren Musikstücke lieben, dann sind wir ja, gern, oft gemeinsam mit denen. Enger und häufiger also, als mit beinahe allen anderen Menschen. So wie mit dir.“
Zwei Tage vor meiner Abreise war sie für mehrere Stunden verschwunden. Sie hatte sich plötzlich, wir saßen in einem Café, verabschiedet.
„Du hast den Wohnungsersatzschlüssel. Ich komme zurück. Sicher. Fast. Nicht warten. Nicht sorgen.“
Des Nachts ist sie wieder dagewesen. Kuschelnd aber unzugänglich.
An meinem letzten Tag in Szeged war sie lustig-zerstreut.
Wir redeten nun nicht mehr über Musik oder die Primzahlen. Scheuer geworden.
Sie erzählte mir eher belanglose Dinge aus ihrer Kindheit. Ich kochte, lange. Mit Ingwer und Safran. Wir hatten ein ebenso langes wie stilles Abschiedsessen, das keines war – so meine Hoffnungen, nein, meine Überzeugung. Ich trank viel zu viel, ja, beklommen.

Der fünfte Teil der Hauptgeschichte.
Des Nachts war sie wieder kuschelnd-unzugänglich. Sie sagte mir nur schon vor dem Anheben meines Einschlafens: „Ich habe viel erfahren, jetzt. Gelernt auch. Es ist so manches abgeschlossen worden. Ich werde wohl die Konsequenzen ziehen. Nein, Buzikam, keine Angst, es passiert nichts und nichts mit dir. Aber ich habe sowieso schon so viel erlebt und erkannt. Ein ganzes Temora-Epos könnte man füllen damit.“ Temora-Epos …? Ich fragte nicht nach, denn ich schlief betrunken ein, währenddessen. Daher kann ich auch nicht sagen, ob sie noch weitergesprochen oder Wesentliches erzählt hat.

Wir standen am Bahnhof. Ich plapperte davon, sobald als möglich wiederzukommen oder sie spätestens im eintretenden Sommer in Wien bei mir zu sehen.
Anita: „Ich muss mir die Zeit neu ordnen. Wie die Primzahlen mich zurückziehen, Summen machen, und nochmals Summen, bis fast nichts mehr übrigbleibt. Dann ist das System erfüllt. Wie gestern schon gesagt, auch wenn du im vollen Alk-Dusel das vielleicht gar nicht mehr mitbekommen hast. Aber ich habe schon genug an Glück bekommen, so dass ich jetzt über zukünftiges Glück noch nicht nachdenken will. Kann."
Die Eisenbahn gab störrisch und ungeduldig das Abfahrtszeichen (Szeged ist ein Endbahnhof Ungarns, vor dem etwas anders auf Schienen laufenden Serbien).
Ich: „Bis bald."
Sie: „Ja. Aber ja."
Ich (einsteigend): „Ich komme, sobald es geht."
Sie: „Ja. Aber ja."
Ich: „Wäre es nicht so kitschig in dieser Film- oder Theatersituation, ich würde dir eine Liebeserklärung machen."
Sie: „Ja. Danke. Ich wahrscheinlich auch. --- Bleib in guten Gedanken an mich. An die Frau Tod. --- Du, ich habe Krebs, fortgeschritten, unheilbar. Lass mich lieber, du Lieber. Es wird wohl nichts mehr."
Aber da hatte der Zug schon angezogen.
Doch, denn, übrigens: In Ländern wie diesen kann man auf manchen Strecken, so wie diese beinahe altmonarchistische hier, auch noch bei geöffneter Waggontür sich die letzten Worte zurufen.

Mit aller Bestimmtheit ist zu sagen, dass E. etwas perplex gewesen ist. Im Zug. Dass er sich aber – noch und unschön eigentlich – keine

entsprechenden Gedanken machte. Dass er die Tragweite ihrer Abschiedsworte überhaupt nicht realisierte, nein, begriff.
Er schrieb ihr zwar schon nach zehn Minuten Bahnfahrt per Handy, dann kurz vor Budapest, dann vor der Abfahrt am dortigen Ostbahnhof (aus dem Speisewagen), dann rief er sie an, etwa in der Höhe von Tatabánya. Dann etwa ab der Stadtgrenze zu Wien. Sie antwortete nicht, sie hob nicht ab. Er telefonierte von daheim. Einseitig. Er versuchte es tags darauf und dann immer wieder. Es gab nur die Meldung, dass der Teilnehmer nicht erreichbar sei. Er fuhr am dritten wieder Richtung Szeged. Er rief Anita nach dem Bahnhofswechsel in Budapest an. Er bekam nur eine Band-Auskunft auf Ungarisch. Er fand eine junge Frau im Abteil, die, so ihre Lektüre, auch Deutsch verstehen musste. Er bat sie, ihm die Mitteilung im Handy zu übersetzen. Sie lautete etwa: Die Nummer ist nicht mehr vergeben. Er ließ sich per Taxi zu ihrer Wohnung bringen. Die war versperrt. Es öffnete niemand. Er fuhr in die Akademie, ermittelte ihre Dienststelle beim Mathematik-Nachhilfewerk. Er musste dort, es war Mittagszeit, bis 14 Uhr 30 warten. Dann ließ man ihn im Sekretariat eintreten. Dann dauerte es noch einmal eine Viertelstunde bis jemand aufgetrieben war, der auch ein wenig des Deutschen mächtig gewesen ist. Man teilte ihm – gedolmetscht – mit, dass er Anita leider nicht mehr antreffen würde. Sie sei tot.

Es ist dann noch zu sagen:
- Dass er nicht bis zum Begräbnis blieb.
- Dass er davor nur mit halbgeschlossenen Augen durch die Stadt lief, an den Fluss, über den Riesenplatz.
- Dass er niemanden sprach, der sie näher gekannt hatte.
- Dass er dennoch – schwierig – aber solche Dinge machen eben gern die Runde, herausbekam, wie sie gestorben war.

Er erfuhr: Es passierte morgens an dem Tag, nach welchem er zurückfuhr. Soeben, also irgendwie noch in seiner Aura. („Vor ein paar Tagen für mich Lebendigen; kaum mehr als eine Woche ist das her gewesen.“)

- Kein Abschiedszeichen, kein Brief, kein Hinweis für den Édgar speziell.
- Er bekam später noch eine Vorladung aus Ungarn. Man hätte eine Untersuchung angesetzt. Über den, wahrscheinlich freiwilligen Tod der jungen Frau. Dennoch. Und man hätte in Erfahrung gebracht, dass, er, Dr. Edgar Niehaus, der Frau in den letzten Wochen recht nahegestanden sei.
- Er bekam – später – noch die Einladung, sich an der Akademie einem Gespräch zu stellen. Man würde ihm auch dort gern ein Ehrendoktorat verleihen. („Ich lehne dankend ab.“)
- E. A. D. Niehaus fuhr vorsätzlich nicht mehr dort hinüber und hinunter, nach Ungarn/Serbien/Rumänien. Nie mehr.
- Dass man Anita (Annina, Anika, Annaliesa) erst zwei Tage nach ihrem Hinscheiden (es muss ein Frühabend gewesen sein) auf ihrem Bett in ihrer kleinen Wohnung gefunden habe. Sie war voll verkrallt, eingekrallt, verknotet mit zwei Decken in ihrem Bett gelegen.
- Sonst ganz entspannt übrigens. Ohne Entsetzen im Gesicht. Seltsam. Komisch geradezu. Schließlich hatte sie sich vergiftet.
- E. sang – zurück in Wien – unterhalb der Kirche Maria am Gestade, aber ohne viel Nostalgie, beinahe unbewusst, ein Schubert-Lied vor sich hin.
- Es sprach ihn diesmal und währenddessen niemand an.

Franz Schubert / Johann Mayrhofer: *Die Sternennächte* D. 670

In monderhellten Nächten
Mit dem Geschick zu rechten,
Hat diese Brust verlernt.
Der Himmel, reich gestrint,
Umwoget mich mit Frieden,
Da denk ich, auch hienieden,
Gedeihet manche Blume.
Und frischer schaut der stumme,
Sonst trübe Blick hinauf
Zum ew'gen Sternenlauf.

Auf ihnen bluten Herzen,
Auf ihnen quälen Schmerzen,
Sie aber strahlen heiter.
So schließ ich selig weiter,
Auch unsre kleine Erde,
Voll Mißton und Gefährde,
Sich als ein helles Licht
Ins Diadem verflicht,
So werden Sterne
Durch die Ferne.

Aber, er rekapitulierte während seines leisen Gesanges noch ein wenig dahin.

Denn in einem Philosophie-Erklärungsbuch hatte er einmal ungefähr Folgendes gelesen; es hatte sich der Text in ihm quasi für ein späteres Verwenden (für jetzt also) eingekapselt gehabt; er erinnerte sich beinahe wörtlich: *Es gibt keinen Gott, auch keine Gottes-Hölle. Oder? Gottes-Hölle ist ein starkes Wort. Eine Provokation, denn in der Regel denken wir die Hölle als den Wohnort des Teufels.* [es fehlt etwas …?] *Die Gottes-Hölle aber markiert die Hölle als Ort eines Gottes; stärker: Die Gottes-Hölle ist schlimmer, als es sich die ehemaligen Verkünder eines teuflischen Höllenfeuers je hatten vorstellen können. Die Hölle, natürlich weiß das die moderne Theologie, ist kein transzendenter Ort, wo Menschen gequält, geröstet, durchs Fegefeuer geschickt oder ewig verdammt werden.* […?] *Sündhaftigkeit … Die Hölle ist in uns … Die Gottes-Hölle? … Oder nur das, was wir Leben nennen (und es uns wieder nehmen können/dürfen) mit all den Atomkernbestandteilen genauso wie mit den Bausteinen zum Größten, was der Mensch – und nicht Gott, er ja nur behäbig in seiner Hölle – erschaffen hat, mit Musik als Besuch des Geistes in der Seele.* […] *Aber doch, die Gotteshölle liegt wie ein Schatten über aller Transzendenz, über allem Glauben, über allem, was wir als Glück ohne Geschichte begreifen: Dann ist Gott die Hölle.*

Und nun – noch vor dem Endspiel, das sich nicht runden wird, überhaupt nicht – ein paar, wiederum ausschließlich eigene biographische Notizen, generelle zunächst, selbstbezogen, nicht als Nachlass-Teil schon angedacht:
(Und ich merke, ich beginne schon mir immer mehr zwanghaft aufzuschreiben, ich bin in einem Alter, wo man sich nicht mehr alles merkt, merken kann und merken will, ich bin neugierig, ob das überhaupt weitergehen oder Folgen haben wird, eigentlich ist so etwas, „biographische Notizen"!, schrecklich spießig, das können meinetwegen der Goethe machen oder der Thomas Mann oder die ganzen Tagebuchschreiber zwischen Schnitzler und Proust, Franz Kafka, Max Frisch, Joseph Goebbels; aber doch nicht ich!, gleichviel.)
Wozu?

Wie viel bin ich wert?
Für mich später?
Für Leute später?
Biographen gar?
Es ist Eitelkeit dahinter.
Ich will nur mehr selten und gezielt für mich solche Notizen verfassen.
Aus!

Später.
Denn ja, Primzahlen, Atomkern-Mini-Bausteine, Waldsteinsonate, Urknall.
Gott will sich dauernd vor uns beweisen.
Aber Gott kann nicht sterben.
Wir schon!

Lösungsversuch, in einem Weg, einem Weg weg von A., überlebensnotwendig wenigstens für mich, und raus aus den Zahlen als falsch gedachter Gitterrost für Musik und mich. Hart jetzt.
ALSO: Biographische Notiz abermals, zu Wien und rundum:
Ich war dann wieder dort, wo ich schon war (wohin auf je ich geh', wie der Tristan sagt).
Ich muss mich hüten, nicht lächerlich, nicht ein Jammerlappen zu werden.
Muss mich verstellen, wie maskiert sein.
Diese alle rundum sollen es nicht merken.
In Wien und Berlin und Leipzig (bei meinen Bildenden Klängen) ist genug zu tun.
Die egoistischen und selbstbespiegelnden Menschen in meinem Berufsbereich sehen sowieso fast nichts als sich selbst.
(Und der Tristan sagt doch auch, schwer verletzt, das nämlich, was ihm geblieben wäre, wäre ein Lieben, das sowieso obsolet wurde, gebrandmarkt von der schwarzen Sonne, die andere im Glück bescheint, aber eben andere, auch die Nächsten.)
Ich hab es mit Hungern versucht.
Ohne jeglichen Alkohol gelebt.
Wieder vor der Krankheit voll eine Angst bekommen.
Im Versuch, die Null und die Eins fortzuwischen aus dem Hirn, diese Narren im Primzahlensystem, diese Wahrheiten sagenden Harlekine, diese Basis für alles, was mit den seit ein paar, wenigen doch, Jahren neuen Bausteinen für alles Sprechen, Rechnen, Mitteilen und Bewahren zu tun hat, dieses Nicht-Mehr und dieses Überbleiben. Diese Gaukelei.
In den drei Städten hab ich währenddessen, mich ablenkend, meine Projekte vorangetrieben.

(Tristan sagt in seiner Oper wenigstens, dass er das hinter ihm krachend sich schließende Tor des Todes schon vernommen hat, auch wenn es sofort wieder weit offensteht. Ich höre und hörte fast überhaupt nichts. Kaum erinnere ich mich eines Walpurgisnachtlärms mit meiner Frau Tod.)
Ich werde doch nicht mehr krank …?

Lösungsversuch um von A. und so weiter …; der nächste … gescheitert.
ALSO: Biographische Notiz meine Mutter betreffend.
(„Ich habe noch eine Schuld abzutragen?" „Habe ich noch eine Schuld abzutragen?")
Komisch, ich dachte fast nie an sie. Sie, diese reale Frau, war in den letzten Jahren, seit den Orchesterstücken bereits, kaum mehr in meinem Kopf. Auch nicht in der Charité. Auch nicht, nie, in Szeged.
Ich fuhr nach Halle, über Aschersleben/Kaisersaschern.
Besuchte in den beiden gleichen, sonst lahmen Orten sowohl die Gemäldesammlung als auch den selten in Kunstführern verzeich-

neten oder abgebildeten Hochaltar. Der zu Isenheim steht ihm in der Grundkonstruktion Pate. Zugegeben. Eine Grünewald-Kopie also. Aber das Engelskonzert wird hier perfekt wiederholt und noch sozusagen klingender gemalt. Alles zusammen (das aus den vielen Tafeln bestehende Original nun im Elsass wiederum) ist sicher eine der zehn besten Bilder-Strecken, die je fabriziert worden sind. Von Mathis Gothart Nithart, wie er eigentlich hieß.
Es hat mir das, der Flügelalter im Anhalt und die Erinnerung an den Grünewald, nicht gutgetan, in jener Situation, in meiner aktuellen nämlich. Der harte Gott des Nithart, hat mir, dem Dr. D. Niehaus eher Böses getan. Er führte mir meine eigene Lächerlichkeit als kreativer Mensch nach 2000 – wieder – vor Augen.
Ich ermittelte die Grabstelle der Marthe Niehaus.
Sagte am Weg: „Ciao, Mamá.“
Drehte mich noch vor dem Friedhofstor um und fuhr zurück nach Leipzig, dann nach Berlin, nach Wien.
Blickte nie zurück.

Ich
will
nicht
dienen.
Und
ich
diene
ja
doch
dauernd
aber
nur
irgendwem.
Und
sei
es
auch
nur
mir
quälend
selbst.

Der bukolische Lösungsversuch jetzt, endlich einer? Um sich von dieser A., ihrem Bild in mir, als Lösung nun schon überlebensnotwendig für mich, zu lösen.
Oder: Wieder eine Fluchtübung. Beinahe dieselbe wie vor mehr als 15 Jahren.
ALSO: Biographische Notiz zu Troia:
Das ist noch immer nicht die vor dreieinhalb tausend Jahren umkämpfte Stadt irgendwo am Hellespont, der Ort des allerersten Weltkriegs, welcher sowieso dergestalt nie stattgefunden hat, der Ort, den man trotz vieler Schichten in Ausgrabungen nicht findet, weil man immer falsch gräbt und nur irgendwelche Altertums-Reste hervorbuddelt; wenn es Troja je gegeben hat, dann war es eine Vorläuferstadt von Konstantinopel/Istanbul, denn nur dort wären so riesige Heere möglich aufzustellen und zu versorgen gewesen, für einen Schnittpunktkrieg Ost/West.
Das jetzt ist weiterhin ein leicht und immer mehr skurril werdender Ort mitten in Nordapulien und südlich von Lucera, die Stadt mit einem der größten Amphitheater überhaupt aber fast hin, einem Dom, einer nie fertiggestellten Riesenburg Friedrich II. und maurischen Siedlungsresten. Man muss eine flache, depressiv machende Landschaft durchqueren, schnurgerade, faszinierende 30 Kilometer hindurch. Wie alle Städte dort liegt auch Troia dann auf einem kleinen Plateau, das sich aus der eher trostlosen Ebene hebt.
Beschaulich, langgezogen, noch immer etwa 8000 Einwohner, zum Teil auch gutes Essen, doch davon später, aber! Eine Kathedrale prunkt, reibt sich, klemmt sich mitten im engen Ort, spätromanisch/gotisch, neben Römer-Resten, Byzantinae und noch früheren Sakralbauten, ein, ziemliche Achtung verlangendes Kirchenschiff, die Rückseite mit Säulen-Ausbau. Aber: Ein Rosettenfenster, wie ein

altes Weltenrad steht es über einem hochartifiziellen Bronzetor und den Pseudosäulen vorne, alles Zierden nach denen ähnliche Bauten in Frankreich gierten. Und! Rundum oft beinahe lebensgroße Steintiere und -figuren mannigfaltiger Arten, so vielfältig, lieb und böse und abgehoben und realistisch, dass sich der Sakral-Bau durchaus mit Notre Dame in Paris messen kann.
So stellen sich Gott und die angebliche Schöpfung noch halbwegs möglich und erträglich dar.
Am besten, man setzt sich weiterhin auf den Platz davor hin und schaut in die Kirchenformen und -gestalten hinein. Immer neue Zusammenhänge werden sich auftun. Das – so denkt man sich dann vielleicht – ist ein noch mögliches, unpeinliches Abbild der Schöpfung oder eine Darstellung der Lukanier, also der Menschen und Tiere der Gegend hier und südlich weiter, so einfach – noch – akzeptierbar; eine Flasche Wein dabei zu haben schadet auf keinen Fall, zum Beispiel ein recht intensiver Primitivo aus der Uva di Troia, plus verschiedene, in Kleingeschäften dargebotene (und dort in Hinterzimmern hergestellte) Kekse.
Wir konnten in diesem Troia abermals eine Woche, Ende Mai, hindurch ziemlich ungestört experimentieren.
Louise war gut drauf, sie sang ohne viel Manierismus. Die beiden anderen, Emmi und Theo, lebten so richtig auf im Frühsommer des Südens.
Wir hatten, diesmal in einem ziemlich mächtigen SUV einiges an elektronischer Gerätschaft mitgenommen. Diesmal bestand die – oh, Fortschritt – aus 3 Laptops und Abhörlautsprechern.
Wir wohnten in einem sonst leerstehenden Haus im Zentrum (das sowieso nur aus zwei engen Parallelstraßen besteht keine 200 Meter von der Über-drüber-Kirche entfernt), es war neben dem Ersthaus, auch saniert, auch als Feriendomizil zu mieten, recht nobel ausstaf-

fiert bereits, dunkel, aber viele Räume, fast leer, und sogar ein sehr passables Bad, 2! Klos, eine Küche).

Ich konnte einkaufen. Sogar den Bauern am Hügel Besuche abstatten. Man erkannte mich nicht wieder. Egal. Das Angebot war wesentlich teurer als vor vielen Jahren, aber weitläufiger.

Wir experimentierten schon wieder oft die halbe Nacht, auf der Suche vor allem nach ungewohnten Klängen. Die andere Hälfte verschliefen wir. Gesoffen wurde kaum mehr. Es war nicht – mehr – nötig. Zur Selbstdarstellung, zur dummen Berauschung, als Freude am Jungsein und Überleben. Aufstehen war oft schon nach 7.00. Immer warmes Wetter. Geradezu abermals eine lächerliche Italien-Gemütlichkeit. Bessere Italianitá als beim Scheiß-Goethe und beim Scheiß-Friedrich Zwo und bei der Scheiß-Ingeborg-Bachmann.

Alles passierte fein und mit drei Einschränkungen:

Wir kamen im Endeffekt nicht so wirklich weiter im Neu-Klangerzeugen. Es ging das tatsächlich nicht und nicht mehr. Das schlimm erfolgte Scheitern im Primzahlensystem als neues Kompositions-Ferment oder gar als Kreativ-Droge lähmte weiterhin. Oder? Lähmungserscheinungen dort, wo es sowieso nichts gibt, wo nichts mehr ist?

Wir hatten im Gegensatz vor eineinhalb Jahrzehnten gutes Geld für den Alltag.

Louise war gut drauf, hatte nur manchmal Migräne-Anflüge. Mit Emmi verstand ich mich weiterhin gut. Theo schwieg hauptsächlich und verehrte die Louise heimlich und von Weitem. Ein outing, es kam zum Glück nie auch nur annähernd dazu, wäre schlimm gewesen. Davon später noch einiges mehr.

Das Kochen löste einige Verkrampfungen, Verknotungen in mir. Immerhin. Szeged und die weich-schmierigen Walpurgisnächte dort glitten, gelegentlich wenigstens, aus meinem Hirn, die Primzahlen auch (ich bin sowieso nie aus den primitiven Anfängen der Betrachtung und der Analysen weitergekommen, war noch immer wie in der Küsten- oder Molenschifffahrt tätig, im Blick auf das weite Meer, das aber, würde ich dort mich hinaus zu segeln trauen, ziemlich bald mein Untergang wäre, inklusive einer geilen Seebestattung.)

Musikalisch war es also höchstens zu 20 % ergiebig. Aber diese sind zumindest später, in Wien und in Deutschland, verwertbar gewesen. Für Louise, Emmi und Theo. Es ging ja noch immer um dasselbe (woraus ich mich aber bewusst während der kreativen Prozesse, in Troia und dann zurück in Wien und Berlin, sukzessive zu entfernen begann.) Die Basis blieb gleich. Wie verquickt man neu eine Stimme mit den Geräuschen, hier aus dem kargen Apulien, mit einem Spontan-Lärmen, und doch mit den strengen Formen, Regeln und Harmonien (solchen wie Webern die für sein Spätwerk behauptet hat und damit die Menschen mit seinen „Harmonien" noch mehr verunsicherte) des schon vor Jahren zu Ende gegangenen 20. Jahrhunderts?

Wir machten Linien (ich weiß nicht mehr, was wir wirklich darunter verstanden, aber sie waren neu). Wir erkannten immer mehr die Kraft, welche ein Klang hat oder entwickelt, besteht er nur aus vier oder fünf Tönen, aber die müssen dauernd wandern wie Schlieren in einem Reagenzglas.

Wir bekamen ein Zeitgefühl und verloren es wieder, denn kaum jemand vor allem in der E-Musik oder in den aufblühenden Pop-Kanälen im Fernsehen hatte so was noch, auch kein Dirigent wie diese gelackten nun neuen Typen, der Currentzis oder der Dudamel oder vor allem die sich räkelnden Dirigentinnen, die aber nichts anderes darstellten als Ausrede-Gender-Typen in SciFi-Filmen.

Essen nun noch, als biographische Notiz und zwischengeschoben.

Essen neu, abermals ein Rezeptbericht, in Zeiten vor den Massenausschüttungen von Kochbüchern jeder Art, Herkunft, Geschmacksnuance.
Nudel unetikettiert und auf Verdacht (längere sind besser, á la Makkaroni).
Das Übliche: Knoblauch frisch, Salz, Pfeffer, Blätter (Thymian, Salbei etc.) nach Wahl und Gusto, Olivenöl (nach Vertrauen), Butter, Lammnierenstücke in Majoran-Sud einige Stunden vorgelagert, Pecorino gebröselt, Brot zum Auftunken. Amaretto Sibelina davor, Weißwein, Grappa danach.
Proben, Musikentwickeln, Essen. Musikweiterentwickeln.
Seelenstreicheln, als hätte man so etwas verdient.
[Wer ist „man"?]
Aber am Schluss – nachher schämten wir uns sowieso, wie damals und wie immer – sangen wir wieder unsere Lieder, Verse und Gstanzeln. In Italien noch dazu, im Heiligen Land des Belcanto. Ist es eben doch so, dass die Besonderheiten aus Kunst und Stimmung und tatsächlichen Genüssen rasch auch das Primitive fordern?
Das Hurenlied: „Willst du in mir ahh sagen, musst du dann auch be-zahlen."
Aus der Deutschen Messe Schuberts, oder auch: Gott, die arme Person, chancenlos, einfangen in ein Zeitkorsett, das so unentrinnbar ist; Gott wird angesungen als Wirklichkeit und als sein eigenes Höhlengleichnis genau zur selben Zeit: „Er, der nie begonnen, er, der immer war; ewig ist und waltet, sein wird immerdar …"
In Hochachtung vor den Städten der Herkunft oder Profession: „Wien, du bist a oide Frau. Schiach und stinkert, oba wunderfein. Du bist mit Berlin verwandt, dieser Schlampen, diesem Ausguss. Beide oba seids mein' Herzerln, fett und stier."

Oder zusammenfassend, also die Transzendenz, das Absurde, die Religionspraxis hier vor der Kathedrale noch dazu, an sich und um sich und überhaupt für sich, und sogar meine Lieder, die von damals, besonders das nach Konrad Bayer:
„Der Pfarrer von Gmunden hats Brunzen erfunden, da hat er si g'schreckt und hat's Scheißen entdeckt. Holladaridijo, holladaroh. Holladaridijo, was sagst's denn do?"
Oder, noch viel böser, ein Kinderlied, weltpolitisch und global total inkorrekt – wenn das der Xi wüsste:

„In dem Lande der Chinesen, Chinesen,
bin ich lange nicht gewesen.
Erstens hatt' ich keine Zeit, Zeit, Zeit,
und zweitens war der Weg zu weit.

Hei,
tsching tschang, tsching tschang
bumms killewinski,
jank ankehle, jank ankehle,
tsching tschang, tsching tschang,
bumms killewinski,
jank ankehle killewuh.

Dort regierte einst ein Fürste, ein Fürste,
der fraß die Menschen wie die Würste, die Würste,
er hatte eine winzig kleine Frau,
die haut er täglich grün und blau, und blau.
Hei, … … …"

Und dann dachten wir noch leicht illuminiert bereits nach, vor der Riesenkirche, schon in der Nachtschwärze, unter den Fratzen und Figuren und Steintieren. Was ist das alles hier? Live, alt, schön, herkömmlich, ganz uncool. Und man hat es noch nicht mit den Milliarden an Streaming-Angeboten zugedeckt.
[Wer ist aber „man".)
Vor dem Nachttrunk und dem Schlafengehen noch ein wenig im Unsinn der Deutschen Messe des Franz Schubert und des Herrn Neumann geschwelgt:

Herr, Du hast mein Fleh'n vernommen, selig pocht's in meiner Brust; in die Welt hinaus in's Leben folgt mir nun des Himmels Lust. Dort auch bist ja Du mir nahe, überall und jederzeit, allerorten ist Dein Tempel, wo das Herz sich fromm Dir weiht. Segne, Herr, mich und die Meinen, segne unsern Lebensgang! Alles, unser Tun und Wirken, sei ein frommer Lobgesang, sei ein frommer Lobgesang.

Jaja, Leute, die mit offenen Kehlen so sängen und sich damit auch noch in ihrer grauslichen Geworfenheit beruhigten, denen ginge es gut!
Aber dann freuten wir uns ja doch nach diesem kriechend formulierten Quatsch.
Freude, schöne Gaukelei … Ich zum ersten Mal wieder froh, einigermaßen. Man war lockerer geworden.
[Wer ist „man"?]

einundvierzigeinhalb

Roll over B.
[Ein Artikel aus einem, bezeichnenderweise ob des immer mehr schwindenden Interesses an guten Fachzeitschriften mit eingehendem und auch forderndem Duktus sowieso nur kurz erscheinenden, zunächst aber ziemlich weit verbreiteten Blatt, „Medien und Musik".]
Der neue Streifen aus der Wiener/Leipziger Werkstatt „Bildende Klänge" nimmt sich (anders kann man's eigentlich nicht sagen) der 6. Symphonie des Ludwig van Beethoven an und dann aufs Korn, „Pastorale". Gedreht wurde er in den Jahren 2017/18, voll im Hinblick auf das Beethovenjahr 2020 und noch mit Unterstützung der Öffentlich Rechtlichen. Inwieweit da dann Einfluss genommen wurde seitens der jeweiligen Sponsoren, die stets aber selten zugegeben hinter den Ö.R. stehen (Fremdenverkehr, Tourismus, Kulinarik, Productplacement etc.), ist zum Glück nicht störend zu bemerken. Das Team der Werkstatt hatte wieder einmal den Komponisten (?) und Musiktheoretiker (?) Edgar Niehaus zur Beratung, zum Konzept-Schreiben (?), jedenfalls aber zum leichten Verwirren und Radikalisieren mancher Inhalte, Einstellungen und vor allem Locations, die sich für eine Darstellung, für Abfolgen gebettet in Musik eignen sollten/mussten, herangezogen und verpflichtet. E.N. ist allerdings sowieso, das wurde bei Befragungen nach der Pressevorführung zugegeben, Mitinhaber oder wenigstens kleiner, stiller Teilhaber von „Bildende Klänge". Wir erinnern uns, von ihm schon recht Ausgefallenes, Zerfransendes manchmal und scheinbar der Musik gar Zuwiderlaufendes gesehen zu haben, etwa über Beethovens „Hammerklavier-Sonate", über Schubert-Lieder nach Mayrhofer oder mit Herausgezogenem aus dem Roman „Doktor Faustus" des Thomas Mann, etwa „Apokalipsis" gedreht im Jemenitischen Bürgerkrieg und stets gegengeschnitten mit – eigentlich verbote-

nen – Aufnahmen aus Mekka und dazu Anton von Webern-Musik (die Kammerstücke ab op. 20) plus Taylor Swifts „Fearless", oder „Die Wunder des Alls" über Weltraumschrott und Teilen aus „Ein Heldenleben" des Richard Strauss.
Nun gut. Man war gespannt im Vorführungssaal. Der aus dem ehemaligen Ostdeutschland stammende und nun in Wien und Köln lebende Autor verweigerte wie so oft jegliches Einführungs-Statement. Wir bekamen lediglich ein Blatt Papier in die Hand gedrückt mit Angaben über den Technik-Stab, die Förderer, die zugrunde liegende Musik (44 Minuten) und dem Hinweis, die Dreharbeiten hätten fast ausschließlich an den Originalschauplätzen stattgefunden.
Beethovens „Pastorale" – man vermutete ja doch einen hübschen Spaziergang im Sinne der Angaben des Komponisten. Also: Weitgehend gemütlich-gelöstes Herausfahren aus der dreckigen Stadt, angenehmes Spazieren in den Weingärten rundum und am Fuß des Kahlenbergs; weiche Szenen am Bach mit dem Vogelgezwitscher vornehmlich an einem Frühsommermorgen (sollte es der 16. Juni gar sein, Bloomsday?, ein Hinweis dafür existiert, im Vorbeifahren mit der Kamera wird auch einmal ein Zeitungsstand passiert, hielte man jetzt die Vorführung an und zoomte, so wäre so ein Datum schemenhaft zu erkennen); sodann die Szenen mit den Landleuten, lustig; das wüste Gewitter, schaurig; der Dankesgesang, einfach schön.
Nun, fast nichts davon war zu sehen, mitzuerleben. Ja, die zugrunde liegende, neue Basis-Musikaufnahme ist schon sehr gelungen. Ein frisches, relativ kleines Orchester und zum Glück nicht eines mit einem historischen Instrumentarium, es wird geleitet von dem aktuellen Risingstar Anselm Currantigg, man spielt verführerisch, fesch auch, schwelgend, immer vergleichsweise rasch und alle Soli vor allem in den Bläsern betonend, die „Pastorale" als Symphoni-

sche Dichtung für Grüne und Bobos und ziemlich Glückliche.
Die Bilder?
Der Film aber erzählt?
Ja, was?
Etwas über unsere Gegenwart – sicher, doch solches wäre schließlich als Idee ja auch nicht gerade so wirklich neu: die hohe diätetische Klassik plus noch höhere, böse, umweltzerstörende Moderne. Langweiliger Mix wär's doch schon.
Es geht aber in dieser Pastorale offenbar um mehr – was sich dann, im Filmende, beim Musikende, als länger hängenbleibender Gesamteindruck durchaus einstellen kann und soll. Man müsste allerdings gewarnt sein, unbedingt. Der Macher/Gestalter/Vernichter hat nämlich schon seinem Treatment ein erklärendes Motto (?, eher ein Kontra-Motto?) vorangestellt.
„Die Pastorale – dieses kindische, lächerliche Stück Musik."
Also.
Jeder Symphoniesatz hat ein banales, inhaltliches Zentrum. Der erste betrifft die heutigen Verbauungen auf den Originalschauplätzen in den berühmten Bezirken am Rande Wiens (Nußdorf, Grinzing, Sievering), auch die Interieurs der protz-kleinbürgerlichen Wohnungen dort; der zweite die Wiener Wasserleitungen und die Kanalisationen; der dritte Wochenendmärkte, inclusive fahrender Anbieter aus den Flüchtlingskreisen; der vierte, virtuell und hineingeblendet, den Bau einer Wienerwald-Autobahn; der fünfte Tanz und Spiel, immer mehr sich vereinfachend, am Schluss nur mehr ein Reigen von Kindergartenkindern.
Überraschend ist außerdem, dass zwischen den Einzelsätzen die Pausen erweitert und mit Ton-Patzen über weite Himmelsausschnitten gefüllt werden; weil aber der 3. in den 4. und der 4. in den 5. Satz ja direkt übergehen, werden diese Patzen dort brutal einfach

in die Beethoven-Noten gesetzt, es erzeugt das eine Klammerfunktion, die doch ziemlich verwirrt und ärgerlich macht, aber das ist wohl beabsichtigt. Bald bemerkbar und wichtig für die Dramaturgie werden verstreute, kleine und zunächst kaum bemerkbare running gags, harmlose Miniszenen zum Beispiel getragen von scheinbar sowieso Unbeteiligten, mit Frauen/Männern, Frauen/Frauen, Männern/Männern, kleinen Menschen bis hin zu Babys; es sind vor allem Szenen der lockeren Zärtlichkeiten, platziert, auch vor allem, dann, wenn Beethoven durch Repetitionen Klangflächen erzeugt; oder spezielles und überaus anstrengendes, bemühtes Gagrunning, also z. B. Afroamerikaner bei Septakkorden, also zumeist nur für knappe Sekunden, alle ausschließlich Männer und in hervorragend geschneiderten Anzügen; von ein paar – nun ja ? – Sonder-Gags sei gesondert erzählt: die (in der Symphonie stets etwas peinlichen) Vogelstimmen am Schluss des zweiten Satzes werden von Jugendlichen erkennbar mittels i-Pads erzeugt; im vierten Satz – der Autobahnbau – wird am Posaunenhöhepunkt den Zusehern eine Teer-Asphaltmenge entgegenkippt und zwar so direkt, dass man sich – dass jeder und jede und jedes – sich duckt vor der scheinbar entgegenstürzenden heißen, schwarzen, zähen Menge; und dann noch gar: im Übergang des Vierten zum fünften Satz, bei den aufsteigenden Bläsern und Hornrufen und während einer Bücherverbrennung (?) im Hintergrund, da gleitet die Kamera doch glatt auf eine, nein, da spielt die Kamera mit einer Plakatfläche, wo mehrere, gar nicht allzu dürre Models mit vor Schreck geöffneten Augen knappe Unterwäsche herzeigen, während Reste von Achsel- und Vulva-Haaren sichtbar sind; die Kamera fährt den Mädchen virtuell beinahe unter BHs und Höschen; diese bewusst ungeschnittene, durchgängige Szene mittels einer beinahe lasziven Kamerafahrt gehört, das sei jetzt beinahe neidvoll zugegeben, zum Erotischsten, ja zum Erregendsten, was in den letzten Jahren in Musik-Kunstfilmen zu sehen gewesen ist.

Der Abspann, ja der ist dumm und eine kindische Provokation, leider.

Zuerst gibt's lege artis: Namen, Titel, Dank, Locations, etc. etc.

Dann knallt es aber noch bunt auf gelb-schmierigem Untergrund herunter:

DAS WAR ES!
IHR IDIOTEN VON PRESSE UND FILMKUNSTEXPERTEN-
TUM, SCHLEICHT EUCH DOCH IN DIE EBEN GEZEIGTEN
GEGENDEN UND LECKT UNS AM ARSCH!

dreiundvierzig

Dass Anita tot war, bekümmerte in Wien oder Berlin oder Leipzig oder Troia verständlicherweise sehr wenige Menschen. Er selbst kannte schließlich kaum welche, die mit ihr zu tun gehabt hatten. In Szeged kaum wen. Solche, die mit ihr verwandt gewesen sind. Den Ex oder Leute von der Uni. Kolleginnen? Aus dem Job welche?
Edgar Arnold David Niehaus, Doktor der Musik, lieferte (wem?) Unterlagen, stichwortartige, abschnitthaft, immer wieder, nicht immer gern, nicht vollständig, Bruchstücke, über Monate hin und mehr. (Denn) Man wollte nämlich zu seinem bevorstehenden 50. Geburtstag mehrere Artikel über ihn und sein Arbeiten schreiben lassen. Es war ihm das peinlich. Er verbat sich manches. Nein, er bat, dass so wenig Privates als möglich veröffentlicht würde. Werkbeschreibungen oder -analysen sehe er aber mit positiver Spannung entgegen.
Noch aus der DDR gebürtig. An einem 23. geboren, eine schöne Primzahl. Die gesamte Zweite Wiener Schule hat sich gefürchtet vor der (zurecht?). 1968. Im Westen viel Neues damals. Im Osten viel Gelähmtes und Brutales. Das hat wohl abgefärbt.
In den wenigen Jahren vor seinem runden Geburtstag und einiges nach Anitas Tod trat er wenig in der Öffentlichkeit auf. Er hielt noch seine Seminare ab. Nach den seltenen Aufführungen seiner Kompositionen gab es kaum Tantiemen. Er konnte drei Jahre hindurch als Konsulent für die Wiener Festwochen (Mai/Juni) tätig sein, was Geld brachte, was ihn aber weitgehend sogar abstieß, denn man brauchte ihn nicht für Ideen, sondern als Aushängeschild für die Super-Moderne, beheimatet angeblich immer noch in der Stadt, als einen, der zudem noch an die Verbindung der Künste untereinander (sicht- und hörbar) zu glauben schien. Er saß also eher still bei vielen Programmbesprechungen dabei, besuchte auf Ehrenplätzen manche Premieren oder Uraufführungen, stand beinahe unbeteiligt

bei kleinen Feiern für Professorinnen, Dirigenten und Sponsoren herum. Er existierte sehr bescheiden. Primzahlen vermied er, außer im gelegentlichen Sarkasmus mittels Wortspenden und in wenigen schriftlichen Andeutungen. Er komponierte kaum noch. Eine größere, umfangreiche Idee war eine rund siebenstündige Ballade, die – ungewöhnlich in allem und ihn weniger darob schreckend als vor ihm noch peinlich aufragend – sehr langsam in seinem Kopf Gestalten annahm.

Ich versuchte, bis zur Wende viel aufzusaugen, was mir zugänglich sein durfte. Übte fleißig und heimlich vor allem Klavier. Konzipierte Riesenwerke, aber das tut jeder Pubertierende, der durchs Schlüsselloch in Kunsträume gesehen hat.

Ich war sofort weg, vertschüsst, dann, als man über die Grenzstationen hinausmarschieren konnte, an denen man vor Tagen noch bei ähnlichen Versuchen erschossen worden wäre. Lebte in Berlin, öfter, andre Seite zunächst, bald in Deutschland, südliche Mitte, in Wien, ein paar Mal.

Meine Hauptwerke sind bekannt, können im Google größtenteils auch abgerufen werden. Ja, es gibt noch eine Menge Unveröffentlichtes, Stückwerk auch; nein, ich habe kein Lieblings-Stück. Ja, Schubert-Lieder haben mich immer begleitet; nein, ich hatte nie die Absicht, Beethoven sozusagen und wie es in der deutschen Romanpoesie fordernd genannt wird, „zurückzunehmen".

Nach dem Tod von Anita hatte er noch Monate hindurch immer wieder daran gedacht, wie es wäre, brächte man sich selbst um. Es war das irgendwie auch spannend. Aber er kannte seine Grenzen, seine Feigheit. Außerdem hatte er Angst vor möglichen, begleitenden Schmerzen – wer kann schließlich etwas über seinen Suizid berichten? Außerdem. Das was ihn früher oft beschäftigt hatte: Was ist dann, erst? Gibt es doch ein drüben? Irgendwie vergleichbar mit hier? Oder gar, würde man dann wieder jemanden treffen? Anita, hoffentlich – hoffentlich nicht! Eine sicher ganz schlichte Antwort auf ihren Tod erzählt bekommen? Er verwarf das alles. Es waren liebe Märchen, mehr nicht. Es gibt kein „Drüben", das blieb seine Überzeugung. Und wenn es jenen Gott gäbe (so etwa wie einer von den Göttern Griechenlands), dann wäre der auch nur einer von jenen armen Typen, dem man [wer ist „man"] in unserer dummen Idee vom tatsächlich existierenden und, im Sinn der Philosophica des 20. Jahrhunderts, seienden Welt, dort irgendwo drüben situiert, aufgesessen ist.

Ich arbeitete in den genannten Städten, in Leipzig dazu auch noch im Rahmen eines von mir mitgetragenen Projektes, wo man Neues für Musik und Bild versucht, auch unter Zuhilfenahme der rasant sich entwickelnden Techniken (Stichworte sozusagen alles, das mit „i" beginnt, ein Tab zu sein vorgibt und als Taschengerät mehr bald anbietet als die Bibliotheken und Konzertsäle dieser Welt). Ich habe einiges gesehen, Asien vor allem, und dort war ich vor allem auf der Suche nach anderer Musik, die es sowieso nicht gibt. (Alles an und in dem, was wir Musik nennen und was tatsächlich heute die Welt überschwemmt, basiert auf einer einfachsten, europäischen Kadenzharmonik und simplen, sich wiederholenden Melodie-Strophen, immer mehr in Passacaglia-Gestalt.) Ich wäre gern einmal in Südamerika herumgefahren (ausgehend von dem Gebiet, wo sich Argentinien, Bolivien, Chile und Peru treffen). Der Polynesien- und ähnliche Bereich interessieren mich nicht, das sind Postkarten- und Fernreisebüro-Sehnsüchte. Am Südpol würde ich gern einmal stehen, ein paar Minuten lang; aber auch das ist bloß Sentimentalität.

Es wurde ja, übrigens und wie schon berichtet, in Südostungarn eine Untersuchung angeordnet und dann durchzuführen begonnen. Den Tod Anitas und dessen Umstände betreffend. Man lud ihn vor eine dortige Staatsanwaltschaft. Er fuhr nicht hin. Er wusste, dass er damit weitere Besuche in diesem Land (in anderen, angrenzenden auch) verwirkte. Er hatte allerdings sowieso nicht mehr die Absicht, je einmal noch zurückzukehren.

Man hat mir fast alle größeren Arbeiten sogar zum Vorwurf gemacht, mich einen Blender genannt, einen Gaukler, einen Hochstapler der Musik. Ich hatte – mehr im Scherz – einige Male an der Universität vom notwendigen Tod der Kunst gesprochen. Und gerade das kreidete man mir später oft an.

[Wer ist denn „man"?]

Man verlieh ihm schon wieder ein Arbeitsstipendium. Das war nicht unbedingt was Besonderes oder eine Sensation.

Als Künstler, unangepasst und verstörend aber kaum greifbar, bekommt man in den Haupt-Geldgeberländern der EU ab einem gewissen Zeitpunkt und Alter laufend Zuwendungen in Form von Preisgeldern oder Projekt-Förderungen, ohne diese Projekte detailliert vorstellen zu müssen. Als junger und auch seitens der Unterrichtenden bereits positiv bemerkter Mensch hat man hingegen kaum Chancen. Als weißer Mann langsam schon gar nicht mehr. Als junger, weißer, dem Herkunftsland verbundener (also nicht Flüchtling, nicht Integrations-Problematiker, nicht Parallel-Gesellschafter) geht es einem nahe und vor 2020 mies. Schon gar als älterer Mann. Schon gar, wenn man(n) sich nicht irgendwelchen Diversitäten oder queeren Sachen anschließen mag.

Edgar Arnold Davis Niehaus nützte das Geld, um gesettelt in seiner Behausung bleiben zu können. Um sich jene Alkoholika zu kaufen, die er – noch – mochte, goutierte (Gemischter Satz aus der Wiener Südbahngegend, Brandy aus Spanien). Um sich Freiheiten weiterhin zu gönnen: in der Auswahl von kurzfristigen Freundschaften oder – noch kurzfristiger – mehr (sagen wir es so) intersexuellen

Gemeinsamkeitsreaktionen, sodann in der Zusammenarbeit mit der Leipziger Projektentwicklung, oder um noch kleinräumige Reisen ohne viel Vorbereitung und sowieso bloß für Tage zu unternehmen (zunächst Südburgenland, Slowakei etc., dann siehe nachfolgend selbsterzählt …).
Um doch weiterhin relativ frei zu komponieren.
Ich komponierte, noch vor oder höchstens noch während des Beginns der Ballade, an zwei weiteren, allerdings kaum Aufmerksamkeiten erregenden, gar Sensation machenden (verglichen mit einigem Früheren) L. v. Beethoven-Darstellungen, sodann -Überwindungen, doch leichten -Zurücknahmen, Neubewertungen. Natürlich geht es dort, wie später es in der Kriegs-Ballade gehen wird, um Krankheiten, schwere Behinderungen. Zwischenzeitlich fuhr ich nach Bratislava/Preßburg auf der Suche nach der Infektions-Stelle des Dr. Faustus und um von oben, auf der Burg und von der Burg, hinüberzublicken, nämlich vor allem in die Haydn-Gegend, in manche Schubert-Gegenden, in jene des Franz Liszt, in das Herkunftsland der Schönbergs, ganz weit weg beinahe in den Wienerwald mit seinen hinterfotzigen Geschichten. Dann war ich in der Schweiz – und flüchtete sehr bald ob der idiotischen Preise und der Verschlagenheit der Leute. Die Extremadura hingegen ist abermals wieder recht nett gewesen, vor allem die noch bestehende Tapas-Kultur in kleineren Orten. Einmal wollte man mich zum Schifahren(erlernen) überreden. In Tirol gar, sogar nach Südtirol sollte es gehen. Ich verzichtete umgehend, obwohl ich mir die leider immer gleichen, beinahe schon sterilen, in Kanäle gepressten Schi-Abfahrtslauf-Übertragungen noch alleweil gern im Fernsehen anschaue.
Das eine aufarbeitende Beethoven-Stück bezog sich auf das späte Streichquartett op. 132. Es war – doch wiederum – eine Übermalung und glich in der neuen Niehaus-Version wiederum einer leicht plumpen Darstellung jener Ursprungs-Musik, aber doch so im Ausgang,

als hätte man Arnulf Rainer, Anselm Kiefer und Gerhard Richter zusammengespannt, damit die drei den Beethoven für seinen kommenden 250. Geburtstag frisch herausputzten. (Herausgekommen ist aber – so beurteilte das einer der wenigen Musik-Versteher und akzeptablen Kritiker; das Werk wurde allerdings vorerst sowieso nur wenigen Leuten zugänglich gemacht, im Verlag für Neue Musik ohne großes Krawall-Machen publiziert und endlich doch aufgeführt, als Edgar sich beinahe schon ganz dem Kunstmarkt entzogen hatte und auf der Weite des Meeres suchte …; suchte was?, irgendwas – herausgekommen ist aber und also, wenn wir jetzt schon bei den Vergleichen mit oder in aktueller Malerei bleiben, schließlich eine Art von Gemälde, zu betiteln als Beethovens Hör-Angst und dessen doch wieder Lässigkeiten, portraitiert von Neo Rauch.)

Vom anderen (es hat mit der Beethoven-Stadt Baden bei Wien zu tun) wollen wir später noch reden.

Ich habe im Beethoven-Streichquartett keine Aufarbeitung meiner selbst oder meiner Krankheit versucht. Im Gegenteil, auch wenn das Opus dazu einlädt. Es ist der Versuch, mit schwieriger Musik Leichtes zu beweisen. Darum gibt es auch die beiden Versionen: abermals reines Streichquartett sowie ein Doppelquartett, also zwei Quartette zu- und gegeneinander. Man kann alles auch mit einem Kommentar, leicht theatralisch gesprochen, aufführen, eine Parallel-Erzählung, welche Bilder vermittelt, Bilder geradezu erzählt. Ich biete aber an, dass man diesen Kommentar von Aufführung zu Aufführung neu verfasst, dem Aktuellen, den Zeit-Geschehnissen angepasst. In meinen Begleit- und Erklärungstexten zum Quartett/Doppelquartett gehe ich nur mit wenigen Hinweisen auf mögliche Melodramen ein. Achtung: Das Stück ist sehr heikel wiederzugeben.

Der erste Satz besteht beinahe nur aus dem Original, vor allem die Passagen, wo Beethoven Anleihen bei den anderen so genannten

Späten Quartetten nimmt, die vier Grundsatztöne, sowie das swinging-Gegenthema, das Seitenthema, wo er sich bei den Mittleren Quartetten, beinahe 20 Jahre zuvor geschrieben, bedient. Dagegen steht, dass in der reinen Niehaus-Quartett-Version neben Zitaten aus dem Früheren immer wieder dazwischen ein Choral geschoben wird und dass in der Doppelquartett-Version das zweite Ensemble mehr oder weniger kommentierend die Beethoven-Komposition begleitet. Kommentierend heißt in dem Fall, dass man zumeist schon vor dem Auftreten von Themen, Verarbeitungen und so weiter diese antupft. Nennen wir so etwas kühn eine Vorwegnahme der Wirklichkeit. Dass man Versionen einfach spielerisch oder ironisch vor-anbietet. Also eigentlich zurückgeht, zurück sich zieht, währenddessen. Sozusagen rückwärtsgewendete Ziffernsummen von sich selbst anbietet. Falls man es mit aktuellen Berichten bringt, also doch mit dem Kommentator, ist hier vor allem auf die unterschiedliche Dramatik der Teile zu achten. Dann der 2. Satz. Man parodiert das Sich-Wiederwälzen im Dreiertakt ohne Walzerseligkeit, im Gegenteil. In der Einquartett-Version ist es ein Sich-Murrend-Fortbewegen. Im Doppelquartett kommt eine Stimmung aus einer Werkshalle dazu. Kommentiert dann wie und noch dazu? Auch ein Reden über die Langeweile, das Stück hört ja schon im Original kaum auf. Allein dann! Die Mitte, das sogenannte Trio. Beethoven führt, wie so oft im Streicher-Spätwerk, vor, was es heißt, taub zu werden, in den Ohren nur mehr Quietschen zu verspüren. Bei Niehaus wurde solches schon in den Liedern vor mehr als 15 Jahren immer wieder ausprobiert. Bordun von oben, wie verboten doch! Die erste Neuversion macht einfach doppelt so viele Klangwolken. Die zusätzlich kommentierende besteht nicht mehr aus Worten, sondern aus eher kindisch-bettelnden Ausrufen und Verwunderungs-Lärm. Allein, die Version für Doppelquartett! Es ist Mordversuch durch

Quietschen, zwischendurch auch getrampelt. Sodann *„D. C.al Fine."* Sodann 3. Satz: Kaum zu beschreiben, kaum auch für Niehaus neu zu machen, ein Trichter der Umkehrung und Zurücknahme, hier neu in etwas Neues, zuvor noch nie Beschriebenes hineinzupressen. *„Heiliger Dankgesang eines Genesenden an die Gottheit, in der lydischen Tonart. (Canzona di ringraziamento offerta alla divinità da un guarito, in modo lidico.")* – so Beethoven. Mehrere Teile. Jemand erzählt im Original mit langen Notenwerten und in einem eher reibend und oft unangenehm klingenden fremden Duktus, vielleicht ähnlich wie im pietistisch-nordamerikanischen Kirchengesang von seiner Krankheit; dann wird, so Beethoven, neue Kraft gefunden, immer mehr, hektischer, einen lange vermissten Sex vorspiegelnd; zurück ins Psalmodieren, leicht kontrapunktisch verfeinert oder auch kontrapunktisch gewaschen, abermals die neue Kraft, virtuos dargebracht, voller Schein-Gruppensex; bedächtige Schlussfahrten wieder im heiligen Dankessingen, mutig noch etwas mehr Kontrapunkt dazu gemixt, ein Stehenbleiben irgendwo in keinem sonst üblichen Schlussakkord. Edgars Neufassung? Funktioniert die Übermalung dieses in der gesamten Musikhistorie einmaligen, vergleichslosen, bewegenden, unangenehm berührenden Stückes? Er macht lediglich Vorschläge. Für den Kommentar: Krankengeschichten, Rezepte, Pandemie-Berichte. Für die beiden Streichquartett-Versionen: Das Stück einfach spielen und währenddessen sich Abweichungen zutrauen. Spontan, locker, frech. Weg aus der Tonart, aus den lächerlichen Bezugnahmen auf alte Systeme. Weg aus den vorgegebenen und bestimmenden Tempi. Keine Gebetssituation an irgendeine obskure Gottheit zulassen. Sobald man aber in solch eine Gefahr gerät, umgehend derbe Volksmusikanklänge, etwa wie die bei einem Feuerwehrfest oder einer Landbelustigung üblich, loslassen. Jedenfalls: Der Satz ist bei Beethoven ein Solitär, der Satz muss von den Ausführenden in dieser Übermalung solitär wiedergegeben werden, also jedes Mal anders, jedes Mal auch nicht vergleichbar mit Musik sonst. (Wichtig: Es darf das alles trotzdem in keine Haupt- und Staatsaktion münden, wie solches in der Bildenden Kunst beim Sujet-Nachstellen oder beim Zerstören von scheinbar Großartigem passiert. Es ist bloß eine Kammermusik neu, angepasst an heute, vorausschauend, denn, so der Nachgeborene des Ur-Komponisten, es behandelt Dinge, die wir erst in ein paar Jahren werden benennen können.)

[Wichtige Worte für diesen neuen 3. Satz, auch zum Stammeln, auch zum Ausrufen, Brüllen, Kotzen:

OIMÉH GELASSENHEIT ZERSPALTEN VERLOREN ZERNICHTET FLAMMENZEICHEN WELTHAFT ALLHEIT GRIMM ABTRÜNNIG ZERSTÜCKT ZUKUNFT …]

Allerdings – wie löst man jetzt, nach dieser Zumutung, das Finalproblem, bringt nach der verwünschten Gottheit alles noch zu irgendeinem Ende? Beethoven macht sich auf den Fluchtweg wie im ganzen Spätwerk. Er inszeniert sich vorerst mit Rezitativen. Anleihen gäbe es ja genug, jetzt, nach dieser Verengung nach vorne, wie das der taube Beethoven entgegenschleudert: Hammerklaviersonate, op. 110, später wieder in op. 131, vor allem aber dieser Schrecken, dieses Drohen in den Celli – das alles beinahe pseudosakral/schäbig kopierend – im Solo-Bass im 4. Satz in der Neunten. Marschmusik zuerst, dann konzertante Rezitativ-Kadenz, bewusst offenbar gehalten wie in einem Kleinmeister-Concerto. Das Quartett und das Doppelquartett ereifern sich währenddessen mit den genannten Vorläufern, mit Hinweisen auf die Freude. Diesmal kein Kommentar. Dann Einschwingen. Die neuen Quartette schwingen lange. Dann, bezeichnend und apropos Neunte, ein langes Thema, könnte schon von so manchem aus der späteren Romantik-Gilde sein, vom Brahms etwa, ursprünglich aber skizziert für eben diese Neunte. In der Niehaus-Version wird in beiden Fällen die Klangerzählung einfach noch erweitert. Das Stück wird im Original immer mehr oder weniger unspielbarer. In der Ende-Übermalung ist es dann tatsächlich unspielbar. Wenn man es im Finale mit Kommentar bringt, dann einer über das Unspielbare. Quasi, um mit dem alten Wittgenstein zu palavern: Was man nicht spielen kann, darüber muss man sprechen.

Ich habe immer wieder mit Kollegen, kaum mit Kolleginnen, darüber gesprochen, dass viel in der Musik zwar variierbar ist, dass es dadurch aber nicht die Gestalt verliert. Wir einigten uns darauf, dass eben es erst so zu großer Kunst kommen kann. Wir redeten aber auch davon, dass man oft nicht zu begreifen vermag, wo in vieler Musik der Archimedische Punkt wäre, und dass, wenn überhaupt, der sich an einem Ort innerhalb eines Musikstückes – vorwärts oder rückwärts gerichtet – verbergen mag, den man nie dort und als solchen vermuten würde. Und auch hier einigten wir uns, dass wir eben von der Nicht-Angreifbarkeit und der jederzeitigen Möglichkeiten der Negation zugleich von großer Kunst redeten. Ich muss aber sagen, dass ich beim Unterrichten nach 2013 immer mehr davon abgekommen bin, solche Fragen zu thematisieren. Die neue Generation hat andere Fragen an Musik, vor allem solche im kommerziellen und im speichermöglichen Bereich. Nach meinen Tätigkeiten in Südostungarn gab ich diese, sowieso nur mehr sehr spezielle Lehre an der Universität/Exakademie überhaupt auf.

Das andere Opus war ein Männerchor, der Text das Ave verum corpus, aber keine Bezugnahmen auf Mozart, geschrieben hingegen bewusst, doch noch einmal flott hin-komponiert, für die Beethoven-Stadt Baden bei Wien, dort wo allerdings schon W.A. Mozart als eines seiner finalen Werke ein Ave verum verfasst hat.

Es ist eben schon wieder ein quasi-Auftragswerk gewesen, nachdem man mir den dortigen Kulturpreis verliehen hatte. Damals, einige Jahre nach den Rotgipfler-Zierfandler-Liedern. Die Stadt konnte dann mit meiner ganz neuen Komposition wieder nichts anfangen. Man hat sie einmal aufgeführt. Ich zog sie zurück, auch als Protest, weil in der selben kulturellen Stadt-Produktions-Leiste auch süße Sachen von hier ansässig gewesenen Nazi-Meisterchen gern und mit glücklichem Publikum gegeben wurden. Baden schmückte sich dabei aber weiterhin parallel zudem frech mit dem anderen Großmeister, der knapp zwei Dutzend Mal dort logiert hat und angeblich hier Wichtiges zwischen Eroica und Neunten formulierte. Ich bin mir da sowieso nicht sicher.

Das Niehaus-Ave-verum wird von einem vierstimmigen, streckenweise auch – geteilt – achtstimmigen Männerchor à capella ausgeführt. Manche Passagen in den Tenor-Stimmen sind ungemein hoch. Es ist eine voll tonal abgewickelte Komposition. Eine, die sicher mit Hintergründigkeit, aber bewusst textausdeutend und in oft höchst gegenständlicher musikalischer Rhetorik und Auszierde angelegt ist (Vorbild: Schuberts „Nachthelle").

Ave, ave verum corpus natum de Maria Virgine.
Vere passum, immolatum in cruce pro homine:
Cuius latus perforatum unda fluxit et sanguine:
Esto nobis praegustatum in mortis examine.

[und dann noch, von Mozart weggelassen, warum?, wegen einer satten Erotik?]

O Jesu dulcis! O Jesu pie! O Jesu fili Mariae.

Ja, zugegeben, es war mir ein Bedürfnis, hier die Möglichkeiten aufzuzeigen, wie man Eros und Thanatos, vor allem aber beinahe billigen Sex, vorgeführt mit brünstigen Worten, musikalisch darstellen kann. Es geht schließlich um die Schändung eines dahinsterbenden Leibes. Es geht – sic – darum, in der religiösen Hypertrophie kannibalische Leichen-

schändung zu betreiben; als höchste Verzückung und als Möglichkeit, damit eine mögliche ewige Seligkeit zu erlangen. Wir haben das alles schon als Kinder und Heranwachsende gesungen, unhinterfragt oder erklärt singen müssen, in Massen in den Kirchen. Dumm, nicht bedacht, nichts verstehend. Aber es war mir ein Bedürfnis, das mittels einer Komposition wenigstens irgendwie für heute wenigstens hörbar zu machen. Es gelang nicht so wirklich. Ich habe mich bemüht, den Musikausdruck beinahe nur durch den Quartsexakkord, also sowieso eine grenzwertige Sache, tritt er in Massen auf, und als Folge süßer terzverwandter Gänge zu gestalten. Die Stimmenhöhen haben durchaus einen Sinn. Die Verwendung der rhetorischen Figuren, verpflichtend seit mindestens 400 Jahren, heute aber kaum mehr im Bewusstsein derer verankert, die sich einbilden, von Musik was zu verstehen, haben den auch.
Kirchenmusik ist für vieles die Basis gewesen. Fast niemand legte Rechenschaft, ab die Textinhalte und die durch die Texte beschriebene Gier zu benennen. Besonders die Heranwachsenden sind da arm gewesen. Und hier hatte ich also wieder Glück, in der scheinbar atheistischen DDR sozialisiert zu werden.

Ergänzend zu den von mir gelieferten Fakten mich und meinen Geburtstag betreffend möchte ich noch – wesentlich cooler, wie man zu sagen pflegt – knapp formuliert nun per Schreibe mitteilen (wem eigentlich?):

- Es geht mir besser, als ich das je zu hoffen hoffte.
- Ich habe noch ein paar Ideen, mehr nicht, nicht weniger.
- Für Zahlen und deren Systeme hegte ich immer Interesse; ich hatte aber meistens zu wenig Basiswissen.
- Meine größeren Kompositionen führt man nicht mehr auf. Die kleineren erklingen gelegentlich noch im Rahmen von verschämten Klein-Festivals für Neue Musik.

- Ich hätte gern noch einmal meine Orchester-, der Oratorien-, die Zyklus-Musik gehört. Vielleicht später.
- Ja, doch. Im Gegensatz zum schon Mitgeteilten, zu sagen Erlaubten, ich hätte gerne Nachkommen gehabt: es wäre irgendwie aufregend gewesen zu verfolgen, wie sich Kinder entwickeln, was man ihnen in den ersten Jahren mitgeben kann. Es gab aber eigentlich nie eine Partnerin, mit der ich gern so etwas unternommen oder erlebt haben hätte wollen.
- Ja, zugegeben, ich bin in Komitees drinnen, welche eine aktuelle, also nach 2015 gültiger werdende Gleichbehandlung von Künstlerinnen und Künstlern, vor allem auch von diesbezüglich akademisch Tätigen fordern. Aber anders! Man wird, bedient man dabei nicht den Mainstream, immer mehr angefeindet, hat persönliche Nachteile deswegen. Man wird behandelt, als würde man sich der gängigen, sich anschleimenden Correctness gegenüber färbigen Leuten, Flüchtlingen, dem Islam oder den Parallelgesellschaften in ganz Europa verweigern. Ja, ich habe Petitionen mitunterzeichnet, dass bei Stellenausschreibungen vor allem für höhere Posten im Kultur- oder Medienbereich jener verpflichtende und die Männer heute desavouierende Zusatz gestrichen wird, wo es heißt: „Frauen werden in diesem Angebot zur Hebung der Frauenquote besonders und nachdrücklich aufgefordert, sich zu bewerben; weiblichen Bewerbungen wird bei gleicher Qualifikation der Vorzug gegeben." Ich bin deswegen aus allen Gremien oder Komitees, wo man sich – zumeist sowieso gratis – bei Berufungen etc. einzubringen hatte, sukzessive hinausgeflogen. (Ich habe daraufhin in einem Samstag-Feuilleton von einer doch recht angesehenen Zeitung einen Essay veröffentlicht, ironisch-fragend formuliert, aber das merkte fast niemand oder wollte es nicht merken, der heißt „D I E MUSIK – Oder: Warum Frauen

nicht Frauenmusik komponieren können, weil sie ausschließlich Männermusik kopieren." Sie spielen mich seitdem in keinem der deutsch-sprachigen, öffentlich-rechtlichen Radio-Programme mehr. Man mag mich vorsätzlich immer weniger.

- [Wer ist „man"?]

Später:

- Ich existiere unspektakulär.
- Ich werde möglicherweise sogar die meiste angedachte Musik wieder aufgeben, also sein lassen, also bleiben lassen.
- Es ist nicht mehr die Zeit für Musik, wie wir sie in den letzten 1000 Jahren jeweils als neue kennenlernten.
- Es ist die Zeit des Musikkonsums. Millionenfach wird jedes Jahr mehr Musik konsumiert als zuvor. Aber nicht wirklich neu gemacht. Ja, schon. Dauernd kommen frische Stücke heraus. Aber die sind alle gleich und werden immer gleicher und immer simpler. Wie schon einmal zum Ärgernis so mancher Musik-Verbreiter mit Millionen-Gagen publiziert: Es besteht die vielgehörte, gestreamte, damit also gekaufte und abgerufene (woher auch immer, alle Medien sind gemeint) Musik aus primitivsten Tonfolgen, kaum Melodien zu nennen, jeder Kleinmeister der Frühromantik hätte sich vor so was geschämt. Aber die Mache, die Verpackung, die Einbettung in Bilder, Schein-Geschehnisse und Action, bunt, laut, so abgehoben, wie vor 15 Jahren noch kein Super-Weltallfilm je zu machen gewesen und geglückt wäre, die sind großartig, ja, hervorragend, werden immer perfekter und verblüffender.
- Nochmals zu mir, nach Nachdenken, Auswählen, dem Versuch nicht in Eitelkeit zu verfallen:

- Ich habe viel Humor. Die meisten Menschen merken das nicht.
- Ich lese gern – noch immer – Horoskope, dies aber mehr zum Divertissement. Es stimmt das dort Behauptete kaum je oder ist allzu gefällig. Man kann sich dabei aber wieder einmal an der Frage nach der Wahrheit ergötzen.
- Ich habe einige Krankheiten hinter mir. Die meisten unangenehmeren sind auf eine Basis-Krankheit zurückzuführen gewesen. Seit jetzt bereits vielen Jahren bin ich weitgehend beschwerdefrei.
- Es gab Festspielanfragen, sogar Salzburg, Felsenreitschule, ich sagte ab, man wollte zu viel in meine Arbeiten eingreifen; eine Art von „Missa solemnis“ schlug man mir vor! Und dann auch u. a. was aus Chicago, ich hab das nie ganz verstanden, ein „Nichts“-Oratorio (ich bereite mich schon anderwärtig darauf vor).
- Ich spüre aber irgendwie, dass es abermals losgehen wird. Irgendwann.
- Ich werde immer wieder zu Wittgenstein befragt. Ich antworte, dass man vieles von ihm erst verstünde, dass sogar vieles erst in seiner Lächerlichkeit verständlich wird, wenn man in Betracht zieht, dass der Mensch in satten großbürgerlichen Verhältnissen aufwuchs. Auch wenn er später temporär diese verweigerte. Aber sein Denken und seine Metaphorik sind dort drinnen gebettet geblieben. (Es verhält sich bei ihm nicht viel anders als bei den meisten anderen Philosophen. Denken wir bloß an die private und Erlebnis-Umwelt eines Kant und lesen dann in seinen Schriften, wo er die Dinge der Welt erklärt, ohne 95 % von diesen Dingen je live gesehen zu haben. Bei Nietzsche ist es ähnlich. Der hängt seine Seele darin auf, dass er nie Künstler werden wird und vor allem kann, die Kunst und das sie Umgebende aber wie ein Eigentum ansieht. Und so weiter und so fort. Kierkegaard, Sartre, Leibniz, Thomas, Aristoteles, Hume … . Arm oft.

- Ich werde auch – und ich weiß nicht wieso, weiß nicht woher das kommt, woher man das weiß und sich die Fragefrechheit herausnimmt, ich mag das alles zutiefst nicht – befragt, wie es mit meinen Theorien von Primzahlen im Mixup zur Kunst stünde. Nun, vorweg, ich habe keine Ahnung.
  Ich versuche trotzdem zu antworten: „Denken wir an das, was man in der Musik Durchführung nennt, also jede Form von Entwicklung, Verarbeitung etc., und jede gute Musik setzt sich aus dem zusammen, schöpft daraus, und dann dass das ähnlich zu behandeln ist wie nach vorn und nach hinten gerichtete, sich neu zusammensetzende, sich vor allem aber zusammenziehende, in Summen dann Neues ergebende Primzahlen, deren Ketten, deren Abläufe und Verhältnisse. Solche auch, die angeblich in Quantensystemen herrschen, obwohl man keinerlei Bilderwelten zu denen aufbauen kann und sich mit Anschauungen behilft, als würde man staunend durch ein Kinderspielzeuggeschäft wandern."
  Ich antworte in solchen Fällen aber ergänzend sogar mit dem angeblichen, naiven, hintergründigen und zum Teil dummen Einstein-Sager: „Lassen sich Probleme in einem System, in dem sie entstehen, erkennen" – oder, in dem Fall, hören? Nein, offenbar ja nicht.
- Ich beschäftigte mich als komponierender Mensch letztlich und sehr eingehend nur mehr mit einem ziemlich finalen Werk. Ich will nicht, dass man jetzt schon etwas darin sieht, etwas heraushört, etwas Drohendes vermutet, das sicher kommt. (Ein „Nichts"? Haha.)

Man wird es doch tun.

Bald.

dreiundvierzigeinhalb

stefan george

DER KRIEG

(Als Langzeitballade textlich bearbeitet, verbessert, eine eigenständige Neu-Collage a la Heartfield, und zugleich verkomponiert von E. Niehaus; für Sprecherin, Sprecher, mittleres Sprech-Lauterzeugungs-Chorensemble und Instrumental Oktett in der Besetzung des Oktetts von Franz Schubert (eventuell in manchen Streicherstimmen verdoppelt), für jeweilige Schlussabschnitte innerhalb der Erzählstrophen wird, wenn vorhanden und zu produzieren möglich, auch Parallelmusik (siehe später) von einer CD oder im Laptop abgespeichert gewünscht – nicht übrigens aus einem Tablet o. ä., auch wenn die einschlägige Entwicklungstechnik das Gegenteil behauptet und Sturm läuft, wenn man da Vorbehalte äußert, allein, es ist so, dass man zwar technisch – mit Kurven oder Diagrammen – nicht messen kann, ob eine Aufnahme nun nicht das hergibt wie das Original, bringt man sie aus verschiedenen Gerätschaften, dass es aber für jemanden, der hören kann, durchaus Unterschiede gibt.)
(Eine versuchsweise unternommene Beschreibung nun sowie Analyse-Hinweise.)
Es wird eine lange Angelegenheit. Wahrscheinlich sieben Stunden in toto, was nie funktionieren kann, denn es sind ja postierte Stille-Zeiten und lange Flächen angedacht, die man nicht gern einhalten wird. Dennoch. Es ist das wüsteste, zum Teil schlechteste, zum Teil packendste Gedicht, das ich kenne. Schon deshalb, weil es die Fäulnis der Wirklichkeit von heute aufzeigt. Und ich kenne viele Gedichte, sehr viele, zu viele. Und ich grüble, ob es mich beschreibt oder mich ablehnt, verhöhnt geradezu. Es hat nichts und alles mit mir zu tun. Es hat mit der Angst zu tun und mit deren Bekämpfung,

mit der Kriegs-Metapher, hereingeholt in das Heute. Ich habe Textliches ergänzt. Die Freude einfach mitgenommen.
Prinzipiell: Die Sprecherin und der Sprecher beschäftigen sich (auch theatralisch gegeben) mit dem Text des Poems, zum Teil auch mit den Worten und Sätzen, welche dazugeschrieben wurden, der Chor nimmt manchmal Fetzen der Texte auf. In den Stille-Zeiten zwischen den Einzelstrophen, vgl. dort speziell, kann seitens der Mitwirkenden auch aus- und abgetreten werden (nie aber alle zugleich!). Man kümmert sich jedenfalls nicht um ein eventuelles Publikum; das eventuelle Publikum hat aber seinerseits das Stück zu respektieren und zu verharren. Es soll nachher weder zu Applaus noch zu Diskussionen oder Missfallenskundgebungen kommen.
(Wie gesagt: Neben der Komposition und den Textumarbeitungen lege ich zum Kennenlernen, Einlesen, Einhören, Einüben diesen nachfolgenden Abstract vor. Er ist nicht für Aufführungen gedacht, auch nicht für allgemeine Programmhinweise. Er dient nur der Fachwelt, unterstützend zu einem ersten Sich-Auskennen.)

STILLE (die jeweiligen Stille-Passagen können auch bis zu 20 Minuten dauern)

ZEIT LASSEN.

DIE MITWIRKENDEN GEHEN AUFS PODIUM, DIE BÜHNE, WAS IMMER.

SIE SUCHEN IHRE PLÄTZE UND BAUCHEN LANGE, DIESE ZU FINDEN, SICH HINZUSETZEN, SICH ZU AKKLIMATISIEREN, ERST DANN WIRD MIT DEM NOTWENDIGEN EINSTIMMEN BEGONNEN.

Alles beginnt dann damit, dass aufsteigend viel Lärm gemacht wird. Ein Lärm kommt aus dem kleinen Ensemble, wie der noch nie so krumm-kratzend gewagt worden ist in der Kompositionsgeschichte, von ein paar Leuten erzeugt nämlich nur. Die erste Strophe vokal bloß im harten, gemeinsamen Sprechen, und Klopfen auf die Instrumente. Alles: EIN SCHÄBIGES GERÄUSCH.

Wie das getier der wälder das bisher
Sich scheute oder fletschend sich zerriß
Bei jähem brand und wenn die erde bebt
Sich sucht und nachbarlich zusammendrängt:
So in zerspaltner heimat schlossen sich
Beim schrei DER KRIEG die gegner an .. ein hauch
Des unbekannten eingefühls durchwehte
Von schicht zu schicht und ein verworrnes ahnen
Was nun beginnt ... Für einen augenblick
Ergriffen von dem welthaft hohen schauer
Vergaß der feigen jahre wust und tand
Das volk und sah sich groß in seiner not.

ES SCHREIT. ES RÜLPST. ES KOTZT. ZURECHT!

Beim ersten Kriegs-Benennen kommt „Freude, schöner Götterfunken" auf.

Gemixt mit Rossini – alles wie zitiert/überhöht vom Film A Clockwork O.

Weitere Collagemittel sind Zitate aus der 8. Symphonie von Schostakowitsch, 2. Satz, Brocken aus deutschen NS-Märschen, Rapmusic-Andeutungen, die auch zwischen den beiden Strophen stehenbleiben.

Schließlich versickert alles, der Chor produziert Klangwellen, sehr süß, harmonisch terzverwandt. Man schwingt sich ein.

Sie kamen zu dem Siedler auf dem berg:
»Liegst du noch still beim ungeheuren los?«
Der sprach: dies frösteln war das edelste! ..
Was euch erschüttert ist mir lang vertraut.
Lang hab ich roten schweiß der angst geschwitzt.
Als man mit feuer spielte . . meine tränen
Vorweg geweint .. heut find ich keine mehr.
Das meiste war geschehn und keiner sah ..
Das trübste wird erst sein und keiner sieht.
Ihr laßt euch pressen von der äußern wucht ..
Dies sind die flammenzeichen o nicht die kunde.
Am streit wie ihr ihn fühlt nehm ich nicht teil.

Wieder Ruhe, das Schwingen, welches die ganze Strophe begleitet hat, zieht sich sehr langsam und in immer weniger Tonbereichen zurück. STILLE – dann erzählend von Ausgewählten, spontan /gilt auch für später!)

GOTT IST NICHT TOT!

ER SCHLÄFT UND SCHNARCHT!

ER VERSUCHT, SEIN SCHEITERN GUTZUMACHEN!

GOTT GIBT ENDLICH FÜR KURZE ZEIT RUHE!

ER VERSCHLÄFT VIEL WÄHREND SEINER SCHÖPFUNG!

Im Folgenden wird sprachlich ein Duett gemacht, gesanglich verschoben, das aber dazu, erinnernd an die großen Mozart-Opern, vor allem Così, es kommen Klänge aus Wiener Heurigenmusik dazu.

Nie wird dem Seher dank .. er trifft auf hohn
Und steine o ruft er unheil – wut und steine
Wenn es hereinbrach. Angehäufte frevel
Von allen zwang und glück genannt o verhehlter
Abfall von Mensch zu Larve heischen buße ..
Was ist IHM mord von hunderttausenden
Vorm mord am Leben selbst? Er kann nicht schwärmen
Von heimischer tugend und von welscher tücke.
Hier hat das weib das klagt o der satte bürger o
Der graue bart ehr schuld als stich und schuß
Des widerparts an unsrer söhn und enkel
Verglasten augen und zerfetztem leib.

Die Wiener Heurigenmusik wird zwischendurch immer drängender; als Gegen-Bordun kommt abermals die Freude schöner Götterfunken auf, sie mischt sich drängelnd dazu. Sodann Zitate aus dem Schiller-Text, u. z. solche Passagen, die von Beethoven nicht vertont worden sind. (Vgl. dann später!) Man wird in den Chorabschnitten an die Gegenchöre im zweiten Akt aus Wagners Götterdämmerung erinnert (Rede Hagens und vielfache Gegenreden der Mannen). Sehr hart, stakkatoartig. In den Schluss dieser Passage setzen über chromatisch weitergeführte Rhythmen mit mehreren kontrapunktischen Einsprengseln auch die Sprecher wieder ein; erzählend, dramatisch.
FREUDE SPRUDELT IN POKALEN, IN DER TRAUBE GOLDNEM BLUT TRINKEN SANFTMUT KANNIBALEN, DIE VER-

ZWEIFLUNG HELDENMUT – BRÜDER, FLIEGT VON EUREN SITZEN, WENN DER VOLLE RÖMER KRAIßT, LASST DEN SCHAUM ZUM HIMMEL SPRITZEN, DIESES GLAS DEM GUTEN GEIST. --- IN DER STERNE WIRBEL LOBEN, DEN DES SERAPHS HYMNE PREIST. DIESES GLAS DEM GUTEN GEIST, ÜBERM STERNENZELT DORT OBEN!

SEIN amt ist lob und fehm o gebet und sühne o
Er liebt und dient auf seinem weg. Die jüngsten
Der teuren sandt er aus mit segenswunsch ..
Sie wissen was sie treibt und was sie feit ..
Sie ziehn um keinen namen – nein um sich.
IHN packt ein tiefres grausen. Die Gewalten
Nennt er nicht fabel. Wer begreift sein flehn:
»Die ihr die fuchtel schwingt auf leichenschwaden o
Wollt uns bewahren vor zu leichtem schlusse
Und vor der ärgsten o vor der Blut-schmach«! Stämme
Die sie begehn sind wahllos auszurotten
Wenn nicht ihr bestes gut zum banne geht.

Die Musik lief weiter, wie in vielen Teilen dieser Ballade, mehr oder weniger inhaltlich oder assoziativ unbeschadet dahin. Sie dehnt sich dann noch.

Wichtiger Hinweis: Es gibt dort höchstvirtuose Passagen, die ein ausgezeichnetes und gut einstudiertes Ensemble erfordern. Besonders hier ist die Mehrfachbesetzung der Streicher von Vorteil. Die Klarinette hat für kurze Passagen sich mit einer Es-Klarinette abzuwechseln.

Inzwischen hat der Chor, nach einem sehr lauten, gemeinschaftlichen Ausruf: WIR BESUCHEN JETZT EIN SOFTPORNO-KINO VOR JAHRZEHNTEN – *und nachdem die Musik sich langsam in Filmmusik aus deutschen Aufklärungs- und Edgar-Wallace-Filmen verwandelt hat, die als schöne Basis mit vielen Anspielungen weiterläuft, sich angeschickt, einschlägige Kino-Werbungen und -Titel aus der Zeit wie eine kleine mehrstimmige Invention zu haben.*

UNSER SPOTTGEDICHT AUS DEN WEILAND FEINEN FILMTITELN, ES LAUTET SO:

Täglich mehrmals
Dauernd erregt
Mädchen, macht die Beine breit, der Schneepflug kommt!
Das Blasorchester auf der Alm
Frau Wirtin bläst auch gern Trompete.
Hexen bis aufs Blut gequält
Stewardessen-Report – sie fliegen durch die Lüfte, Vögeln gleich.
Graf Porno und die liebesdurstigen Töchter
Die bumsfidelen Töchter
Graf Porno bläst zum Zapfenstreich.
Geile Leckereien
Heinrich VIII, wenn ihn die Lust so richtig packte, war jede Lady eine Nackte.
Schulmädchen vor dem Abitur
Die Blondine, das Wetzgenie
In der Hand und zwischen den Beinen
Sie lässt ihn und er kommt so gerne
Auf der Bums-Alm

Unsre Lehrer machen mit
Das Niedersinken
Die Tiefe
Das … Schweigen

STILLE recht lange

Sodann eine Kammermusik-Version der Ouverture zu Beethoven-Oper FIDELIO.

Dann erzählend nur:

Zu jubeln ziemt nicht: kein triumph wird sein o
Nur viele untergänge ohne würde ..
Des schöpfers hand entwischt rast eigenmächtig
Unform von blei und blech o gestäng und rohr.
Der selbst lacht grimm wenn falsche heldenreden
Von vormals klingen der als brei und klumpen
Den bruder sinken sah o der in der schandbar
Zerwühlten erde hauste wie geziefer ..
Der alte Gott der schlachten ist nicht mehr.
Erkrankte welten fiebern sich zu ende
In dem getob. Heilig sind nur die säfte
Noch makelfrei verspritzt – ein ganzer strom.

Man intoniert wie als bestätigende Nachrede ein Musikstück aus Reminiszenzen an wassriger Musik (von Debussys La mer über Händels Wassermusik, Schuberts diverse Bächlein, An der schönen blauen Donau, Siegfrieds Rheinfahrt, Brahms' Regensonate, Mendelssohns Hebri-

den und Meeresstille, diverse slawische Wassernixen und Undinen, die Moldau, die Rheinische, die Operngewitter, Seemannslieder u. s. w.)

STILLE (kürzer)

[N. B. der Gedanke ist immer noch nicht aus dem Kopf. Sollte hier Platz sein für ein Zwischenspiel, ein Interludium in stile antico, ein Satyr-Spiel gar, ungemein sich beschleunigend und eher vordergründig-grob? Sehr tonal. Endet Kindergarten-gleich.]

[Oder so etwas wie die Aufhebung der Volkskomödien?]

[Oder die aus-sich-heraus-Infragestellung des Virtuosen?]

Die nächsten drei Strophen sind angelegt wie ein theatralisches Kammerspiel für zwei Personen, ohne Musik.

Wenn es räumlich möglich ist, kann das auch durchaus agierend vorgetragen werden. Bühnenähnlich.

Wo zeigt der Mann sich der vertritt? das Wort
Das einzig gilt fürs spätere gericht?
Spotthafte könige mit bühnenkronen o
Sachwalter o händler o schreiber – pfiff und zahl.
Auch in verbriefter ordnung grenzen: taumel o
Dann drohnde wirrsal .. da entstieg gestützt
Auf seinen stock farblosem vororthaus
Der fahlsten unsrer städte ein vergeßner
Schmuckloser greis .. der fand den rat der stunde

Und rettete was die gebärdig lauten
Schließlich zum abgrundsrand gebracht: das reich ..
Doch vor dem schlimmren feind kann er nicht retten.

»Fehlt dir der blick für solch ein maß von opfern
Und kraft der allheit?« Diese sind auch drüben.
Das nötige werk der pflicht bleibt stumpf und glanzlos
Und opfer steigt nicht in verruchter zeit ..
Menge ist wert o doch ziellos o schafft kein sinnbild o
Hat kein gedächtnis – Was fragt sich der Weise?
Sie troff im schwatz von wohlfahrt o menschlichkeit
Und hebt nun an das greulichste gemetzel ..
Nach speichel niedrigster umwerbung: geifer
Gemeinsten schimpfs! .. und was sich eben hetzt
Umkröche sich geschmiegt wenn sich erhöbe
Furchtbar vor ihm das künftige gesicht.

Und was schwillt auf als geist! Solch zart gewächs
Hat fernab sein entstehn .. Wie faulige frucht
Schmeckt das gered von hoh-zeit auferstehung
In welkem ton. Wer gestern alt war kehrt nicht
Jetzt heim als neu und wer ein richtiges sagt
Und irrt im letzten steckt im stärksten wahn.
Spricht Aberwitz: »Nun lernten wir fürs nächste«
Ach dies wird wiederum anders!. dafür rüstet
Nur vollste umkehr: schau und innrer sinn.
Keiner der heute ruft und meint zu führen
Merkt wie er tastet im verhängnis o keiner
Erspäht ein blasses glühn vom morgenrot.

Chor und Kammerorchester produzieren als Antwort quasi einen neuen Teil für den 4. Satz zur Neunten Symphonie Beethovens (mit all jener, von Beethoven bisher verwendeten Thematik, aber die stets leicht verschoben), man verwendet dazu eben einen Teil der Schillerschen Resttexte:

WAS DEN GROSSEN RING BEWOHNET HULDIGE DER SIMPARHIE!! ZU DEN STERNEN LEITET SIE, WO DER UNBEKANNTE WOHNET!

FREUDE HEIßT DIE STARKE FEDER AN DER EWIGEN NATUR. FREUDE, FREUDE TREIBT DIE RÄDER IN DER GROSSEN WELTENUHR. BLUMEN LOCKT SIE AUS DEN KEIMEN, SONNEN AUS DEM FIRMAMENT, SPHÄREN ROLLT SIE IN DEN RÄUMEN, DIE DES SEHERS ROHR NICHT KENNT.

UNSER SCHULDBUCH SEI VERNICHTET! AUSGESÖHNT DIE GANZE WELT! BRÜDER – ÜBERM STERNENZELT RICHTET GOTT WIE WIR GERICHTET.

Während der letzten Zeilen hebt zudem ein Zitieren aus dem Karfreitagszauber in Wagners Parsifal, Akt 3, an, die Musik läuft dahin. Er wird weiter berichtet und nun ausschließlich von den Soli, es klingt die Parsifal-Musik unbeschadet, der Chor wirft nur immer wieder eben in der Ballade gesagte Sätze zitierend, bestätigend, fragend ein, also wie im Text schon angeführt, **DU HASTS GEWOLLT – FRIEDENREICH** *und so weiter.*

[N. B. doch noch einmal oder eben hier ein Interludium, eine Neufassung des Begriffs vom Satyr-Spiel?]

STILLE

Es hebt eine Trauermusik an, vergleichbar dem Adagio aus Gayaneh von Katchaturian. Sie hebt sich immer weiter über sich selbst hinaus, paraphrasiert sich.

Weit minder wundert es daß soviel sterben
Als daß soviel zu leben wagt. Wer schritthielt
Mit dem Jahrhundert darf heut spuk nur sehn.
Der hilft sich o kind und narr: »Du hasts gewollt.«
Alle und keiner – heißt das bündige urteil.
Der lügt sich o schelm und narr: »Diesmal winkt sicher
Das Friedensreich.« Verstrich die frist: müßt wieder
Ihr waten bis zum Knöchel bis zum knie
Im most des großen Keltrers .. doch dann schoß
Ein nachwuchs auf o der hat kein heuchel-auge:
Er hat das schicksalsauge das der schreck
Des ehernen fugs gorgonisch nicht versteint.

Die Trauermusik läuft weiter und wird wieder einstimmig im Verlauf. Der Chor im skandierenden, aber nicht mehr aggressiven Sprechgesang bringt dann beinahe fatalistisch verlöschend den Schluss von Schillers Originaltext (auch – sicherheitshalber wohl? – von Beethoven nicht verwendet).

RETTUNG VON TIRANNENKETTEN, GROSSMUT AUCH DEM BÖSEWICHT. HOFFNUNG AUF DEN STERBEBETTEN, GNADE AUF DEM HOCHGERICHT! AUCH DIE TOTEN SOLLEN LEBEN! BRÜDER TRINKT UND STIMMET EIN. ALLEN SÜNDERN SEI VERGEBEN, UND DIE HÖLLE NICHT MEHR SEIN.

Zwischenmusik: das Adagio wird unter den nächsten Textzeilen von den Beethovenschen Zwischenmusiken der Symphonie und einigen Parodie-Einwürfen abgelöst.

Die Mitwirkenden trampeln auch (daher ist es wichtig, die Produktion auf Holzböden ablaufen zu lassen).

Die Zwischenmusiken à la Neunte entwickeln sich zu abermaligen Rap-Versionen oder, besser, zu Zurücknahmen im Rap.

Text drüber, dann wieder nur der Sprechchor, der sich mehr oder weniger verkrümelt.

In beiden lagern kein Gedanke – wittrung
Um was es geht .. Hier: sorge nur zu krämern
Wo schon ein andrer krämert .. ganz zu werden
Was man am andren schmäht und sich zu leugnen
Ein volk ist tot wenn seine götter tot sind.
Drüben: ein pochen auf ehemaligen vorrang
Von pracht und sitte o während feile nutzsucht
Bequem veratmen will .. im schoß der hellsten
Einsicht kein schwacher blink o daß die Verpönten
Was fallreif war zerstören ~ daß vielleicht
Ein »Haß und Abscheu menschlichen geschlechtes«
Zum weitren male die erlösung bringt.

EINE HEITRE ABSCHIEDSSTUNDE!

SÜSSEN SCHLAF IM LEICHENTUCH!

BRÜDER – EINEN SANFTEN SPRUCH

AUS DES TOTENRICHTERS MUNDE.

STILLE (DIE KOMPOSITION: DAS SIND OHRFEIGEN)

Hier kann nun aus der Streichquartett-Version des E. A. D. Niehaus betreffend das Beethoven-Streichquartett op. 132 (der 3. Satz, der vom Ringraziamento eines manieristischen Kranken) zur Gänze oder in Teilen gespielt werden.

Dann beginnt der Chor, Melodien zu pfeifen, jede und jeder was gerade in den Sinn kommt, man macht damit eine Art von neuer Motette, die Melodien sollten zum Großteil aus der Ära der so genannten Silbernen Operette stammen.

Die Sprecher erzählen weiter, reagieren aber auf die spontane Musik.

Doch endet nicht mit fluch der sang. Manch ohr
Verstand schon meinen preis auf stoff und stamm o
Auf kern und keim .. schon seh ich manche hände
Entgegen mir gestreckt o sag ich: o land
Zu schön als daß dich Fremder tritt verheere:
Wo flöte aus dem weidicht tönt o aus hainen
Windharfen rauschen o wo der Traum noch webt
Untilgbar durch die jeweils trünnigen erben ..
Wo die allblühende Mutter der verwildert
Zerfallnen weißen Art zuerst enthüllte
Ihr echtes antlitz .. Land dem viel verheißung
Noch innewohnt – das drum nicht untergeht!

Die jugend ruft die Götter auf .. Erstandne
Wie Ewige nach des Tages fülle .. Lenker
Im sturmgewölk gibt Dem des heitren himmels
Das zepter und verschiebt den Längsten Winter.
Der an dem Baum des Heiles hing warf ab
Die blässe blasser seelen o dem Zerstückten
Im glut-rausch gleich .. Apollo lehnt geheim
An Baldur: »Eine weile währt noch nacht o
Doch diesmal kommt von Osten nicht das licht.«
Der kampf entschied sich schon auf sternen: Sieger
Bleibt wer das schutzschild birgt in seinen marken
Und Herr der zukunft wer sich wandeln kann.

Die Sprecher haben geendet, wie bei einer Nationalfeier.

Dann Stille kurz.

Kurzer free-Jazz? Also die Musik, wo sowieso alles möglich ist.

Dann noch einmal im großen, harten einstimmigen Chorgebrüll; eventuell, vgl. eingangs, auch unterstützt oder in Gegnerschaft mit – aus Lautsprechern kommenden – vorbereiteten Lärmen, O-Tönen, Wochenschau-Fetzen, Zitaten:

(dolce) ***ES IST FURCHTBAR UND SCHWARZ***
EINE WAND
EIN LOCH
(con dolore) ***ES IST DIE FURCHTBARKEIT NOCH GAR NICHT ERHALTEN IN DIESEM WORT: ES IST ZU FURCHTBAR.***
(molto mosso) ***ICH STEHE AN DIE WAND GELEHNT / ES***

DRINGT NICHTS HINDURCH / SIE TUT SICH NICHT AUF / ABER DAS AUSEINANDERGERATEN IST FURCHTBARER ALS JEDES ANEINANDERGERATEN / ABER VIELLEICHT IST ES AUCH BALD SCHON WENIGER SCHLIMM / MAN WIRD DENKEN, DASS MAN MICH LANGE NICHT MEHR GESEHEN HAT, DASS ICH EINMAL AUS DEM ZIMMER GEGANGEN BIN.

Noch.

Aus Konzeptzetteln des E. A. D. N. stammend aus der Balladen-Kompositionszeit, mitgeteilt im Versuch diese richtig aneinanderzureihen:

Es zerreißt, es zerfetzt, zerstückelt – es … Es hat keine Linie mehr, ist keine Biographie (von wem?). Die Biographie der Musik ist zu Ende, am Ende. Musik ist wahrscheinlich nur Ritual. Sie ist gebettet in – bei Nietzsche den Ausdruck gefunden, geschrieben in seinem Ecce homo, kurz vor dem Wahnsinnigwerden – „gebettet in giftiges Gewürm". --- Die Musik: Kein System mehr … noch mehr Nietzsche: „Die Küste schwand."

Noch.

Biographische Notiz, für die Schreitischlade, wie vieles schon seit einiger Zeit:

So! Jetzt hab ich den Beethoven beendet und wiederrückgeführt mit diesem blödesten, je geschriebenen Poem! Dieser Kommers-Sauf-Text.

Biographische Notizen aber dann auch:
zu diesem Krieg, warum,
nicht für meinen zu ordnenden Nachlass gedacht,
vielleicht für Leute, die sich erinnern wollen an mich.
Sonst für niemanden.
Biographische Letztnotizen:
UND DIESE BILDER
UND MEIN SYSTEM DER KUNSTVERBINDUNGEN
WO?
Was mir bisher gelang, vielleicht, das ist die Anhäufung von Musikabfall gewesen, wie bei einer riesigen Mülldeponie, auf einer Kippe, in einem Komposthaufen, in den schon riesigen Plastik-Abfall-Inseln, die auf den Meeren herumtreiben, die man bald sogar bereits aus dem Weltall sehen wird, helle Krankheitspunkte in den Meeren und auf den Wüsten, weiße Melanome.
So ist's mit der Frau Musica heute.
Wie übersexiert.
Sie hat sich erschöpft, es gibt nur mehr eine Massenproduktion:
Altes wiederkäuend.
GENAU SO WIE DER, wie diese Arschgeige, dieser Hirnwixer, der Tractatus, der Orchester-Spott und ein intellektuelles Drüberfahren in Kammermusik und Lied, der Versuch mit Bildern mehr auszudrücken, zu schaffen.
(Aus dem Biographischen, später in solche Notizen quasi hineingeschummelt: Lichtlärm, das war es – einmal.)
Und.
EIGENTLICH SIND ALLE DIE KOMPONIERTEN SACHEN NUR KOPIEN
UND ZITATE
FREMDBESTIMMT ALSO

NICHTS VON MIR
JEDE KOMPOSITION
ist so gewesen UND IST SCHON GEWESEN.
Ich habe ja viel Glück, weiterhin, ich konnte diese peinigende Neunte fertigstellen, nicht zurücknehmen wie das andere wollten, vor mir; ich konnte und musste sie fertigstellen nämlich mit dem eigentlichen, mit dem dümmsten, je geschriebenen Gedicht-Text.

Musik entwickelt sich, wandelt sich ja doch immer nur und in jedem Genre, in jedem so genannten Stil vor allem ins Primitive.
Sie wird früher oder später zum fast-food-Onanieren.
Sollte ich also, anstatt solche Schaudermärchen zu komponieren, nicht lieber eine ganz einfache, simpel-harmonisch gehaltene Kantate über das schreiben, was jetzt sozusagen (welch herrliches Wort doch, gerade in diesem Zusammenhang) was jetzt dräut? Mit Klimawandel und Wetter-Apokalypse? Also Meteoro-Apys?
[Lieber nicht, es werden sich sowieso fast alle aus der Branche draufsetzen und ein Geheul anstimmen. Angst-Idioten. Ich mache zumindest mir selbst vor, da keine Angst, sondern nur leichten und unkreativen Hohn zu empfinden.]

Wenn ich aber an solche Sachen auch nur denke, dann habe ich immer wieder schwarze Flecken vor den (in den Augen), auch solche, die Figuren suggerieren, gleich den aktuellen, aber immer kindischer werdenden Filmdarstellungen, die zeigen wollen (mit ganz dummen und bloß aus unserer realen Erinnerungswelt gewonnenen Mitteln), wie es so im Atomkern und noch tiefer drinnen zugehen mag. In der Hölle?

dreiundvierzigzweidrittel

Mit aller Bestimmtheit ist noch zu sagen, dass Edgar Arnold David Niehaus seine letzte Zeit durchaus selbstbestimmt verbrachte. Es war keine Flucht. Es war kein freiwilliges Sich-Zurückziehen, kein Sich-Verkleinern. Vielleicht trifft es die Sache am ehesten, wenn man sagt: Es reichte ihm. Es war ihm genug, das stete und immer beinahe schon verbissener werdende intellektuelle Spiel mit neu erzeugter, erdachter Musik und einer drübergestülpten oder nebenbei betriebenen (so er das benennend) Ästhetiziererei.
Mit aller Bestimmtheit ist wohl noch zu sagen, dass es kein auslösendes Ereignis gab für die nächsten etwas mehr als zwei Jahre nach der Fertigstellung der, wie er sie immer noch gern nannte, obwohl sie eher das Gegenteil darstellte, von der „Ballade". Kein Damaskus-Erlebnis.
Es gab nur einen Anstoß, einen Kick, mehr nicht. So ist das aber schließlich fast immer.
Freilich, die Ereignisse zuvor hatten viel in seinem Bewusstsein um Wechsel, Alt-Neubeginn oder End-Ideen kulminieren lassen. Schlussendlich sind es neben jenen Geschehnissen in Osteuropa, neben den durchprobierten Lösungsversuchen, den kleinen Reisen oder den Musik-Video-Arbeiten gemeinsam mit den Instituten, die er mitbegründet hatte, die Gedanken vor allem („Erkenntnisse" zu sagen wäre schon zu viel, wäre übertrieben) gewesen, dass man nur kopiert; abpaust nämlich: und zwar das, was man weiß über die Musik, aus der Musikgeschichte, aus der Wissenschafts- und der Philosophie-Historie. Und dass man dann seine Zeit, Mühen und oft gar Süchte damit verbringt, aus all dem Neues zusammenzusetzen und (wenigstens einige Zeit hindurch) zu glauben, das wäre jetzt tatsächlich frisch, ein neues Steinchen im sowieso beinahe unendlichen Sandstrand des Bekannten, Gewesenen, Bestehenden, einer kleinen Perle vergleichbar gar in der bereits riesig langen, wie in Un-

endlichkeiten hinausreichenden Schnur. (Man schaue nach bei Thomas Bernhard, Der Theatermacher: „Das Gewesene, das immerfort Gewesene.“) Oder, manchmal, so dahingedacht, mutig und ein klein wenig schaudernd zugleich, vor dem Einschlafen und beim Aufwachen, beim Abschließen der „Ballade“: Was bleibt, das ist der Spott; ein intellektuelles Drüberfahren; Blaupausen und dreidimensionale Abbilder aus sich selbst; ein Photoshop des Edgar.
Louise gab den kleinen Anstoß, fütterte damit gleichsam bereits in ihm schlummernde Ideen. Mehr war gar nicht dahinter.
Louise brauchte Geld; sie war weitgehend sattelfest im gängigen Schlager-, im billigen Chanson-, Jazz- und im Softklassik-Gesangsrepertoire; sie hatte zudem seit Jahren schon (seit es die technischen Möglichkeiten dazu gab) am Tablet, am i-Phone, im Laptop die Klaviernotenausgaben für diese ihre (für die herkömmliche, für jene neben der Mitarbeit an den Avantgarde-Versuchen eines E. plus Kollegen) Profession gesammelt.
Louise war, so viel sei weiterhin noch erlaubt zu sagen, eine repräsentative Person. Sechsunddreißig Jahre alt, nachgerötetes, krauses Haar; sexy, ja durchaus; mit vordergründigen, größeren Wirkungen auf kleineren Bühnen; ausgestattet mit einem recht weiten Stimmumfang, was ihr ein Podiumsrepertoire zwischen Brettl-Liedern, französischem Schmus, deutscher Aggression und Wienerischer Weinerlichkeit ermöglichte.
Kurz: Louise, die den Edgar nun schon einige Wochen hindurch ziemlich besorgt beobachtet hatte (nach Troia), begann, Ideen zu formulieren (vorsichtig, obwohl längst für sich bereits wunschvoll im Klaren).
Er, Edgar sollte sich doch eine Auszeit gönnen.
Er, Edgar, das wisse sie, wäre aber keiner, der sich dann für Monate irgendwohin zurückzieht, dort im Liegestuhl sitzt, liest, grübelt,

säuft, blinzelt nur – in einer Schrebergartensiedlung zum Beispiel, in Frühpensionisten-Quartieren während der jeweiligen Nebensaison an der Adria, meinetwegen auch irgendwo in Südamerika in den Anden zwischen Chile, Bolivien und Argentinien.
Er sollte ganz was anderes machen, so banal das nun klingen mochte. Sollte, abermals etwas skurril gesagt, sich inmitten von abgeschlossenen Massen in die Einsamkeit zurückziehen.
Abermals kurz: Sie, die Louise hätte wieder ein feines, fettes Angebot, nämlich auf einem Kreuzfahrtschiff im Unterhaltungsprogramm tätig zu sein. Er könnte als ihr Klavierpartner, -begleiter, -gestalter mitkommen, gleichberechtigt.
Facts:
Jetzt, in der Mitte schon des 2. Jahrzehnts dieses langweiligen und nur gieriger werdenden Millenniums, ja, jetzt würden das hiesige Volk von Jahr zu Jahr gieriger und die Afrika-Asien-Massen immer darbender, jetzt aber würden die Möglichkeiten für die halbwegs Wohlhabenden (also die Hälfte der Pensionisten und Rentner, vor allem aber die Frühaussteiger mit Ersparnissen) rasant wachsen, es wäre die banal-primitive Globalisierung sowieso nicht mehr abzuwehren und nachdem wir sie ausgekostet haben, dann nicht mehr aufrecht zu erhalten (aber das wäre Leuten wie E. und L. dann eh bereits egal), sowie ! – es würden die Schiffe immer größer, wüchsen zu kleinen Städten schlussendlich, zu eigenen Planetchen, stinkend herumkurvend auf den Wassern dieser Erde.
Facts schon mehr im Detail:
Es handelte sich um ein großes, breites, weitläufiges Schiff. Mehrere Ebenen, Schwimmbäder und Casino, Restaurants und Spiele auf Deck bis zum Tennis und mehr. Traumschiff mindestens mal zwei. Massenhaft Besatzung, vor allem aus Indonesien und den Philippinen, aber das störte die Passagiere nicht weiter. Ziemlich gute

Verpflegung (viel Fraß und noch mehr Suff) einschließlich Wäschebesorgung. Einkaufsgassen. Kosmetik und Massagen und Turnen und Yoga billig. Erlaubnis, an manchen Landausflügen teilzunehmen (schrecklich die Leute dabei, Achtung, imperialistisch geradezu, aber oft recht erhellend). Die Passagiere wären eben, na ja, im Grunde voll schematisch. Die wollten exakt einen Ablauf, täglich, ausgedruckt und im Net präsentiert, einer, von dem kaum abgewichen werden darf, sonst gibt es sofort Stunk. Eddy! Wir haben mehr oder weniger sowieso fast alles frei, das unfreie Noblere ist aber billig. Es gibt, das sei vorweg erwähnt, nicht Millionen zu verdienen, aber man steigt ganz nett aus. Man muss sich allerdings verpflichten, mit einer eher halblustigen, weil sowieso wackeligen Entscheidungsmöglichkeit nach der ersten, mindestens für insgesamt vier oder fünf Tours, so heißt das, also Kreuzfahrten in toto, jede etwa 4 Wochen hindurch, zu Verfügung zu stehen. Muss gesund sein – man wird zuvor untersucht – und hat für die Tropen geimpft zu sein, auf eigene Kosten. Es gibt dennoch gute Krankenstationen an Bord, keine Sorge, die kümmern sich lieb ums bessere Personal, um die Hinterindio-Typen allerdings nicht. Auftritte in der vornehmeren der beiden so genannten Concert-Halls, das ist nichts anderes als eine größere Bar mit Podium bestückt, aber mit Flaschen aus aller Welt, ein Theater-Raum für etwa 80 Zuschauer, schaut genauso gediegen und billig-nobel aus wie im Familienfilm, anzutreten fünf Mal die Woche und da zwei Mal am Abend, plus der üblichen Begrüßungs-, eventuell der Äquator-, der Reiseschluss-, eventuell der Kapitänsgeburtstags-Gala (der hat bei jeder Tour einmal Geburtstag), wobei diese Galas dasselbe sind wie die übrigen Auftritte, nur anders beleuchtet und mit besseren Häppchen, dafür die Sondergetränke doppelt so teuer. Auftrittsdauer jeweils 40 Minuten, Programmwechsel pro Woche (es fallen die Doubletten aber nieman-

dem wirklich auf). Probenmöglichkeit nach Absprache unter Tag. Sonst eben unter Tag frei, auch für eine Mitbenützung der Pools. Unterkunft in einer Innenkabinensuite (so heißt das Wohnen dort für die besseren Angestellten), zwei miteinander verbundene aber absperrbare Kabinen, jede hat ein eigenes, winziges Bad/WC, immerhin, freier Internet- und WLan-Zugang oder was immer man an Bord so an Verbindungen nach außen braucht, es ist aber so, dass man fast weltweit sich irgendwo einklinken kann, die Satelliten kreisen ja zu Tausenden über uns. („Du bekämst, sorry, die kleinere Kabine, geht aber auch, durchaus; ich bin in der anderen, mit Freundin nämlich dabei, wenn man nämlich wen mitnimmt, dann kostet es vergleichsweise einen Pappenstiel, und die wird dich sicher nicht stören, sie ist nämlich ur-süß; also, du hast jetzt 2 Wochen Zeit zum Entscheiden, lieber wäre mir viel früher.")
Faktenablauf zunächst (mit aller Bestimmtheit erzählt):
Das Einschiffen geschah stets in Genua (Genova). Die künstlerischen oder körperbezogenen (so hieß das wirklich, gemeint waren alle vom Masseur bis zur Krankenschwester) Mitarbeiter (nicht die reinen Schiffsarbeiter oder das Personal für Reinigung, Gastronomie oder Technik) hatten auf eigene Kosten anzureisen. Man (= Louise und Edgar) kamen per Bahn aus Wien (Liegewagen, umsteigen, ziemlich ungut, nämlich mit all dem Gepäck und den Kostümen der Frau). Die Freundin (= Griseldis, er hat nie herausbekommen, ob deren Name ursprünglich oder angenommen war) per Billigflieger (auch ziemlich viel Zeugs dabei) aus Berlin. Man lernte einander ein wenig näher kennen in einer Pizzeria in irgendeiner Durchzugsstraße dieser zugleich wunderbaren und scheußlich-geschundenen Stadt. Man fand halbwegs Gefallen aneinander.
Es ging das nämlich so und nun um folgendes:

E. A. D. Niehaus hatte der Louise nach drei Tagen zugesagt. Dann sich zwei Monate ausbedungen, um einige Regelungen zu treffen. Er gab alle lokalen Kontakte in Deutschland auf, ohne dabei aber irgendwie böse oder sonst wie zu agieren. Bloß ersuchend, ihn für einige Zeit aus den Augen zu verlieren. Er bezahlte seine Wiener Kleinwohnung mit den gesparten oder ersparten Resten aus Förderungen, Preisen und Noch-immer-Stipendien im Voraus für ein Jahr. Er besuchte die Wohnung in der Folge dann noch zwei Mal, tauschte Material und Noten aus, weniger Kleidung und ähnliches. Er ließ sie sonst einfach dahinvegetieren (sofern das eine Wohnung, obgleich etwas Belebtes, denn wirklich kann?). Man richtete sich jedenfalls ganz gemütlich in der Doppelkabine mit den beiden Winzbädern/WCs ein. Louise und Griseldis waren zunächst noch ein Liebespaar. Sie heirateten später sogar, doch davon eben später – auch davon, wie es weiterging mit den Eheleuten. Das einzig Unangenehme für Edgar in seiner Kleinbehausung war, dass man den ziemlich körperlich bedingten Liebeslärm der beiden oft durch die Verbindungstüre vernahm. Es erregte ihn überhaupt nicht, es störte bloß, und das ziemlich sogar. Und oft. Ganz am Anfang während der ersten Reise bekam er noch dezente Hinweise, er könne sich ja bei denen, sowieso gelegentlich nur, im Dreierpack beteiligen: Er lehnte das vielleicht erleichternd-angenehme Angebot höflich-ironisch-cool ab. Schon wieder.

Aus dem quasi-Logbuch, um einem Wortbruch zuvorzukommen, nämlich dass es keine biographischen Letztnotizen mehr geben würde; er führte eines, manchmal, gerafft und zusammenziehend wiedergegeben:

- Die erste Fahrt im zunächst für ihn ungeheuren Schiff (Edgar bemühte sich, aber er benötigte Tage, um sich auf den Decks und zwischen den vielen Plattformen, von draußen nicht zu reden, zurechtzufinden) ging von Genua nach Barcelona, Agadir, dann irgendwelche Inseln, dann Bordeaux, dann irgend ein englisches Seebad und einer der weiland britischen Imperialismus-Häfen weiter nach Hamburg, wo man die Leute ausschiffte, weil man so denen für die Rückreisen per Flieger oder Bahn noch mehr Geld abknöpfen konnte.

- Er lernte, beobachtend, viel. Man hielt die Leute durch Fressen und Saufen nieder. Die Ausflüge in den großen Häfen waren wirklich das Geschäft. (In Bordeaux blieb man gleich 5 Tage, um jeweils scharenweise die Leute zu Billig-Weinkellern zu karren.)
- Das zu gestaltende Abendprogramm konnten sie nach wenigen Einschleif-Aktionen locker abzuwickeln. Die Leute erwarteten einen Mix-up aus bekannten Operetten, Chansons und Musik bis hin zur Helene Fischer. Draufgaben: Lockere Schubert-Lieder und Nationales.
- Man bemerkt es schon, die Kreuzfahrten hier wurden von einer Gesellschaft organisiert und unternommen, die sich auf deutsche und englische Klientel spezialisiert hatte, ein paar Franzosen gab es noch, ein paar Italiener, sonst Tschechen, Ungarn, Russen und Fernöstler, kaum USA-Menschen. Alles aber stets ausverkauft. In der Tagesorganisation perfekt: Man hatte oft das Gefühl, in einer Reichsdeutschen Division zu arbeiten. Die Zuständigkeiten waren genau verteilt und wurden als solche auch wahrgenommen. Es gab also quasi – jenseits der zumeist sowieso vom Satelliten vorgegebenen Brücke, der Offiziere dort und der durchführenden Mannschaften, alle stets in blütenweiß – die täglich die Massen unterrichtenden, ja wie in Befehlsausgaben gebrieften Abwicklungs-Mannschaften, deren Arbeitszeit und Arbeitsaufwänden beinahe im Minutenbereich vorgegeben worden waren

und deren Weitergaben für die Tages- und Nachtabwicklungen dergestalt auf alle Handys oder sonstig mitgeführte Geräte gesendet wurden. Einsprüche, Korrekturen, selbst kleine Abänderungen nur: keine möglich.

- Die Weiblichkeit am Schiff war ein Abbild der Welt heute. Die Arbeitsfrauen größtenteils zwangsweise und damit eigentlich ihre Religion verhöhnend unter Kopftuch und Langarm-Langhosenkleidung (auch bei den späteren Reisen bis in tropische Gefilde). Die allermeisten Passagierinnen hingegen agierten geradezu gierig sozusagen der Sonne entgegen. Je mehr Licht oder Wärme, umso mehr Haut hergezeigt. (Der belustigte Dr. h.c. Niehaus dazu: „Exhibitionismus pur, wachsend noch dazu.")
- Dem Edgar ist das alles sehr recht gewesen. Er hatte seine Zeiten zum Herumstrolchen, Herumstrawanzen an Bord. Fast alle Decks oder Bereiche, die Super-Businesslagen einmal ausgenommen, standen ihm offen. Er besaß eine Personal-Chip-Card, die ihm zu rund 75 % vom Schiff den freien Zugang ermöglichte. Im Bereich seiner Tätigkeiten, also auch der Abend-Unterhaltungen, war für ihn alles schrankenlos erreichbar und dort konsumierbar. Ein wenig störend empfand er es, die Mahlzeiten (nicht die oft eher lockeren Après-Sachen in der Theaterraum-Bar) in einer der Mannschafts-Kantinen nach jeweiliger Chip-Card-Ausweisung einnehmen zu müssen.
- Die Arbeit mit der Louise war friktionsfrei. Sie übten oder besser sie trainierten viel. Auch wenn das Publikum Abend für Abend mindestens zu 80 % dasselbe verlangte.
- Das Essen ist abwechslungsreich gewesen, immer ein wenig zu fett.
- Fast auf jeder Reise ereignete sich – unbeabsichtigt – ein besonderer, zumeist eher harmloser, aber doch irgendwie die Reise je-

weils prägender Abend, eigentlich eine einschlägige Nacht. (Der Dr. h. c. Niehaus: „Alles zusammengerechnet auch ein Abbild der heutigen Zeitbedürfnisse und Abgründe.“)
Eine Art von Ereignis-Klassiker war es zuerst (dem dann Privates oder Abstoßendes folgen werden, im Zuge der nächsten Tours). Damals aber noch, während der ersten, hinter Bordeaux bereits, da ergab es sich, dass einmal nach der Zweitvorstellung ein paar der Passagiere, stammend aus Süddeutschland und aus Österreich, noch zu ihm ans Klavier traten, wo er usuell ein wenig improvisierend die Performance ausklingen ließ. Man sprach ihn an, einen Landsmann vermutend. Man kam ins Plaudern, dann sogar bald ins Reden über Musik. Über Schubert. Über den Zyklus von der schönen Müllerin. Einer der Männer outete sich als Sänger („… ja, im Chor zwar, aber immerhin professionell an der Münchener Oper“). Das Liedersingen ginge ihm ab auf der Reise. Immer nur allein in der Kabine ein wenig herumträllern wäre endenwollend. Er würde so gern hier im sowieso schon leeren Raum mit Klavier und Podium was von sich geben, wieder „in die Kunst und in die Seele eintauchen“. (Also, abgemacht? „Schubert zum Seelenreinigen auf dieser sowieso dauernd satten Kreuzfahrt. Momentchen, bitte.“) Nach fünf Minuten war er zurück, die Klaviernoten in der Hand. Edgar Niehaus zierte sich noch. Aber nicht lange. Er gab zu bedenken, den Klavierpart schon doch „seit Ewigkeiten nicht mehr in den Fingern gehabt zu haben.“ Egal. („Jetzt legt doch schon los ihr beiden!“) Der Gruppenrest, Louise und Griseldis inklusive, nahm vor dem Podium wieder Platz. Man wollte ein paar Einzelpiecen aus dem 20-Stück-Zyklus probieren. Man begann und das gar nicht zögerlich; das Wandern ging los, die Wasser rauschten, die Steine purzelten. Erzählt kann nun werden, dass die beiden die gesamte schöne Müllerin des Franz Schubert vortrugen,

am Schluss nur mehr vor zwei Leuten. Egal auch das. Nur. Es – man kann das noch am besten dergestalt ausdrücken – es zwickte ihn diese Schubert-Liebe&Lust&Schmerz aufsteigend während der Performance ziemlich im Magen. Der Sänger („Ich bin der Ludwig, und du? Wenn wir da jetzt von dem jungen Buben singen und was vorspielen und von dem dummen, aber wahrscheinlich sehr naiv-sexy Mädel im Text, dann können wir auch gleich uns mit dem Vornamen ansprechen. Außerdem geht die Chose bekanntlich schlecht aus oder zumindest schief. Da ists besser, wir halten uns brüderlich aneinander fest. Haha."), der Sänger also hatte zwar eine kleine, aber sehr helle und hohe Stimme, durchaus passend für die Originallage der Gesänge. Edgar fühlte schon bald zwickende Sentimentalitäten in sich aufsteigen. Erstens weil überhaupt der hintergründigste Schubert produziert wurde. Zweitens weil dabei, noch dazu mit den einfachsten Mitteln, vom Tonschöpfer Seelen-Perfektes fabriziert wird. („Und ich habe mein ganzes Komponistenleben hindurch alles immer nur noch mehr verkompliziert; ich habe bewusst Um- und oft, voll befriedigt davon, Irrwege gesucht.") Drittens weil er sich währenddessen doch der Anita erinnerte, sie neu ersann geradezu im untersten Gemütsloch, ein Vorgang, den er während der letzten Monate schon gut zu vermeiden geübt hatte. Ihm wurde im Verlauf der Lieder angenehm und gleichzeitig immer mieser zumute.

Wandern – eigentlich war es ein Flüchten? Vor den Menschen, vor der Kunst als Akt des immer einfacher Werdenden? Ohne Tractatus-Traktieren, ohne hintergründig Vokales, ohne Ballade und Beethoven-Zurücknahme-Verfilmen?

Wohin? Irgendwie nie erkannt, begriffen, wo und wann der Haltepunkt offeriert wird. Vom Geschick? Von einem Gott? Aus sich selbst heraus?

War es also gemeint?
In Menschen etwas gesehen, das sie nicht gewesen sind.
Freundschaften und mehr gesucht, angeboten – mit Prügeln wieder vertrieben.
Die Farben, die lieben und die bösen ...
Die Anmachversuche des Buben ...
Die Widersacher ...
Nie erkannt wer und was ...
Schauder bei den H/h-Tonarten.
Wie oft erklingt eine Todesmusik, eine Todesahnungsmusik.
E-Moll und g-Moll und h-Moll (damals ... das schäbige Geräusch ...) ja, Todesahnung, damals ...
„Krachend hört' ich hinter mir schon des Todes Tor sich schließen, weit nun steht es wieder offen."
Und --- (auswendig gelernt, das aber erst nach Monaten realisiert; nur: jetzt ist es wieder ein Vor-Sich-Hersagen, ein Vor-Sich-Hersingen, ein Vor-Sich-Herpfeifen, heftig, heftigst:)

„Bleib in guten Gedanken an mich. An die Frau Tod. --- Lass mich lieber, du Lieber. Es wird wohl nichts mehr."

Des Baches Wiegenlied, in E-Dur! Die hellste Tonart, die des Aufbruchs, hier diejenige, die einen Selbstmord (quasi damals und im Lied) begleitet:

Gute Ruh, gute Ruh! Tu Augen zu! ...
... Wandrer, du müder, du bist zu Haus. Die Treu' ist hier, Sollst liegen bei mir, Bis das Meer will trinken die Bächlein aus. Will betten dich kühl Auf weichem Pfühl In dem blauen kristallenen Kämmerlein.

Heran, heran, Was wiegen kann, Woget und wiegen den Knaben mir ein! Wenn ein Jagdhorn schallt Aus dem grünen Wald, ... Will ich sausen und brausen wohl um dich her.
Blickt nicht herein, Blaue Blümelein!
Ihr macht meinem Schläfer die Träume so schwer. Hinweg, hinweg Von dem Mühlensteg, Böses Mägdelein, daß ihn dein Schatten nicht weckt! Wirf mir herein Dein Tüchlein fein,
Daß ich die Augen ihm halte bedeckt! ...
Gute Nacht, gute Nacht! Bis alles wacht,
Schlaf aus deine Freude, schlaf aus dein Leid!
Der Vollmond steigt, Der Nebel weicht, Und der Himmel da oben, wie ist er so weit!

UND DER HIMMEL DA OBEN, WIE IST ER SO WEIT ...

„Bleib in guten Gedanken an mich. An die Frau Tod. --- Lass mich lieber, du Lieber. Es wird wohl nichts mehr."

Die ersten viereinhalb Wochen, die erste Tour also, vergingen ihm überraschend rasch. Er fühlte sich zumeist wie auf Urlaub, gelegentlich ein wenig auf Zwangs-Urlaub. An Landausflügen war er nur wenig mit auf den Inseln und in England am Festland dabei gewesen. Es hatten ihn die überall herrschende Oberflächlichkeit und das vordergründige, britische Genusswesen rasch eher abgestoßen. Er schlief viel und lange an Bord, auch auf Deck. Er korrespondierte kaum mit den Freunden, Bekannten oder Künstlerkollegen in Mitteleuropa. Auf so manche eher verblüfft formulierte Mail-Fragen,

warum er abgehauen sei, antwortete er nicht. Zu Griseldis hielt er bewusst Distanz. Die Frau, auch Kräuselhaare, auch eher blond, 28 Jahre alt, sehr schlank, sportlich, oft besserwissend, entsprach in beinahe keiner ihrer Interessen oder bloß oft so dahin geplapperten Aussagen seinen Ideen oder selbst nur schlichteren Vorstellungen.
Er mochte das Klavierspiel auf der Bühne sehr. Er verbrachte Vormittage lang im leeren Konzertsaal, übte dort, arrangierte, paraphrasierte. Auf eine Suche nach neuen Klängen, so wie in den letzten mindestens 30 Jahren, im Kopf und am Klavier, begab er sich aber nicht.
Es ließen sich ja jetzt usuell über solche freiwilligen, kreuzfahrenden Genuss-Dörflichkeiten in streng abgezirkelten Abfolgen und Hierarchien schon generell lange (Illustrierten-)-Romane mit einem großen, aber vertrauten Personarium schreiben – oder eben das alles nur in ein paar, erwartbaren, Sätzen skizzieren.
Nach der ersten Tour, d.h. schon vier Tage vor deren Ende, wurden Louise und Edgar ins Büro einer Art von Chef-Zahlmeister zitiert. Man teilte ihnen dort freundlich mit, dass man mit den Leistungen zufrieden sei, dass man, wie abgemacht, nun weitere drei Tours anbiete. Man müsste aber umgehend unterschreiben. Louise bat trotzdem um 25 Minuten Bedenkzeit. Sie verschwand, telefonierte offenbar heimlich mit der Griseldis, kehrte bald wieder, fragte, ob die Bedingungen dieselben blieben. Sie sollten dieselben sein. Man würde in Hamburg auschecken. Man sollte, genauso wie schon gehabt, dann in exakt sechzehn Tagen wieder in Genua gestellt sein. Die erste, frische Reise ginge nach Bangkok und retour, höchstens 2 Aufenthalte in den Emiraten, vielleicht einer in Indien, irgendwo, sicher aber nicht in dem teuren Bombay, wie man ehedem jenen Moloch einst genannt hatte und wie er in der Schifffahrtssprache noch allemal hieße. Man würde diesmal wieder in Genua landen,

könnte dort sodann die vorgesehenen drei Ruhewochen am Schiff, beinahe (!) gratis als ganz tolles Entgegenkommen der Reederei verbringen; dann ginge es leer in die schon einmal besuchte deutsche Hafenstadt; man erwarte aber, dass die Ruhezeit an Bord für Programmgestaltungen und so weiter genützt würde; dann führten die nächsten beiden Reisen – ident übrigens was die Ziele anbelangte, die Bedingungen, Auftritte, Abläufe, Programme, Bedingungen auf Bord etc. wären aber wiederum vollkommen dieselben wie bisher – nach dem Norden, es würde nachgerade schließlich wieder Sommer, derjenige bald von 2018, angedacht sei Besonderes, Norwegen West, Kaledonien und dort zwischen den Inseln herum, die Passage sei um einiges teurer als die üblichen in den asiatischen Osten, welche sowieso schon gut drei Dutzend an Liners im Augenblick anböten, hier aber wäre eben noch was Besonderes zu erleben, und – wieder ein ganz tolles Entgegenkommen der Reederei – nämlich, wie gesagt, die Bord-Kulanz-Bedingungen blieben auch hier für das künstlerische Personal dieselben, also die Umstände an Bord, die freiwilligen Leistungen der Gesellschaft, die Honorare und so weiter. Abfahrt und Ankunft Hamburg. Wiederum vier Wochen je. Louise sagte also nach kaum 15 Minuten zu und unterschrieb, Edgar machte es ebenso. Er erkundigte sich zuvor nur noch nach den Möglichkeiten, auf diesen Reisen gute Internetzugänge zu haben. Sie wurden ihm versprochen – was eine glatte Lüge war. Allerdings konnte man sich mit einem geeigneten Laptop, und den besaß Edgar, bei internationalen Gesellschaften sozusagen in Satelliten einkaufen, für Kontakte, für Musikdownloads, für Literaturzugänge und mehr. Edgar eröffnete daraufhin für sich und in seiner kleinen Kabine eine Art von Konzertsaal und eine Großbibliothek. Gute Schalenkopfhörer erstand er in Hamburg (von wo man nach der ersten Reise wieder per Bahn nach Genua gondelte). Er wusste, dass ein überbordendes (das Wort passte zu seinem aktuellen Beruf) Hören das Gehör dergestalt nachhaltig schädigt. Es war ihm egal. Er war irgendwie draufgekommen, dass – und er fasste das als Chance nach den zweieinhalb Jahrzehnten seines mehr oder weniger („… sowieso sinnlosen …“) Intensiv-Komponierens so auf – dass man also auch anders im Kopf konsumieren könnte, ohne dabei im Süchtig-Sein nach Neuem, Kreativem, Un-Erhörtem, die Menschen Abschreckendem selbst zu verblöden.

Auf der Reise nach dem Osten:
Es stellte sich heraus, dass die Asien-Tour ein Billig-Massen-Auflauf war. Die Leute sind – nun, sagen wir – einfacheren Gemüts gewesen. Die Passage war offenbar billiger, das Angebot bescheidener. Es schien den Leuten, fast ausschließlich Kreuzfahrt-Profis aus Deutschland, aber für untere Kategorien, egal zu sein. Auch hier war man äußerst bedacht, dass die angebotenen Leistungen mit den Vertragseinzelheiten und den täglich per Mail und Anschlägen angekündigten Offerten übereinstimmten. Oder auch, schlichter gesagt, es musste einfach und dauernd vor allem viel geben, an Essen, an Trinkmöglichkeiten, an simplen Deck-Unterhaltungen. Louise und Edgar wurden bald angehalten, sich dem zu stellen und zu beugen. Also präsentierte man mehr deutsche Romantik-Lieder, wieder Helene Fischer, Catharina Valente, MDR-Glück und Schlager aus den 30ern, 60ern und 70ern, vor allem solche aus den Rheinlanden oder aus Sachsen.
Edgar zog sich bei dieser Tour noch mehr zurück. Es war ihm manchmal des Morgens eher übel. Er machte dafür das schon bald beinahe tropische Klima verantwortlich.
Die beiden Frauen genossen anfangs die Zusprüche, die Zuneigungen und mehr der Passagiere, besonders jener Männer, welche

schon ab halb elf Uhr vormittags nach Bier rochen. („Ihr beiden seid schon toll, dort draußen, am Podium; so mögen wir es, seit den Zeiten vom Adenauer mindestens und dann den Scheiß-Roten-Brigaden.“) Die beiden Frauen gebärdeten sich wie die hübschen Stars bei einem eher billigen Volksfest. Man hofierte sie. Jede ihrer Performances war überbucht. An beinahe jedem Abend hagelte es für die Künstler sogar mehrere Einladungen auf ein lockeres, gemütliches, ziemlich ausgelassenes und schließlich allgemein besoffenes Post-festum. („So sagen wir Deutsche das nämlich, hoho, wir Lateiner und Humanisten!“). Man nannte das auch Fêten und Partys und Mulatschags und mehr, draußen dann unter dem Himmel des Roten Meeres oder vor den Seychellen. Als Ehrengäste stets, „selbstverständlich“, wollte man die beiden haben. Damit gemeinsam dort noch einmal ein wenig die wunderbaren deutschen Schlager intoniert werden könnten, jetzt von allen und im Freien. Der gesondert hier zu bezahlende Parallel-Champagner: egal. Das eine oder andere Küsschen, oft schon schleimig: egal. Die fortgeschrittene Nacht: egal. Wahrscheinlich auch das zum Teil infizierte Personal, weiblich-willig ditto zum Teil, aber: auch egal, was kostete schließlich die Welt.
Nachdem man Indien umrundet hatte, zog Louise eines Abends, in einer tiefen Nacht bereits eher, den Edgar hin an ihren leicht wiegenden, duftenden und auch schon leicht stinkenden Körper. Edgar hatte ausnahmsweise sich überreden lassen zu bleiben und den nahenden Äquator mitzufeiern. Auf Deck, locker in kleinen Gruppen vor der Nacht-Bar. Er stand da, kritisch-anmachend beäugt von der Damenschaft der Tour von diesmal. Exquisit gekleidet, weil neu ausstaffiert vom chinesischen Schneider des Riesendampfers, mit dem er sich beinahe schon angefreundet hatte, und also aussehend wie ein auf jeden Fall stolz abweisender, aktueller, an sich gern leidender

Lyriker oder Schrift-Meister, etwa wie der Handke Peter und ähnliche Tröpfe, also ein Bild von einem Kreuzfahrt-Nobeltouristen („Du schaust aus wie in einem Agatha-Christie-Film.") in seinen weichen, hellen Hosen, mit offenem Gilet, im Stehkragenhemd, ein helles, buntes Tuch um den Hals, obwohl die Luft heiß, eine gelbe Baseballkappe auf dem Schopf, eine mit der Aufschrift God is sleeping.
Sie, eng an ihm. „Es war doch supi, dass ich dich da hierher auf die Schiffssachen vergewaltigen konnte. Alles doch wie ein Schlaraffenland. Und diese Blöden rundum sind wie die Kasperlepuppen. Du – und ich hab ein Anliegen! Bitte! Bitte! Ich will die Grisi heiraten. Hier am Schiff. Das geht. Der Captain macht für uns so etwas wie auf Pfarrer, Und du bist mein Trauzeuge. Unbedingt!"
War das also wieder und schon – wie beinahe auf jeder Reise – der – unbeabsichtigt – prägende, formende, Folgen habende, folgenreiche Sonder-Abend, die komische, aber außergewöhnliche, auch dann zum Kotzen anregende Nacht?
Oder war es diesmal, bloß und schlicht, eine Hochzeitsnacht, 14 Tage später schon, auf der Heimreise, Bangkok im Rücken. Der Kapitän war belustigt. Er gab zum Anlass ein Sonder-Dinner, geladen sind nur zehn Leute gewesen. Man revanchierte sich mittels eines Sonder-Konzertes (Mozart, Peter Kraus, irgendwelche Frauen-Komponisten, Ravel, Madonna, Adele-Imitate). Edgar schlief auf Deck, in eine Decke gewickelt, unter einem Rettungsboot. Er wollte die beiden in ihrer Nacht der Nächte alleinlassen in der gemeinsamen Wohnung. Es wäre nicht notwendig gewesen. Denn das Brautpaar war bereits am Captains-Tisch so besoffen, dass man sie mithilfe starker Matrosinnen ins Bett tragen musste.

„Bleib in guten Gedanken an mich. An die Frau Tod. --- Lass mich lieber, du Lieber. Es wird wohl nichts mehr."

Ich
will
nicht
dienen.
Ich
will
Freiheiten.
Ich
weiß
nur
nicht
welche.
Ich
habe
schon
zu
viele
ausprobiert.

Zurück aus Hinterindien, in Genua gelandet. Die beiden Frauen hatten das Kulanzangebot (an Bord zu bleiben, dann mit hinaufzuschippern) angenommen („Du, das ist nicht die beste Idee gewesen. Einheitsfraß, Langeweile, aber total. Genua ist nach kurzer Zeit voll Scheiße.") Edgar hingegen fuhr auf eigene Kosten zunächst nach Wien, dann nach Leipzig, dann nach Berlin. Er ordnete, tauschte, ging spazieren. Er traf fast niemanden – außer den Emmi in Berlin („Du, ich sage dir, die Zwillinge! Süß, aber anstrengend und teuer. Außerdem wird die Zeit für Musik schlechter. Ich dachte mir zuerst, du bist doch ein Idiot. Hast viel in diesem Ungarn mitgemacht, gell? Ja. Gut. Heuerst da auf einem, die Welt verpestenden Monster an. Aber vielleicht hast du ganz recht. Man macht den Leuten den Wurstel und hat dafür sein Auskommen, sieht was, hat Ruhe. Und die Weiber? Sind die tatsächlich so – ihr sagt im Süden und in Österreich dazu so wunderschön – so gamsig, wie das beschrieben wird oder in manchen Filmen zu sehen ist?")

Die Reise eins sodann in den Norden, die Nordsee, den Atlantik: Unspektakulär.

Viel Nebel trotz des Frühsommers. Eher langweiliges Publikum. Landgänge ohne besondere Vorkommnisse. In Norwegen alles unbeschreiblich teuer. Auf den schottischen Inseln alles besonders scheußlich auf schottisch für den Fremdenverkehr behübscht.

Das Reisepublikum war diesmal tatsächlich nobler, gelassener auch, zurückhaltender, sozusagen fast alle auf Hansestadt-Senatoren-Habitus.
Der Service wurde hochgefahren. Die Bar- und Sonderevent-Preise auch.
Man gab – musikalisch – ein herkömmliches Programm untermixt mit etwas mehr an Klassik.
Nach jeder 5-Tage-Doppelauftrittswoche spielt eine Mexico-Banda, nicht mit wirklich viel Anklang.
Zudem wurden Lesungen angeboten. Schriftsteller, mäßig aber doch bekannt. Jeweils aus Hamburg für vier intime Abende im kleinen Saal eingeflogen, auch zum Plaudern noch nachher verpflichtet, zum Bücher-Signieren, unter Tag dazu angehalten, auf Deck oder in den besseren Gesellschafträumen (nicht jene für die Billiger-Kategorien am Schiff) Konversation zu machen.
Louise vertrug das Klima schlecht. Sie musste mehrfach w. o. geben, was die Reederei nicht goutierte.
Louise und Griseldis bekamen immer öfter Streit. Griseldis mochte den Norden nicht. Sie kriegte leicht klaustrophobische Zustände. („Immer nur dieses Meer, das geht mir schon derart am Arsch vorbei; und die Inseln, eine wie die andere; und die Leute, alle verkrampft.“)
Edgar wurde nach eineinhalb Wochen gefragt, ob er etwa spätvormittags ein wenig Klavierunterricht, Piano-Perfektion für Reisende anbieten würde, selbstverständlich honoriert. Er hatte – jeweils für ein paar Stunden während dieser Tour – insgesamt zehn Schülerinnen und Schüler, alle im Solo-Unterricht, acht Frauen und zwei Männer. Alle sind eifrig gewesen, fast alle brachten auch einiges an Können mit. Man organisierte am vorletzten Reisetag sogar ein Matinee-Konzert. Sieben von den Studiosi machten mit. Es war ein

Erfolg. Das gediegene Publikum applaudierte gediegen. Fehlende Notenausgaben waren per Internet beschafft worden. Man offerierte (Edgar spielte nur das Eröffnungsstück, aus den Klavierstücken op. 19 von Schönberg, was gewisse Verwunderungen nach sich zog) aus den Schubertschen Moments musicaux, Walzerparaphrasen nach Josef Strauß, die Berliner Luft, aus Schumanns Kinderszenen, das fesche Funiculí funicula und den ersten Satz aus der Mondscheinsonate des Ludwig van Beethoven.
Retour wieder in Hamburg nach dreieinhalb Wochen. Vier Wochen Pause, zu freien Verfügung, als Arbeitnehmer und Versicherte abgemeldet. Louise und Griseldis wollten nach Bremen (nicht weit weg und zur Verwandtschaft) reisen. Edgar benützte das beim Klavierobservieren eingenommene Schwarzgeld, um nach Frankfurt am Main zu fahren und dort sich am Tropeninstitut einer Untersuchung zu unterziehen. Er hatte, schon oben in Kaledonien, Schmerzen verspürt. Ähnlich denen damals vor Jahrzehnten. Er bekam am Main einige Befunde. Wirkliche Auffälligkeiten wären nicht festzustellen gewesen.

Die Reise zwei nach dem Norden, sie ereignete sich tatsächlich beinahe auf die Minuten exakt gleich zur ersten.
Edgar hatte schon während jener ersten Seefahrt begonnen, seine Internetkontakte die Literatur und die Musik betreffend voll auszunützen. Er las Romane. Das heißt besser, er las, am Schirm, in Romanen, in Großromanen, abschnitt- und ausschnittsweise. Der Idiot des F. Dostojewskij faszinierte ihn über weite Strecken. Der Mann ohne Eigenschaften des R. Musil behagte ihm nur in den ersten etwa achtzig Seiten. Dann nervten ihn die nichtssagenden Wortketten und die Eitelkeit des Autors. A.C. Clarke goutierte er (als, wie bereits berichtet, ein Fan des gleichnamigen Kubrick-Films

2001: A Space Odyssee) vor allem wegen dessen Schilderung der Aufhebung von Zeit und Raum. Er mühte sich mit Thomas Bernhard ab, las aber keinen Bernhard-Text zu Ende. Die Blechtrommel des G. Grass belustigte ihn abermals. Der Malte Laurids Brigge das R. M. Rilke machte ihn leicht depressiv. Edgar, schaute sogar in die Winnetou-Trilogie des Karl May hinein. Er versuchte sich an Börne, Schnitzler und Wedekind. Kafka wich er aus. Die ganz aktuellen Berliner Großstadt-Romane gefielen ihm.
Das Publikum ist diesmal sehr ähnlich gewesen. Bis … doch davon später einiges mehr.
Er hörte viel und gezielt in heruntergebeamter Musik herum. Bach, Johann Sebastian, nicht die Kantaten, das Klavierwerk aber, die Suiten und Toccaten vor allem. Mozart, die Klaviersonaten in der schrägen Interpretation des Glenn Gould. Die Symphonien des Sibelius („… passend zu unserer aktuellen Nordlandfahrt.") Die Klavierkonzerte und Symphonien des Prokofieff („… eine Fundgrube.") Brahms-Lieder, Trecento-Madrigale, Schumann-Klaviersonaten mit Murray Perahia oder Svjatoslav Richter, kaum aber Opern oder Oratorien. Hingegen doch reines und selbstgefälliges Virtuosentum von Paganini oder Vieuxtemps, kaum aber Rachmaninow. Später dann sogar die Symphonien des Vaughan-Williams, von Ives oder Ausgewähltes von Schostakowitsch oder Bartók. Von Beethoven ließ er fast nichts zu oder an sich heran. Nur Streichquartette, die dem Herrn Rasumofsky gewidmeten, sowie jene durchaus legendären letzten fünf, gelegentlich. Die seit 2000 laufend erscheinenden Neueinspielungen, wiederum mit Leidenschaft angehört, nein, sich hineingezogen, gar nachanalysiert, solche von Ars-antiqua-Kompositionen und solche aus der Schule von Notre Dame bis hin zu den Isorhythmischen Motetten, sie alle faszinierten ihn akzelerierend.
Nach der zweiten Woche während der zweiten Nord-Tour, man

ankerte vor Edinburgh, traf er eines Morgens, ganz vorne an Deck auf der Schiffspitze wie Winslet und di Caprio auf der Titanic, eine kauernde, schluchzende, nein, heulende Louise. Man habe sich getrennt. Grisi sei schon abgehauen, hätte sich dafür sogar noch Geld von ihr geschnorrt, wollte den nächsten Flieger nach Deutschland nehmen. Es ging eben nicht mehr. Noch dazu diese dauernd Enge, auch wenn man sich am Schiff beinahe überall hinbewegen durfte. Noch dazu dieses, so die Ehefrau, „Verdammtsein zum Nichtstun". Eine Scheidung stünde wohl an. Keine Sorgen für Eddy, bitte, sie würde schon noch den Vertrag erfüllen. Aber nach dieser Tour zwischen den komischen Nordleuten sei auch ihr Bedarf gedeckt. Sie würde wieder im Süden, in Mediterrane-Clubs oder so was ihr Glück versuchen. Die beiden, Edgar und Louise, kuschelten sich noch eine halbe Stunde lang, beinahe hilfesuchend aneinander.
Es gab dann noch, drei Tage vor dem Reiseende, einen kleinen, sozusagen intimen Eklat. Dem Edgar war schon seit dem Einschiffen aufgefallen, dass diesmal auch eine vor allem Männergruppe mitfuhr, welche sich zwar, passend, eher nobel gab, sich aber weitgehend absonderte von den anderen Mitreisenden und innerhalb der Reise-Klasse. Es waren ein Dutzend Herrn mittleren oder schon etwas höheren Alters und vier (begleitende, dienliche?) etwas jüngere Frauen. Es kam während der Schifffahrt oder den Landgängen zu keinen sonst üblichen Austauschen, auch nicht, später dann, zwischen den Dinner-Tischen. Selbst in den diversen Bars und im Konzertsaal blieb man gern unter sich. Zu den abermalig offerierten Lesungen oder Literaturgesprächen kam keiner von denen.
Und der diesmal im Kopf nachhämmernde, legendäre, prägende, diesmal auch überaus schräg-abstoßende Abend während der Nordland-Tour Nummer zwo? Wie war der? (… scheußlich … so viel sei schon verraten … wertfrei …)

Es war: im Konzertsaal, nach der Abendproduktion. Übrig am Podium nur Edgar, übrig im Zuhörerbereich die Gruppe. Man hatte sich ein paar Tische zu einer Tafel zusammenschieben lassen. Gab an, mehrere Geburtstage in einem feiern zu wollen. Bier und klarer Schnaps waren geordert. Man bat Edgar bitte noch ein wenig zu bleiben und eventuell kurz ein paar zu erwartende Festtagsgesänge zu begleiten. Man bot ihm auch Bargeld an, einige Scheine dafür, was Edgar aber brüsk ablehnte. Eine halbe Stunde aber wollte er gern musikalisch unterstützend noch bleiben.

Was kam, war die Erweiterung eines schäbigen Geräusches. Und ein Endkanal der Musik. Abermals einer …

Man sang vorerst gängige Geburtstagslieder, ließ die Gefeierten mit den prall gefüllten Schnapsgläsern hochleben und endete bei jeder Gratulation mit dem Refrain:

„Ach, war das ein schönes Fest, bin, scheint's, wieder voll jewest."

Dann ergriff einer, einer der Ältesten offenbar, das Wort. Er sprach davon, wie fein die Reise doch bisher gewesen sei. Insbesondere auch deswegen, weil man „bei einigen von unseren Wurzeln im Norden gewesen." Es möge nun ein ordentlicher, gelungener und durchaus rauschiger Abend werden. Auch einer mit viel Gesang. Denn das ließe sich nämlich – gerade heute und in Zukunft – diese unsere Bewegung, „die durch uns hindurchbrennt" nicht mehr verbieten!

Edgar kippte mehr als er wollte, wohl auch mehr als er vertrug. Das fiel hier aber nicht weiter auf.

Er begleitete – auf Verdacht, was die Harmonien und den Rhythmus betraf – einige Burschenschaftslieder.

Dann verkündete der Redner noch, dass man „sich viel nicht mehr gefallen lassen werde"; auch „dieses dauernde Correctness-Gebrabbel bei jedem Wort. Wir wissen schließlich noch ziemlich genau, wer diese Zigeuner sind, wer die Neger und so weiter. Wir lassen es nicht zu, dass jede Statue für einen deutschen Freiheitskämpfer von den Warmen und Lesben und den LinksLinken beschmiert und dann auch noch geköpft wird."

Lachend wurden ihm so manche Lieder aus den untersten Laden der rechten Burschenschaften entgegengesungen, handelnd von schwarzen und noch andershäutigen Menschen, sie verhöhnend … verhöhnend bald auch Frauen generell …

„Und außerdem! Wir sind dagegen, und ich sage das jetzt zum wiederholten Mal und es ist doch nicht oft genug zu betonen, dass etwa in den Medien, vor allem den öffentlich-rechtlichen, immer mehr Sprecher und Sprecherinnen, Ansager, Moderatoren und so weiter mit farbigem Hintergrund auftreten dürfen. Vor allem aber – und auch hier laufen wir bald Sturm und haben aktuell viele auf unserer Seite – vor allem aber protestieren wir gegen die Auswüchse etwa bei einer Fußball-WM. Das ist nur mehr eine von weißen Managern geführte Massenschlägerei von künstlich hochgedopten Menschen, aber! Das sind bereits nur mehr schwarze und braune Söldnertruppen, die gegeneinander losgelassen werden. Afrikanische Spartakiaden wie im Colosseum der Römer!"

Und wieder gab es Lieder, nun vor allem solche über die Lustbarkeiten beim Frauen-Penetrieren.

Er schlich sich von der Bühne. Unbemerkt. Obwohl er schon längere Zeit nicht mehr die Tasten drückte. Was war das? (Er, in sich: „Soll ich jetzt kotzen; oder; oder ist das einfach ein Strang mehr in der heute sich zerspragelnden Musik?')

Schon wieder ein wenig die miese Nacht der Walpurgis?

Es wartete hinten, rechts (!) zwischen den dicken Vorhängen eine Frau aus der Gruppe auf ihn.

Inzwischen war man davor zu noch Härterem vorgedrungen, im

toto des Chores, antiphonal wie responsorial, rassistisch und vor allem antisemitisch.
Um ihn wuchsen plumpe Fantasiebilder eingebettet in dünne Nebel.
Die Frau nahm seine Hand.
„Nicht gut dort draußen? Oder?“
„Nicht gut.“
„Aber irgendwie erregend? Oder?“
„Irgendwie schon. Das total Negative erregt eben stets.“
In diesem Draußen gab es inzwischen das gesungene Weltkriegsglück mit Todessehnsucht und den Trieben danach und während des gegenseitigen Umbringens. Es ging sozusagen ums Eingemachte. Um Wortfetzen, z. B. Rassenschande oder Judenblut. (Er, in sich wiederum, zur eigenen Musik im Kopf flüchtend: „Mein Leben, meine Welt, die dahingehende, sich auflösende Musik nämlich? Mein Leben soll das heißen?“)
Zwischen den schweren, dunklen, nach Schminke duftenden Samtvorhängen:
„Du spielst gut, vorhin, dort drüben soeben zwischen unseren Recken.“
„Du riechst gut.“
„Du lässt dich so angenehm anfassen.“
„Du hast so viele weiche Stellen.“
„Du hast etwas Steifes, Hartes schon in der Hose.“
„Du bist nass im Höschen und auf deinen Haarbüscheln.“
Draußen, man war sehr pointiert, anrollend zum großen Chorfinale, in dem es zuerst ums Pudern und Ficken ging, dann um die Freude, angeblich ja ein schöner Funken uns geschenkt von Göttern.
Es lag hinter den Vorhängen aufgeschichtet noch ein ganzer Stapel von Ersatzbehängungen. Alle weich und leicht kratzend und so wie

die Plüsch-Samt-Dinger eben sind. Eine Einladung schlechthin für beide.
Er fragte nicht: „Dein Name?“
Sie fragte nicht: „Schützen?“
Ausgespiene, mord- und coituslustige Refrain-Klänge stahlen sich noch weiterhin froh zwischen die dicken Vorhänge, kamen in Fetzen hervor.

„Bleib in guten Gedanken an mich. An die Frau Tod. --- Lass mich lieber, du Lieber. Es wird wohl nichts mehr.“

Er war sofort drinnen in ihr. Sie stöhnte.

WEM DER GROSSE WURF GELUNGEN, EINES FREUNDES FREUND ZU SEIN, WER INS HOLDE WEIB GEDRUNGEN …

Man blieb in den dreckigen Schluss-Chören, draußen, die übrigens dergestalt beinahe bald feierlich gegeben wurden, so als sänge man überhaupt Beethovens Neunte. Aus deren 4. Satz. Als sänge man denjenigen Unsinn von der Freude. Denjenigen, wo man froh in den Himmel aufsteigt. Denjenigen, wo man an den Brüsten der Natur so etwas wie Freude trinkt. Edgar riss eingedenk dieses Schiller/Beethoven-Klamauks der Frau ihre Bluse auf.
KÜSSE GAB SIE UNS UND REBEN …

Erzählt kann noch werden, dass er durchaus wieder halb-nüchtern und irgendwie ironisch-lächelnd allein in seine Kabine zurückkehrte. Dass er noch an die Verbindungstüre zu Louise klopfte, dass ihm geöffnet wurde, dass Louise nackt war, ihn in ihr Bett einlud („Aber voll keusch, hörst Du?! Nur zum Abreagieren. Zieh dich auch aus.

Leg dich zu mir. So wollen wir uns geschwisterlich auf die nächste Zeit vorbereiten.") Sie schliefen Hand in Hand ein. Ihre letzten, gemurmelten Worte sind – angeblich – noch gewesen: „Du bist ja voll feucht. Hat dich ein Hund abgeschleckt?"

(Weit weg schon, draußen, nicht mehr wirklich gültig:
UND DER CHERUB STEHT VOR GOTT – vor Gott?)

Ich
will
nicht
dienen.
Meinem
Sexkörper
schon
gar
nicht.
Ist das nun der letzte (Doppel?)Coitus meines Lebens gewesen?
Wieder eine Walpurgisnacht?

Hamburg, retour.
Man machte den beiden sehr freundliche, frische Angebote. Louise lehnte ab.
Die beiden inszenierten für- und voreinander einen bewusst coolen und Humphrey-Bogart-Ingrid-Bergmann-artigen Abschied.
Edgar ersuchte, allein, übriggeblieben, sich noch manches überlegen zu können. Außerdem, frei herausgesagt: Er müsse sich abermals einer ärztlichen Untersuchung, Kontrolle oder gar mehr unterziehen. Man bot ihm an, auf einem anderen, kleineren Schiff auch solo als Pianist sich verpflichten zu lassen. Insbesondere im Hinblick darauf, dass („bravo doch!") jenes parallele Training am Pianoforte plus das abschließende konzertante Präsentieren der erzielten Fortschritte vor anderen Gästen so eingeschlagen hatten. Edgar Niehaus schlug vor, nach oder noch während seiner stationären Behandlung, diesmal in Erlangen, antworten zu dürfen.
Das Management sagte zu.

In Erlangen wurde der Dr. h. c. Edgar Niehaus umgehend stationär aufgenommen.

Er wurde zum Sonderfall für die Forschung erklärt.

Aus diesem Grund führte man ihn als einen Experimental-Patienten.

Was ihm jegliche Kosten ersparte.

Er hätte dies, zudem als Nicht-mehr-Versicherter, sowieso nicht tragen können.

Beinahe ein halbes Jahr verbrachte er in der Klinik („meine 2. Halbtotzeit.“).

Man hatte alle Befunde, so möglich, aus den letzten beinahe 30 Jahren gesammelt.

Er wurde als mehr oder weniger geheilt entlassen.

Nach vielen Infusionen.

Nach Trainingseinheiten.

Gut angefüttert sozusagen, glücklich gemacht, in einer Beinahe-Gemütlichkeit.
Im Gesellschaftsraum für die Ärzte stand ein Klavier, welches er benützen durfte.
Er hatte im Spital wenig Musik gehört, weiterhin keine Musik selbst neu gemacht.
Seine Tätigkeiten bestanden im Lesen, Zeitungen vor allem, und im Nachdenken.
Das Nachdenken bezeichnete er bald als „Schwebeübung".
Er verfolgte die EU-Tollpatschigkeiten und deren Korrosionsabläufe.
Und die EU-Kommissionsfrauen, die keine andere (weibliche) Sicht erzielten.
Scheitern als leibende Basis.
Mit dem Personal und der Ärzteschaft kam er gut aus.
Manchmal kamen Mediziner zu ihm, um mit ihm über Musik zu diskutieren.
Noch während des Spitalsaufenthaltes nahm er wieder Kontakte auf.
Alles passierte hauptsächlich per Mail, kaum telefonierend.
Es sind wenige Angesprochene, Angeschriebene gewesen.
Die Freunde in Berlin, die Leipziger Kollegen, einmal Louise, sogar der Sammler.
Man versuchte daraufhin aus halb Europa mit ihm mehr sich auszutauschen.
Er ließ das nicht zu.
Übrigens, der Sammler war in der Zwischenzeit an Aids verstorben.
Sonst war eben: MUTTERSEELENALLEIN IN ALLER ÖFFENTLICHKEIT.
Man zog seine Krankheit(en) für mehrere Studien heran.
Zwei Monate vor seiner Entlassung schrieb er an die Reederei.

Das Traumschiffmanagement retour: Man stünde zu den genannten Bedingungen.
Niehaus: Er könnte im Herbst 2019 den Dienst antreten.
Das Traumschiffmanagement: 15. Oktober, Norddeutschland, Inseln im Atlantik.
Niehaus: Irgendwelche Besonderheiten?
Das Traumschiffmanagement: Umstände wie gehabt. 5×2 Performances/Woche.
Niehaus: Sonst?
Das Traumschiffmanagement: Kleineres Schiff, neu, nobel, gediegenes Klientel.
Niehaus: Klavierunterricht, Piano-Seminare, Schlusskonzerte?
Das Traumschiffmanagement: gern, auf Honorarbasis.
Beide Verhandlungsseiten: Gern – also.

Alles verlief dann wie angedacht.
Abfahrt diesmal von Bremerhaven.
Sein Programmangebot: Schlager- und Chanson-Bearbeitungen, Soft-Classics.
Er konnte pedantisch wieder eine Kleinkabine für sich einrichten.
Konnte Net-Zugänge für Literatur und Musik aufbauen.
Auf dem Schiff gab es noch gelegentliche Kleinkonzerte nationaler Gruppen.
Zudem wurden Diskussionsrunden offeriert, auch mit angeblichen Fachleuten.
Er hörte manchmal zu, beteiligte sich aber nicht.
Es ging um Politik, harmlos, um den Klimawandel, weniger harmlos.

Die Greta-Fans sind ein wenig lästig gewesen.
Nicht zugänglich bei der Frage, warum sie dann auf einem Kreuzschiff wären.
Ganz nette und wenig fordernde Piano-Unterweisungen, vor allem wieder Damen.
Das hübsche Schlusskonzert machte viel Freude.
Die erste Tour dauerte dreieinhalb Wochen.
Die zweite, nach einer Woche Pause und Überholzeit, war fast deckungsgleich.
Er verbrachte dieses Interludium in einer Unterkunft der Reederei.
Beinahe schon wie autistisch.
Die zweite Tour.
Abermals ohne besondere Vorkommnisse.
Oder doch.
Dann, hernach, bald, in naher Über-Zeit.
Er sperrte sich manchmal des Nachts in den Klaviersalon ein und improvisierte.
Es waren plötzlich und ihm widerstrebend neue Ideen dabei, was ihn verwirrte.
Er wurde während der Tour gebeten, unbedingt die kommende mitzumachen.
Die Weihnachts- und Neujahrsfahrt, wieder zu den Inseln im Atlantik.
Zu den Azoren.
Er kannte sich dort sowieso nach wenigen Festlandgängen (allein) ganz gut aus.
Sonderdotationen wurden in Aussicht gestellt.
Er sagte zu.
Im Übrigen würde dann im Frühjahr 2020 wieder eine Kaledonienreise anstehen.

Er sei doch Profi aus letzten Malen, damals mit der Sängerin und deren Gattin?
Er sagte auch dafür zu.
Es schauerte ihn das Ganz-Alleinsein am Festland.
Einsam in der Masse von Touristen, das war gegenwärtig seine Präferenz.
Die Feiertagstour ging problemlos für ihn vorbei.
Er gab sogar Weihnachts- und Neujahrskonzerte mit Strauß und Mozart.
Er war kollegial mit einigen Leuten aus der Mannschaft.
Wieder ein Schneider, ein Koch, ein Wetterbeobachter im Reedereiauftrag.
Er schloss mit keinem der Touristen Freundschaft.
Wälzte sich mit keiner Touristin backstage.
Er hatte also mit keiner Touristin eine Affäre, nicht einmal for one-night.
Zwischen dem 24. und dem 31. Dezember bekam er neuerlich einen Anfall.
Er übertauchte ihn, ging damit nicht auf die Krankenstation des Liners.
Aber die andere Schiffsreise sodann in den Norden, rund um Schottland auch?
Die war gewohnt und beinahe angenehm.
Edgar kannte die Plätze, glückliche, sogar gemütliche waren dabei.
Sie wurden diesmal mit einem wendigeren Boot angefahren.
Es war schon Spätwinter.
Es war immer kalt.
Aber das Licht und die Ausblicke in der klaren Luft sind formidabel gewesen.
Er gab keine Klavier-Lessons mehr.

Doch zwischen den Inseln erkrankte er abermals.
Zögerlich besuchte er nun doch die Krankenstation an Bord.
Die nahm Verbindung auf mit Erlangen.
Man setzte Edgar daraufhin sofort unter Quarantäne.
Es herrschten aber überhaupt bald ungute Zustände am Schiff.
Erkrankungen häuften sich, täglich.
Andere, der Herkunft nach unbekannte.
In der Mannschaft bis in die Offiziersränge hinauf, bei den Touristen.
Man wollte die Menschen rasch loswerden.
Aber die Häfen verfügten rasch Sperren.

Aus Konzeptzetteln des E. A. D. N., aus dem Bord-Arbeitsbuch gerissen, im Versuch. Später, als Freundesdienst, diese richtig aneinanderzureihen:
Es zerreißt, es zerfetzt, zerstückelt – es … quatsch, mein Körper ist der wandelnde Klimawandel, nachdem er die Musik und nachdem ihn die Musik ruiniert hat … Es hat nun alles keine Linie mehr, ist keine Biographie (von wem?). Die Biographie … der Musik … ist zu Ende, am Ende. Musik ist wahrscheinlich nur Ritual. Sie ist gebettet in – bei Nietzsche den feinen Ausdruck gefunden, geschrieben in seinem Ecce homo, kurz vor seinem Wahnsinnigwerden – „gebettet in giftiges Gewürm". --- Die Musik: Kein System mehr … mehr Nietzsche: „Die Küste schwand."

Er las noch einige Kapitel aus seinem letzten Internet-Romanaufruf. Es handelte sich – im Grunde war das ja in seiner Parallelität zum Kotzen – um einen Heimito-von-Doderer-Roman. „Ein Mord den jeder begeht."

Der Dr. h.c. Edgar Arnold Niehaus war bereits, frühdiagnostisch gesehen, eindeutig anders erkrankt als die Passagiere sonst.
Man wusste für ihn wenig Rat. Die Klinik in Erlangen auch nicht; der Mail-Austausch war ideenmäßig eher leer.
[Wer war „man"?]

Er war im späten 51. Lebensjahr, ein Alter, in welchem der Glenn Gould und der Untergeher des Th. Bernhard verstorben sind.
AMEN

(Worte aus der Krankenkajüte gedrungen – noch –)

SPEKTAKEL – GAUKELEI – SCHABERNACK –
HOLTERDIPOLTER …
… HOKUSPOKUS …

Dr. h.c. Edgar Arnold Niehaus verstarb am 13. März 2020, während gerade in den diversen Fernsehkanälen die ersten, tiefbesorgten diversen Pressekonferenzen betreffend sofortige Einschränkungen im gesellschaftlichen und wirtschaftlichen Bereich, in beinahe ganz Europa, zielgerichtet und einzeln durchgeführt von jedem EU-Land selbst, abliefen.

Es gab damals – noch, denn später wurde das verboten, unter strenge Strafen sogar gestellt – für die Reedereien die Möglichkeit, nach Rücksprachen mit Angehörigen am Land stille Seebegräbnisse aus angeblich hygienischen Gründen, eingetreten nach einem größeren Massensterben, durchzuführen.
Aber jetzt – noch …

Der Dr. h. c. Edgar Arnold Niehaus hatte nie nähere Verbindungspersonen angegeben. Louise blieb unauffindbar.
Er war tot und alleingelassen. Man fand in seinen Papieren nur die Adresse des Emmerich/Imre (dem die letzten und nicht sowieso schon vor seinen letzten Stunden im Koma noch weggeschmissenen biographischen Notizen, diejenigen aus den Tagebuch- und Logbuchaufzeichnungen, dann übergeben worden sind, der sie seinerseits beinahe alle ungelesen – ?, oder doch – nicht – nach Auswertungen ? – verbrannt hat?)

Man wickelte Edgars Leiche also in weiße Tücher ein.
Kippte sie, das Paket mit Gewichten beschwert, über Bord. Um vier Uhr früh.
In die Gewässer eines legendären Temora.

T*e*
E*nim*
M*emento*
O*limque*
R*adiatur*
A*nitam et al …*

p. s.
EINE HEITRE ABSCHIEDSSTUNDE!

SÜSSEN SCHLAF IM LEICHENTUCH!

BRÜDER – EINEN SANFTEN SPRUCH

AUS DES TOTENRICHTERS MUNDE.

einundfünfzig

Von Emmi in der *Berliner Zeitung* anstelle eines Nachrufs postiert (mit viel zu ausladenden Hinweisen):
„Das folgende Lied sei für E. A. D. N.; er mochte es; und bezeichnet wird damit auch der Platz, wo er jetzt – höchstens noch stückweise, in Fetzen – sein mag, hoffentlich tief unten; sonst: Man sehe nach in einschlägiger Fachliteratur und Seekarten, bei den Sachen über Schubert und Kosegarten, Ossian und Macpherson, von den kaledonischen Küsten; dort ist es passiert, wo er vor dem irrealen Temora war und wo ihn, einst und im Märchen wohl nur, das Mädchen Daura, das ihren verlassenen und wieder hektisch begehrten Liebsten beweint, beklommen sucht, dabei selbst gefangen und entführt wird; weiter noch: sie rettet trotzdem den Mann, der aber bei der Bergung wahrscheinlich selber draufgeht – oder doch nicht?; sie wandert jedenfalls kurz noch ziellos umher, bis sie – wie es heißt – vor Leid und Gram stirbt. Also: Für E. A. D. N. und wer auch immer seine, ihn vergeblich, Tristan-und-Isolde-gleich wiedersuchende Daura gewesen sein mag. 2, 3, 5, 7, 11, 13, 17, 19, 23, 29, 31, 37, 41, 43, 47 … 53 – so alt wurde er dann aber gar nicht mehr. Die Erlebens-Ziffern ergeben übrigens: 329. Ziffernsumme 14, Ziffernsumme 5, Prim auch null … Im Beethoven-Jahr 2020, eine perfekte Nicht-Primzahl."
Franz Schubert/Ludwig Theobul Kosegarten: *Der Abend* (op. post. 118,2 / D.221 = Ziffern-Summe 17, eine Primzahl, zufällig eben eine, zufällig wie wahrscheinlich sowieso alles auf dieser Erde, vor allem in der zerfransten Musik. Mein Edy, Du hast es einmal oder sogar öfter gesagt, vor Dich hingesagt: „Ich mache Lichtlärm. Ein Gaukler, dem die Küste schwand".)

Der Abend blüht,
Temora glüht

Im Glanz der tiefgesunknen Sonne.
Es küßt die See
Die Sinkende,
Von Ehrfurcht schaudernd und von Wonne.

Ein grauer Duft
Durchwebt die Luft,
Umschleiert Dauras güldne Augen.
Es rauscht umher
Das düstre Meer.
Und rings herrscht ahnungsreiches Grauen.

O trautes Land!
O heil'ger Strand!
O Flut, die jede Flut verdunkelt.
Flur, deren Schoß
Die Blum' entsproß.
Die alle Blumen überfunkelt.

Paart nicht der Schnee
Der Lilie
Die Holde mit der Glut der Rosen
Die Au. Ein Kranz
Voll Duft und Glanz,
Reicht ihr den Preis der Tadellosen.

Ihr Ambraduft
Durchweht die Luft
Und würzet rings die Näh und Ferne.
Und stirbt das Licht

Des Liedes nicht,
So reicht ihr Nam' einst an die Sterne.

O trautes Land,
O hehrer Strand,
Sei stolz auf deiner Blumen Blume.
Das heil'ge Meer
Und rings umher
Die Inseln huld'gen deinem Ruhme ---

Nacht hüllt den Strand
Temora schwand.
Verlodert sind des Spätrots Gluten.
Das Weltmeer grollt,
Und glutrot rollt
Der Vollmond aus den düstren Fluten.

1. Auflage

Morio Verlag, ein Imprint der mdv Mitteldeutscher Verlag GmbH
www.morio-verlag.de

Gesamtherstellung: Mitteldeutscher Verlag, Halle (Saale)

ISBN 978-3-945424-98-8

Printed in the EU

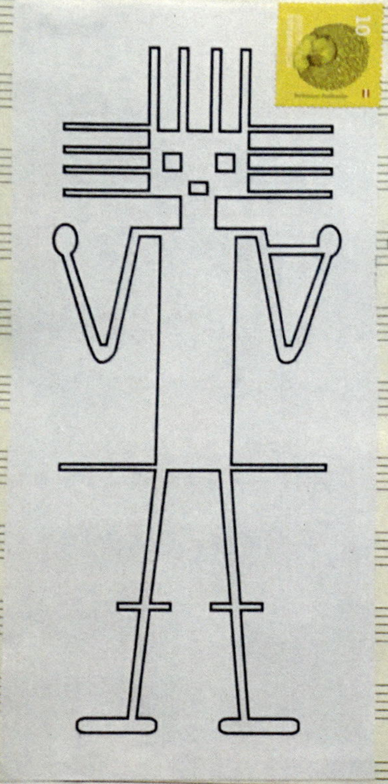

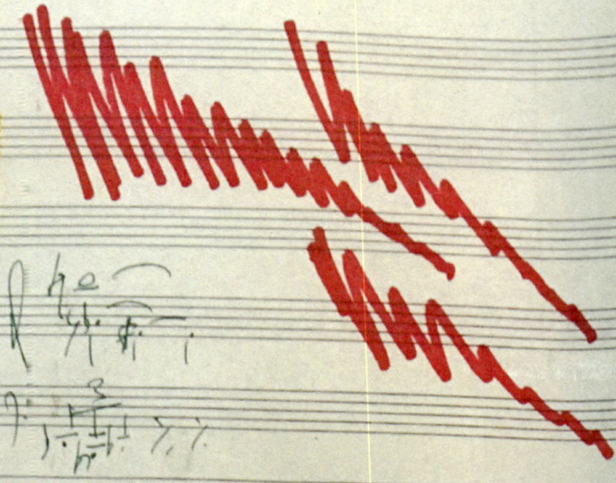

Ave, ave verum corpus natum de Maria Virgine.
Vere passum, immolatum in cruce pro homine:
Cuius latus perforatum unda fluxit et sanguine:
Esto nobis praegustatum in mortis examine.

[und dann noch, von Mozart weggelassen, warum?, wegen einer satten Erotik?]

O Jesu dulcis! O Jesu pie! O Jesu fili Mariae.

Ja, zugegeben, es war mir ein Bedürfnis, hier die Möglichkeiten aufzuzeigen, wie man Eros und Thanatos, vor allem aber beinahe billigen Sex, vorgeführt mit brünstigen Worten, musikalisch darstellen kann. Es geht schließlich um die Schändung eines dahinsterbenden Leibes. Es geht – sic – darum, in der religiösen Hypertrophie kannibalische Leichenschändung zu betreiben; als höchste Verzückung und als Möglichkeit, damit eine mögliche ewige Seligkeit zu erlangen. Wir haben das alles schon als Kinder und Heranwachsende gesungen, unhinterfragt oder erklärt singen müssen, in Massen in den Kirchen. Dumm, nicht bedacht, nichts verstehend. Aber es war mir ein Bedürfnis, das mittels einer Komposition wenigstens irgendwie für heute wenigstens hörbar zu machen.